十王一妃

6

張廉

插畫／Chiya

Kadokawa Fantastic Novels DX

Contents

十王一妃
6

第1章 安羽之死

安羽快死了，他的生命力正一點一滴地流失，然而我們卻束手無策。

淚水自眼中滑落，我擦了擦，走到人王們之間，他們似乎顯得有些驚訝。

「那瀾……」

「沒用的，大家心裡都清楚。」

此時，另一個和摩恩有些神似的精靈無情地說，他和隔壁的金髮精靈散發出一股王者之氣，氣勢比伊森和摩恩更加強烈，身材也更加魁梧，看上去年紀卻與摩恩和伊森他們相差無幾。

「大家別再耗費神力了。魔王絕對還會再攻來，現在耗費過多力氣，只怕到時會全軍覆沒。」金髮精靈說。

人王們面面相覷，緩緩收回神力，安歌立刻衝上前，痛哭抱住緩緩降落的安羽。

「小羽！小羽——」

安歌抱住安羽懨懨無力的身軀，放聲大哭。涅梵和鄯善蹲下來，輕揉安歌的肩膀，想要安慰他。玉音雙手環胸，把自己抱得緊緊的；靈川靜靜地站在一旁；修沉痛地低下頭；伏色魔耶憤怒地攥緊雙拳。

安羽在安歌的懷抱中微弱地呼吸著。當神力撤去後，他的心口再次汩汩流出金沙，一如我的夢境中，從他胸口不斷流出的鮮血。我立刻撲到他身邊，用雙手捂住他的胸口：「一定有辦法的，一定有的！你們快想想辦法啊！」

我抬頭望向所有沉默的男人，摩恩和伊森默默垂下臉，另外兩個精靈卻疑惑地看著我。

「「她是誰？」」

他們同時開口詢問摩恩和伊森。

伊森轉向金髮精靈，神態恭敬：「父王，她就是那瀾。」

咦？這個金髮精靈是伊森的父王？

「喔～～就是傳聞中那個讓你兒子神魂顛倒的凡人女人？伊森斯，你還真是放縱你兒子啊！」

有著一頭黑紫色長髮的精靈揶揄伊森的父王。

伊森的父王瞬間繃緊俊容：「哼！魔加羅，你還是管好你兒子摩恩吧，他剛才也想擠到那女人身邊！」

看來魔加羅是摩恩的父王？

安羽胸口的金沙不斷流出，染滿了我的手心，我立刻對伊森和摩恩的父王說：「你們快想想辦法啊！你們精靈族不是收藏了很多神祕古籍嗎？有沒有能救安羽的辦法？」

他們頓時一陣愣怔。我心急如焚地看著安羽，匆匆擦去眼淚。一定有的，一定有辦法可以救他的！

他們在我堅信的目光中也各自思索起來。一會兒後，魔加羅擰擰眉，淡漠地說：「放棄吧，人死不能復生。」

「除非神王出手。」

伊瑟斯隨口接了一句，我卻像是聽到了一絲希望：「神王！要怎麼找神王？」

魔加羅和伊瑟斯一呆，彼此看了一眼，忽然大笑起來。

「這個凡人居然想見神王？」

伊瑟斯似乎覺得有些好笑。

「沒人能見到神王！他是神，是這個世界最崇高的神！」

魔加羅更是不以為然。

「不，一定有辦法的！」

我朝他們急吼，聲音也變得有些嘶啞，熱淚再次盈眶。

「一定有辦法的……當初川被亞夫刺中心臟，我不是也把他救回來了嗎？這個世界一定有辦法見到神王的！」

伊瑟斯和魔加羅在我的哭喊中顯得有些不知所措。

靈川緩緩蹲下來，輕輕攬住我的肩膀：「瀾兒……」

「川，安羽是為我而死的……如果我的動作再快一點，他根本不用死！我要救他，我要把他救回來！」

「小羽——」

安歌沾滿淚水的臉埋入安羽的頸項，雪髮和安羽的頭髮交融在一起。

忽然間，我按在安羽胸口的手被輕輕握住，我欣喜地看向自己的手——是安羽！他的手正握在我的手背上。

我慌忙擦去眼淚。他緩緩睜開眼睛，眼神卻空洞無比……

不，我不要看到這樣的眼睛！我不要！

「你是……怎麼知道……我們互換的……」

微弱的聲音自他口中而出，握住我的手也逐漸變涼。我立刻緊緊握住他的手，想讓它暖和一點。

安歌哽咽地喚了一聲：「小羽……」

安羽睜著灰色的眼睛望向我，嘴角仍掛著一如往昔的邪笑。那個笑容讓我火大，讓我心痛……為什麼死到臨頭他還在逞強？

「安羽，求你不要再忍了。」

安羽一愣。我撲了上去，緊緊抱住他：「你跟安歌是不一樣的，你知道嗎？你們是完全不一樣的！無論你們交換神力，還是努力裝成對方，你們都是不一樣的！安歌溫柔溫暖，你寂寞悲傷……安羽，你知道自己的背影有多麼悲傷、多麼讓人心痛嗎？」

「呵……所以……我讓妳心痛了嗎……」

「痛！很痛！」我緊緊摟住他，眼睜睜看著他的神紋開始消退，渾身也因為死亡的逼近而發抖。「別再讓我痛了……你以為我們不知道你的想法嗎？你真的以為只要自己死了，安歌就能無牽無掛地跟我走嗎？」

安羽在我的擁抱中一怔。

「不是的！他愛你，你的死只會讓他一輩子都活在痛苦中！那個白痴會跟你一起走的，所以請你

不要離開我們！相信我，我一定會找到方法讓你活下來。」

「小安……」

安歌顫抖地握住安羽的手：「小羽……拜託不要離開我……你知道我有多麼膽小怕黑……不要離開我……求你了……不要離開我……」

安歌苦苦哀求安羽，將頭貼在安羽的胸口上，泣不成聲。

「不要死……」

安羽忽然虛弱地這麼說。

安歌揚起臉，淚流滿面地看著他，卻見安羽的唇角首度露出安詳的微笑。

「不要死……和那瀾……在一起……」

他輕輕握住我的手，和安歌的手擺在一起。

安歌悲痛地望向我，我也看向他，凝滯的空氣裡迴盪著安羽越來越微弱的聲音：「我還沒……抱過她……好不……甘心……小安……好好活下去……替我每天……每天……抱她……」

握住我們的手，就這樣無力地滑落。

我從安歌的眼中看到了世界瞬間荒蕪的景象，那雙總是充滿活力的眼睛倏然暗了下來，他的表情也隨著安羽的死亡而消失，變得呆滯無神。

我顫顫地看向安羽，他的面容是那麼平靜，眉間卻帶著一絲不甘與哀愁，美麗的雙唇徹底失去了血色，身上的花紋也已經全部褪落，只餘下雪白的軀殼。

「不——」

我仰天斷喊，人王們在我痛苦萬分的喊聲中默默轉身。

「小羽……終於可以……好好睡覺了……」安歌怔怔地說，緊緊抱住安羽，淚水從他的眼角滑落。「小羽放心……你現在再也不會做惡夢了……對不起……哥哥現在才知道……你總是睡不好的原因……哥哥以前還嫌棄你……討厭你就連睡覺也要跟我在一起……抱女人……也是……現在……哥哥知道了……」

靈樹開始自安羽的身體裡長出，在我面前不斷地拔高茁壯。

我緩緩抬頭，隨即趔趔趄趄地向後退了幾步——第一次看到這麼壯觀的靈樹，它如同參天大樹般頂到了大殿的穹頂！

「摩恩，你還在等什麼？」

魔加羅突然淡淡地說。

我立刻轉身甩開手臂大喊：「誰也別想收走安羽的靈果！」

魔加羅和伊瑟斯頓時呆立當場，整個大殿瞬間安靜下來，涅梵、玉音、鄀善和伏色魔耶也吃驚不已。

「靈果？靈果是什麼？」

伏色魔耶驚疑地問。

涅梵擰眉道：「據說是我們死後的產物，宛如靈魂般的存在，不過只有暗夜精靈族才能看到。」

魔加羅震驚地指著我：「妳看得到？」

我堅定地瞪著他驚愕的紫色瞳眸：「我絕不允許你們收走安羽的靈果！」

「瘋女人……」伊森哀傷地對我說：「讓他走吧……或許這是他希望的結果……」

「希望的結果……」我愣愣地望向伊森，他有些尷尬地低下頭。摩恩站到他身旁，神色有些沉痛：「大家都不老不死……死亡……其實是一件奢侈的事……」

「那你們怎麼不去自殺？」

伊森和摩恩一怔，不敢看我，大殿裡的人王們也是。

「我知道你們想死！死還不簡單？誰都知道死法。可是你們沒有去死，因為你們仍對這個世界有所留戀，才會陷入矛盾，痛苦不已，想等著別人來殺你們，但我是不會承認這種被動的尋死的！安羽明明還沒有嘗過真正的幸福，安歌還有好多好多話想對他說，他們兄弟之間明明有那麼多誤會和心結需要解開，怎麼能就這樣死了？死亡對安羽來說或許是解脫，可是對安歌呢？他把最深沉的痛留給了安歌——」

「瀾兒，冷靜！」靈川握住了我的手臂，但我隨即反握住他：「川，連你也不相信安羽能夠重生嗎？只要他的神紋還在，我們就有希望！就像當初救你一樣，我一定也能找到讓他復活的方法！」

「神紋？什麼神紋？」

大殿裡突然騷亂不已，只有安歌靜靜地抱著安羽，輕輕撫摸他。

「妳這個女人到底在說什麼？」

伊瑟斯不解地問。

「妳到底是誰？怎麼看得到靈果？」

魔加羅也朝我大喊。

「這到底是怎麼回事！」伏色魔耶有些抓狂：「我們身上到底有什麼？」

「那瀾，告訴我們！」涅梵也失控了：「妳到底看到了什麼？」

疑問一聲又一聲地朝我喊來，人王與精靈王們朝我步步進逼，他們近乎失去理智的灼灼目光裡是對謎底的渴望！

「大家別吵了！」伊森忽然衝了進來，擋在我面前：「那瀾有真實之眼——」

整個大殿立刻像是瞬間被抽走了聲音，寂靜得可怕！

涅梵等人王們露出了困惑的神情，伊瑟斯和魔加羅卻驚愕地瞪大雙眼。

「我來封凍屍體，我相信瀾兒能復活安羽。」

在這陣詭異的靜謐中，靈川鎮定地說。

「對，先封住安羽的屍體。瘋女人擁有真實之眼，說不定真的能見到神王！」伊森也連連點頭。

眾人好不容易才從驚訝和疑惑中回神。此時靈川已經開始封凍安羽的屍體，安歌的情緒頓時激動起來：「不！不！小羽會冷的，會冷的！」

修立刻把安歌拖開，靈川的寒氣聚集起安羽周圍的水汽，一點一點封凍住安羽，形成一具晶瑩剔透的冰棺。我仰頭看向安羽的靈樹，發現它沒有受到絲毫影響，上面的靈果散發出安羽身上的黑色神光，黑暗的神紋纏繞在靈果上，宛如美麗的圖騰。

我輕輕撫上其他人看不見的靈樹樹幹：「安羽，等等我。既然你相信我能給你的小安帶來幸福，這次也請你相信我一定會救活你。如果真的想要我，就自己來找我吧……」

靈樹的樹幹裡忽然傳來了一陣有力的搏動，我揚起微笑，眼淚滑落眼角。

沒有安羽，安歌會枯竭而死的，他們……是不可分的……

安歌再次撲在冰棺上，一點一點地摸過安羽在冰棺中安詳的臉龐。整個大殿籠罩在一片悲傷與沉默中。

「我要見神王！」我將雙手按在冰冷的冰棺上，憤怒地說：「我要問問他，為什麼魔王現在那麼猖狂，他卻還沒有出現？他到底是怎麼成為這個世界的神的？」

「住嘴，妳這個狂妄的女人！」伊瑟斯的吼聲在大殿裡迴盪：「妳怎麼敢指責我們的神王大人？」

當他生氣地舉起權杖時，我的男人們立刻站到我身後守護我，冰棺的棺蓋上映出了靈川和修一白一綠的身影。

「那瀾，沒人見過神王。」涅梵向我說明並非精靈王有意刁難：「過去魔王出現，也是由人王和精靈王聯合起來鎮壓的。」

「是啊，那瀾，魔王上一次出現，的確是由闍梨香女王鎮壓的沒錯。」

鄯善也幫著一起解釋。

我擰緊拳頭：「可是這次魔王不一樣了，不是嗎？」

我轉身看著兩位精靈王，他們的神情也微露一絲凝重：「你們是不是已經察覺了？魔王擁有了不一樣的身體，力量更加強大。當年闍梨香女王是打敗了魔王，可是現在呢？她的神力分到了八個人王身上，但他們彼此面和心不合，再加上現在又失去了安羽的一份力量……」

聞言，幾個男人陷入沉默，尷尬地各自撇開臉。

「兩位精靈王，你們團結嗎？」

伊瑟斯和魔加羅瞬間沉下臉。

「如果你們團結，好好的精靈族就不會分裂了！」

「妳這個大膽的凡人！」

魔加羅直接甩出魔杖，摩恩立刻攔在我面前：「父王，那瀾沒有說錯！我和伊森真的覺得打夠了、鬧夠了，你們能不能成熟一點？」

魔加羅的臉頓時黑到極點，摩恩繃緊身體，這似乎是他第一次不想向自己的父王妥協。

「摩恩！」

伊森焦急地看著摩恩，他們兩個的感情什麼時候變得這麼好了？

「摩恩，你這是在違抗父王嗎？」

「不是的，加羅叔叔！」伊森也著急起來：「是大家都覺得累了。明明我們是同一個種族，為什麼要自相殘殺？」

「伊森！」伊瑟斯怒吼：「你給我過來，精靈國還輪不到你說話！」

「父王！」

「怎麼，你要篡位嗎？」

伊森憤憤地握緊雙拳。我抽出聖劍，慢慢推開靈川和修，在伊瑟斯和魔加羅面前毫不猶豫地劃過伊森的手臂。

「伊森！」

「妳這個瘋女人要幹什麼？」摩恩和伊瑟斯同時大喊，伊瑟斯隨即揮動權杖。當金光射來時，摩恩想用身體替我擋下，我卻直接把他推開，昂首挺胸迎接伊瑟斯的精靈之力。

——只見金光在距離我的身體三公分處灰飛煙滅！

伊瑟斯和魔加羅驚呆了。

「對耶，那那不怕精靈之力。」

摩恩在旁邊後知後覺地笑了。

我抬起伊森的手臂：「你們好好看看，伊森現在已經不再是這個世界的人了！」

當鮮紅的血染濕了伊森雪白的衣袖時，無論是伊瑟斯、魔加羅、摩恩，還是仍不清楚解除詛咒究竟會變得如何的伏色魔耶，都呆立在大殿上。

「王！」呼喊自外面傳來，是涅埃爾和艾德沃。「戰士們已經治傷完……」話才說到一半，她們二人也怔住了。

我拉住伊森的手，他毫不在意我劃傷了他的手臂，反正傷口現在已經癒合了。

我瞪著瞠目結舌的伊瑟斯：「伊森已經是我的人了！他已經解除詛咒，不再受神王的禁錮！我現在要見神王！馬上！不僅是為魔王的事，還有安羽和大家被詛咒的事！」

我鏗鏘有力的聲音迴盪在寬敞宏偉的大殿裡，讓所有人為之一震，紛紛看向我。

「父王，瘋女人是有真實之眼的！她是從上面的世界掉下來的女人。只有神認定的人才擁有真實之眼，或許她真的能見到神王也說不定？」

伊森焦急不已，雪白的衣袖上仍殘留著大片血跡。

「父王！」摩恩也向前一步：「古卷上說過，擁有真實之眼的人是淩駕於我們精靈族之上的！她是神的使者！」

伊瑟斯和魔加羅怔了怔，突然垂下頭，緩緩單膝跪在我面前。涅埃爾和艾德沃見狀，無不感到驚訝。

「你們這是在做什麼？」

我吃驚地看著忽然朝我恭敬下跪的兩位精靈王。

「伊森和摩恩說得沒錯，擁有真實之眼的人是神王的使者，淩駕於我們之上。」伊瑟斯向我解釋，我大吃一驚。為什麼伊森沒告訴我？害我那麼苦命地當了幾個月的「玩物」！

「你怎麼沒跟我說？」我忍不住質問伊森。

伊森抓抓頭：「我一開始真的不知道，這次在家裡養傷才去查了些資料。真實之眼一直都是傳說，沒人得到過，也只在很古老的卷軸中才有記載。」

「真實之眼到底是什麼？」涅梵忍不住追問。

眾人齊齊看向兩位精靈王，渴望獲得解答，畢竟這個問題一直困擾著這些人王們，讓他們對我的力量產生忌憚。人總是害怕未知的力量。

伊瑟斯和魔加羅重新起身，緩緩說了起來：「傳說真實之眼來自於神，神把自己的一隻眼睛賜給一個凡人，從此之後，他便可以看到我們身上由神烙下的神印。但這只是傳說，神印具體上是什麼樣子，古卷上並沒有說明。」

「擁有真實之眼的人能看到靈樹和靈果——」魔加羅接著補充：「也看得到靈果上的神印，甚至

可以決定靈魂的生死。」

說完，他有些畏懼地看了我一眼。一旁的修拿出亞夫仙人球，邪邪地笑了：「難怪女王大人可以決定亞夫的生死，把他永生永世關在這棵仙人球裡——」

靈川望向修手中的仙人球，順著他的目光，所有人也不約而同地盯著修手中的仙人球。修得意洋洋地擺弄著它：「自從亞夫進去後，這個仙人球的殺氣非常重，很合我意——」

「修，你說什麼？亞夫在你的仙人球裡？」伏色魔耶不可思議地問，在場眾人也瞪大眼睛，不約而同地說：「什麼？亞夫成了仙人球？他不是靈川的侍從嗎？」

「嗯。」靈川淡淡應了一句。

摩恩看著大驚小怪的男人們：「哼，誰讓他得罪了那那？」

魔加羅不由得後退了一步，臉上神情緊繃：「這個女人還沒有意識到自己的力量有多麼可怕！」

「是啊。」伊瑟斯的臉色也變得蒼白，完全沒了之前那種凌駕於凡人的氣焰：「擁有真實之眼的人，還可以控制我們每個人的神力！她甚至能夠輕而易舉地奪走我們的神力！」

此刻，他的臉上寫滿了驚恐。

人王們不約而同地後退了一步，連鄯善平日臉上掛著的溫和笑容，也在這一刻變得無比僵硬。

伏色魔耶環顧眾人，有些生氣：「你們還算是男人嗎？你們在怕什麼？那只是傳說！我不相信這女人有什麼真實之眼，她一定是耍了什麼伎倆欺騙我們！」

「不是的……伏色魔耶……」涅梵有些消沉地低下頭：「你忘了在伏都的事？忘記這個女人是怎麼讓安羽忽然昏迷的嗎？」

伏色魔耶的臉瞬間刷白，他瞪大雙眼，愣了好一會兒，隨即像是想起了什麼：「對，當時她明明只是摸了安羽一把——」

「傳說居然是真的……兩千年了！兩千年後真的出現了真實之眼！」隨著魔加羅高聲驚呼，伊瑟斯、摩恩、涅梵、玉音又後退了三步，只有涅埃爾和艾德沃仍傻傻站在原地。

涅梵緊擰雙眉：「當時我就覺得這個女人一直在打量我們的身體，像是看到了我們身上纏著可怕的魔靈，看得人背脊發涼。」

原來他當初之所以會抓狂，是因為我的目光讓他感到毛骨悚然？所以他才會那麼急於知道答案？

「在靈都的時候，妳對我用的也是那招嗎？」摩恩顫顫地指向我，驚恐地瞪大紫瞳：「我當時感覺自己真的快死了，所有的力量都無法使用！」

整個大殿的寒意又添了幾分，不是因為安羽的冰棺，而是源於大家對我的恐懼。

「把他怎麼了？」靈川冷冷地問我。

「難怪涅梵後來要我們別靠近這個女人！」

伏色魔耶終於想起涅梵在伏都提出的警告，他已經看出只要不靠近我、不被我碰觸，我的力量便對他們毫無作用。

人王們又一次後退，跟我保持安全距離，除了我的男人們之外。

「我一開始並不知道自己有這種神力。」我看向自己的雙手：「在傷害了安羽後，我心裡其實也很害怕這種未知的力量，不知道這種力量到底該如何使用。然而當川被亞夫刺傷、神力不斷流逝時，

我看見了！我看見神力是如何從一個人王轉移到一個凡人的身上！」

「這就是真實之眼！」伊森有些激動地表示：「它讓妳看到了真相！」

我點點頭：「我能看到你們身上每個人的神印！」

人王們、精靈王們，甚至是涅埃爾和艾德沃，都不約而同地看向自己的身體。

「你們每個人身上的神印都是不同的，它們的顏色不同、花紋也不同。正因為看得見，我於是用這力量扯斷了川的神印，阻止剩餘的神力離開他，才保住了他的性命。之後，我不再懼怕這份力量，因為它也可以救人！所以這一次，我要救安羽！」我堅定而毫不退縮地看向伊瑟斯和摩恩：「你們是不是知道如何見到神王？」

他們站在離我很遠的地方怔了怔，雙眸中劃過一絲不確定，然後看向彼此。

「父王，幫幫那瀾吧！」伊森著急地說：「我記得古籍中有記載，精靈王是可以打開通往神界的通道的！」

「但未必能見到神王！」伊瑟斯擰緊雙眉：「打開神之通道，需要八扇聖光之門裡蘊藏的神力，一旦打開，聖光之門會暫時失去作用，如果魔王在那個時候進攻，就能占領整個世界！至少他現在無法穿越聖光之門！」

「而且，這個世界的人無法進入神界通道。」魔加羅有些頹喪地說道。

「為什麼？」靈川追問。

魔加羅和伊瑟斯對視了一眼，同時皺起眉頭：「因為神光引入外界陽光，入者必死！」

「原來是這個～」玉音毫不在意地開了口：「那瀾根本不怕陽光～」

「對，父王，瘋女人至今沒有被同化！」

「什麼？」這已經不知道是今晚第幾次讓兩位精靈王吃驚了。他們一起搖著頭：「不可思議，這麼久還沒有被同化，難道真的是神的旨意？」

「或許就是神王想見那瀾呢？」摩恩大聲說，我第一次看到這麼正經的他。

魔加羅和伊瑟斯一怔，在眾人的目光中陷入沉思。

忽然，他們同時看向我，伊瑟斯的神情流露出一絲懇求：「或者，我們可以先讓那瀾姑娘擊敗魔王！」

「什麼？」男人們驚呼起來。

「這太危險了！」靈川第一次加重了語氣，當場否決。

「但是她有真實之眼！她可以看到魔王身上的神印，可以奪取魔王的魔力！」

「沒錯，她可以！」魔加羅也看向我。

「我不同意。」靈川冷冷地說出了這四個字，大殿瞬間變得陰寒萬分。

我立刻拉住他冰冷的衣袖：「川，我可以！」

「不行！」他異常冷厲地阻止我繼續說下去：「魔王這一戰也損失慘重，想必不會太快發起攻擊。大家好好休息，積攢神力，跟魔王最後一拚！」

說完，靈川直接拉起我走向大殿外，腳步如風。

「我是不會讓我的女王大人去送死的！」身後是修惡狠狠的聲音。

我用力甩開靈川的手，他怔然停下。大殿外是匆匆趕來的扎圖魯、巴赫林、拉赫曼、菲爾塔，以

及塞月。

他們看見我和靈川出現在大殿門口，驚訝地停在了台階下，高高的台階將我們遠遠相隔。

「川，我要去試試！」我第一次朝靈川大喝。

「魔王的魔紋不是可以隱藏嗎？」

靈川也朝我大吼，我頓時怔在原地。

是啊，魔王的魔紋可以隱藏，況且他知道我有真實之眼，在我面前總是小心翼翼地保護他的魔紋。

即使魔力對我無效，但僅憑魔王本身的力量，同樣可以把我捏碎。

「什麼？魔王的魔紋可以隱藏？」身後傳來伊瑟斯的驚呼。

「父王，你不能犧牲我的瘋女人！」伊森也飛到我的身後。

「而且只有她能解除詛咒。」摩恩的聲音也迴盪在大殿之中。

大殿裡一時陷入沉默，巴赫林等人也低下頭不再上前，宛如知道此刻他們若是加入會很尷尬。

「大家休息吧。」

涅梵忽然這麼說，寂靜的大殿裡隨即響起一道又一道腳步聲。

我抓住了靈川的手：「我想留在這裡，我擔心安歌。」

靈川臉上的神情終於柔和了些。他點了點頭：「好。」

伊森和摩恩的父王從我們身旁經過，默不作聲地瞥了我一眼，接著回頭看向伊森和摩恩，目光格外嚴厲。

伊森乖乖上前，摩恩輕笑一聲跟上。

涅梵、玉音和鄯善魚貫走過我身旁。涅梵伸手想拍拍我的肩膀，靈川卻立刻扣住了他的手。涅梵搖頭輕笑一聲，認真看我：「好好照顧安歌，別讓他做傻事。」

「我知道。」

玉音和鄯善對我點點頭，略帶憂慮地走下台階。

當扎圖魯等人要上前時，涅梵把他們帶離，他們擔心地一步三回頭看我。

伏色魔耶昂首走到我身邊，卻是一把拉住修：「跟我走！」

「不！我是不會離開我的女王大人的！」

修倔強地掙開，伏色魔耶的臉色頓時難看得像是我搶了他心愛的女人。

「王！」好在塞月來了。她激動地跑上前來，身上是被魔族的黑沙染得近乎全黑的銀甲：「能看到您平安回來，大家都激動得不得了，要您去喝酒呢！」

伏色魔耶的心情在聽到「喝酒」兩個字後才好轉了些。他大手一揮：「好，喝酒！」隨即大步離去，飄動的衣襬下隱約可見他裸露的腿。塞月登時臉紅起來，側開臉：「還是先帶王去更衣吧。」

伏色魔耶停下腳步，看看下身：「難怪今天覺得下面太晃蕩……哼！打了一天仗，都把這事給忘了！」他憤憤回頭，狠狠瞪了我一眼，轉身大步離去。

整個大殿頓時只剩下我、靈川、修，以及安歌。空空蕩蕩的大殿因為安歌面無表情的臉，顯得更加靜謐。

他跪坐在安羽身邊，呆滯地看著安羽安詳沉睡的臉。

我、靈川和修靜靜走到他身旁，花藤盤繞在我身邊，很快形成了一個又大又厚的藤墊，可以讓我們所有人坐下，不用坐在冰冰涼涼的地磚上。

今晚的修也格外安靜。

不知不覺間，花藤垂落而下。修將大自然搬入了這個空曠的場所，以自然之美把大殿裝飾得如同叢林深處的神祕小居。

綠色的藤簾圍起四周，一朵又一朵帶著清香的白花在藤簾上綻放，為安羽造出一間別致的墓室，他的靈樹也因為受到綠色植物包圍而散發出柔和的光，似乎覺得愜意舒適。

我們圍繞著安歌環坐。他呆呆地看著冰棺，喃喃自語：「從小時候開始，父親跟母親就很喜歡小羽，他很聰明、很開朗、很討人喜歡。他喜歡冒險、會說笑話、會做鬼臉逗父親與母親開心，也喜歡騎馬、打獵，總是跟父親在一起。父親老愛念我，說你怎麼不和小羽一樣？你到底是不是我的兒子，怎麼像個小女孩，喜歡跟著母親看書做蛋糕？你一點也不像個男人……呵，我還記得我十四歲的時候喜歡上一個女孩，但我不敢說，小羽便扮作我的樣子去追她。最後，他追到了，要我去跟她約會，這讓我很生氣，因為我知道那個女孩真正喜歡的不是我，而是小羽……小羽，你知道嗎？我一直很嫉妒你——」

我握住安歌因為一直摸著冰棺而冰冷不已的手，層層藤簾在夜風中輕輕搖曳，如同鈴鐺的白花發出了輕輕的「叮～～叮～～」聲。

「小羽也常常取笑我，說我這樣是追不到喜歡的女孩的……他說對了，我即使多活了一百五十年，還是不敢對自己所愛的女人說一句『我愛妳』，只敢寫在紙上……」

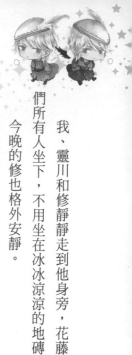

「安歌……」我不由得握緊他的手，眼淚靜靜地滑落他的臉頰：「父親一直不喜歡我，他對我的懦弱很惱火，他早已決定讓小羽成為安都的繼承人，我也覺得他的決定是正確的，我從來不敢違抗父親，從來不敢。即使他打母親，我也只會在旁邊哭，但小羽敢推開父親，保護母親。我好沒用……我真的很沒用……所以後來父親選擇我做為犧牲品，我甚至覺得父親的決定是正確的，我那麼沒用，小羽那麼優秀，我應該讓他留在世上。我沒想到小羽、小羽他……！」

他激動地緊緊抓住冰棺，指甲甚至在冰棺表面摳出了深深的痕跡。

「小羽，我不會讓你逃避我的，我不想再讓你為我安排一切了！無論用什麼方法我都要救活你，即使要用生命去交換我也在所不惜！你才是應該活著的人！」

「安歌！」我一把扯過他，重重捏著他的肩膀：「你在胡說什麼？什麼叫用生命去換？你忘了安羽臨死前的話了嗎？他要你好好活著！」

望見我憤慨不已的目光，安歌的情緒也激動了起來，朝我大吼：「可是沒了小羽，我活著還有什麼意義？」

啪！白色的衣袖突然掠過我面前——靈川狠狠賞了安歌一個巴掌。安歌怔坐在冰棺邊，我大喊：「唯有你好好活著，才能實現安羽最大的心願！」

聞言，安歌的銀瞳睜大，冰面上映出他和安羽一模一樣的臉龐。

「如果不是為了讓你活下去，當初安羽為什麼要殺安都王？不是為了讓你活下去，安羽為什麼要強迫你跟他一起玩？安羽做的這一切只是想讓你幸福快樂，雖然他的方法用錯了，他以為縱情聲色能讓你感到快樂，卻沒想到反而讓你越來越痛苦……」說到這裡，我的胸口悶得難受。

我深吸了一口氣，伸手輕輕抱住安歌：「如果用你的命去交換安羽，他即使活過來，也會痛苦一輩子。對他而言，最愛的哥哥能好好地活在世上，幸福快樂地過日子，比什麼都重要。」

「小羽……那瀾……」

安歌緊緊揪住我後背的衣衫，身子緩緩滑落，伏在我的大腿上，無聲慟哭。

修也難過地低下頭：「我同樣想念我的妹妹莉莉絲，也願意用生命去守護她。沒想到最後……她卻叫我怪物……」

他頹喪地伏下身體，枕在我的另一邊大腿上，面朝外，綠髮覆蓋住我的腿，和安歌的雪髮交雜在一起。

「修……」

我心痛地撫上他的長髮。一邊懷著真正無私的親情，另一邊卻被曾經摯愛的人嫌惡，也難怪修會逃避現實，瘋了。

「原來我只是在逃避。」修嘆息著閉上眼睛：「我害怕妹妹用驚恐的眼神看著我，害怕父王憤怒和失望的目光，也害怕母后——」

「修，你的母后很愛你。」

我摸摸他的頭，他吁了一口氣，沒有再說話。

安歌在哭泣中睡去，眼角仍噙著淚水。安羽曾是他的支柱，但現在這根支柱倒了，他的世界也隨之崩塌。

我看向冰棺裡的安羽：「你要我做安歌的精神支柱，可真是太高估我了……」

靈川握住我的手。與冰棺相比，靈川的手顯得溫暖許多。

「相信自己。」他總是言簡意賅，字句間卻充滿鼓勵。

修也伏在我的腿上睡著了。靈川幫我把修和安歌輕輕移開，兩人依偎睡在一起，他們的痛看上去十分相似，但又有所不同。

「出去走走？」

靈川憐惜地摸摸我的頭。我點點頭，難以從安羽死去的悲傷中自拔。

今晚的安都格外寧靜，因為百姓們已經離開這裡去避難了，整座空城顯得寂寥冷清。

唯一讓人欣慰的，是王宮裡的花園沒有像伏都那樣被徹底燒毀，淡淡的花香讓杳無人煙的宮殿多了幾分生氣。

「川，我能見到神王嗎？」

「能。」他只說了這麼一個字。

我欣慰地靠上他的胸膛，王宮外傳來了男人的歌聲。

我和靈川登上露台，清晰地望見宮外的廣場。此刻的廣場已成為眾將士休憩的場所，搭起了一座座營帳。我第一次看到精靈族和人類在一起飲酒歌唱，給經歷了殘酷戰場的人們一點點小小的溫暖。

火光之中，隱約可以看見我的神像。靈川目露一絲驚訝：「那是妳？」

「呵呵。」回想起當初在安都的種種，只覺得真是傻得可以。「是啊，那時我很怕安歌和安羽，整天裝神弄鬼，加上伊森的幫助，安都百姓以為我有神力，雖然後來發現我還真的有。他們很崇拜我，相信我是神女，於是為我立了那座神像。你知道嗎？他們還真的向我許願呢！」

「那妳怎麼回應？」靈川好奇地問我。

我壞壞一笑：「繼續當個神棍囉。我還記得離開前的那晚，廣場上也為我舉辦了歌舞酒會，很熱鬧，比現在還要歡樂許多。」

「美味的酒能給我們勇氣——」圍在篝火邊的男人們引吭高歌，穿著盔甲的伏都戰士們紛紛站起來，一手拿著酒，一手舉著肉，歌聲嘹亮：「美味的酒能帶給我們激情——我們的勇氣增長——我們的激情奔放——姑娘們——快來，快來，陪我們歌唱——」

「快來——姑娘們——哈哈哈——」戰士們齊聲大笑，即使某些人的傷勢仍未痊癒，身上還綁著繃帶，也同樣受到這歡快的氣氛感染而笑。

此時，我注意到靈川仍直勾勾地盯著我的雕像，於是順著他的目光看去，發現已經換上盔甲和紅色披風的伏色魔耶。

他雙手扠腰，神色不悅地瞪著我的雕像，忽然舉起寶劍，就要砍向它。安都的戰士立刻跳了起來：「你幹什麼？這是我們女神的雕像！」

「女神？她算什麼女神？她只是個普通的女人！」

伏色魔耶勃然大怒。

塞月匆匆跑來，怒視阻擋伏色魔耶的人：「你們怎麼可以這麼跟我們的王說話？」

「他是你們的王，不是我們的！我們只承認我們的王和那瀾神女！」

我立刻拉住靈川：「快去，不然真的要吵起來了。」

靈川點點頭，抱起我躍出露台。轉瞬間，我們已經落在我的神像前，夾在伏色魔耶與安都士兵之間。

「神女！」

安都的士兵立刻朝我恭敬地單膝下跪。伏色魔耶瞪著我，我也不甘示弱地回他一個白眼：「這裡是安都，不是你的伏都！不要在大戰前擾亂軍心！」

伏色魔耶咬牙切齒，憤然轉身，紅色披風掠過我面前，帶著塞月大步如風地離去。

我轉身扶起安都的戰士們：「大家辛苦了，快去休息吧。」

「是。」戰士們紛紛離開。

待人群散去，雕像後方緩緩走出了一身黑衣的涅梵，那雙幽黑的瞳眸緊緊盯著我：「看來他們真的很崇拜妳，妳在安都很受尊重……一開始真的是我們想錯了。」

「沒錯，因為你們從來不會尊重別人！」

他眯起眼：「如果妳也多活了一百五十年，就會跟我們一樣百無聊賴了！」

我不以為然：「生命的價值不在於長度，而在於寬度。你捫心自問，這些年來你為百姓做了多少事？如果你能為他們盡心盡力，這一百五十年根本不算長！」

陰影下的涅梵一怔。

我轉過頭：「對不起，安羽的死讓我很難過，心情很差……你別再來煩我！」

我邁步離去，靈川也隨我離開。

「難道我們的心情就好嗎？」身後忽然傳來涅梵的大吼：「妳真的以為我們毫不在意安羽的死嗎？他是我們的兄弟，卻在我們的面前被魔王殺死……我們是多麼無能！如果能讓安羽復活，我們自然會拚盡全力，無論要用什麼方法！」

我吃驚轉身，卻只看到涅梵拂袖而去的背影，來於黑暗，又歸於黑暗。

涅梵是個城府深沉的人，喜怒不形於色，沒人能猜透他的心思。然而他只是把所有感情深藏心底，努力壓抑隱藏，這樣下去，他也會撐不住的。

靈川帶著我再次往回走。火光之中，我望見伏色魔耶醉醺醺的臉，他正摟著塞月，和自己的將士們大口喝酒、大口吃肉。看到我時，他忽然把手裡吃剩的肉骨頭朝我狠狠扔過來：「是妳！是妳毀了我的修，毀了所有的男人！魔王也是妳帶來的！那個明洋不是你們世界的人嗎？還有那個林茵！啊？是妳把這裡的秩序全部攪亂了！妳這個女人是個禍害！妳還我修弟，還我伏都！」

「走吧。」

靈川淡淡地說，面色中透出寒意。

塞月和將士們尷尬不已，匆匆扶伏色魔耶進入一旁的帳篷。坐在帳篷上的精靈戰士們好奇地看著我，他們的身上閃爍著淡淡光芒。

靈川與我再次回到大殿。藤簾內，安歌和修已經徹底熟睡，臉上都是化不開的愁容。

「川，伏色魔耶說得對，這一切都是因為我——」

「與妳無關。」靈川一下子打斷我，我有些著急：「但我真的擔心林茵！」

他忽然扣住我的下巴，俯身吻住了我的唇，星輝的瞳仁中滿是淡淡憂傷。

這個吻綿長悠久，鼻息在我們之間交融。

「別多想，找到神王，解決一切。」

簡短的話語卻瞬間解開我所有的迷茫和憂慮。我點點頭，伏在他的腿上，閉上雙眼：「川，有你在身邊真好，現在我可以安心休息了。」

一個人生活在世界上，會有人喜歡，也會有人討厭。

但靈川，你總能在我迷茫之時，為我點亮一盞明燈，指引我方向。

我沉睡在一片黑暗之中，像是永遠不想醒來，因為睜開眼睛，看到的仍舊是無邊無際的黑暗。

「那瀾……那瀾……」黑暗之中傳來如同鬼魅般縹緲的呼喚聲：「那瀾……那瀾……妳會來找我的……」

我在黑暗的世界裡站起身，上方赫然出現一雙金紅的邪惡大眼，那雙眼睛牢牢地盯著我，每當我挪動腳步，它的瞳仁也會隨著我移動。

「那瀾，妳會來求我的，會把自己的身體給我的，哈哈哈！」

黑暗的世界裡迴盪著魔王張狂的大笑聲。

我冷冷地望著那雙眼睛，朝前方走去，儘管前面依然是黑暗，但是我不屈服，我一定會找到光明！

那雙充滿怨恨、憤怒和死亡的眼睛如影隨形，讓我忽然聯想到曾在伏都看到的那幅畫。此刻這雙眼睛就像是從畫上被摳了下來，鑲嵌在這個黑暗的世界中。

「那瀾，沒用的，妳逃不出我的眼睛，我一直都看著妳！」

「我不信！我會離開的！」

那雙眼睛不斷在上面牢牢盯著我，我持續地向前走，卻依然走不出這片黑暗，像是走入了茫茫宇宙，迷了路，又像是無限迴圈地在一個圓球上走。

「還不打算放棄嗎，那瀾？」

「我不會放棄的！」

「哈哈哈，那瀾，我會讓妳放棄的！」

眼前出現了一個飄浮的光點，我有些激動，立刻朝光源跑去。光點越來越大，越來越大，我看到了一扇門！

我就知道，不放棄，就能找到出口！

我一口氣跑到門前，欣喜不已，轉身對著那雙邪惡的眼睛大喊：「魔王，你才是該放棄的那個人！」

「哈哈哈哈！哈哈哈哈！」

他在黑暗中獰笑著。

我轉身毫不猶豫地踏入門中，眼前的世界瞬間被火光覆蓋，我微微遮住光芒，好讓雙眼慢慢適應。面前突然傳來明洋溫和的聲音：「那瀾，我等妳很久了。」

我瞬間有種飛蛾撲火的感覺，心跳停滯，僵硬地放下遮住光芒的手，出現在眼前的果然是一身黑甲的明洋。

他微微一笑：「想引妳來並不容易。」

他緩緩走到我面前，身後是個華麗的房間，十分寬敞，但牆面是黑色的——如同魔族的顏色。牆上掛著黑鐵壁燈，油燈裡的火焰詭異地跳躍著。房內還有著一張長桌，桌上擺滿了令人食指大動的佳

餚。

「妳看，我為妳準備了美食。」他指向身後。我怔怔看他，忽然發現自己無法動彈，也無法發聲。而他依然微笑地望著我：「等妳準備好，我隨時恭候。」

他隨手拿起一個銀質酒杯，裡面盛裝著豔麗如血的葡萄酒，然而光滑明亮的表面卻沒有映照出我的身影，只看到一些房間內的陳設！

我、我難道隱身了？不，這更像是靈魂出竅，一如闍梨香召喚我時的情形。

難道這就是魔王召喚林茵的方式？

「明洋！」

正想著，林茵的聲音就出現了。隨著明洋轉身，我看到了一身白色長裙的林茵，依舊是修都聖女的裝扮。長裙款式類似古典的希臘女裙，右邊的肩膀上是一朵美麗的金色花朵，連結著肩帶。

林茵的一頭長髮披散在身後，純淨無瑕的容顏讓她更像是古希臘的聖女。

林茵！我著急地想呼喊她，無奈依然沒有聲音。

明洋朝林茵走去。林茵開心地跑向他，像個戀愛中的少女般挽住了心愛對象的手臂：「明洋，魔王為什麼一定要那瀾？」

明洋甩開她的手，走到我身旁一字一頓地說：「因為那瀾有一隻眼睛是真實之眼！」

「一隻眼睛？那另一隻真實之眼呢？」

「在魔王這裡。」

什麼，魔王也有一隻真實之眼？難怪他那麼強大，人王們根本不是他的對手！

「原來是這樣啊！哈哈，那把她獻祭給魔王，魔王就能幫我們離開囉！」

林茵說完還白了我一眼。

那個白眼是什麼意思？妳就那麼想讓我死嗎？「把她獻祭給魔王」這種話妳也好意思說出來，妳真的知道魔王是誰嗎？

「妳希望那瀾死？」明洋立刻沉下臉。林茵噘起嘴：「學長，魔王想要那瀾，你就把那瀾給他，不然我們永遠都沒辦法離開這個世界的。」

「妳不喜歡這個世界嗎？」

林茵側身捲弄自己的長髮：「這個世界這麼小，科技也很落後，夏天沒有冷氣，到處都是蚊蟲。我知道你現在擁有強大的力量，不想離開這個世界，可是等我們回到自己的世界後，我會叫爸爸為你安排一個——」

「我不稀罕！」明洋突然大吼，把嬌小的林茵嚇了一跳。他展開自己的手臂：「我在這裡是王！是王！」

「什麼王，我看你是捨不得那瀾吧？」林茵泛著醋意地瞪向明洋：「你就是捨不得那瀾！那種裝文青的女人有什麼好的？你心目中的女神給錢就能上床，比誰都賤！」

「賤人——」

明洋揮舞手臂，魔力驟然爆發，林茵瞬間從我眼前被掀飛。下一刻，她重重撞在了牆上，身子軟軟滑落。明洋的手臂瞬間拉長，一把扣住她纖柔的脖子，鮮血正從林茵的嘴角緩緩滑下。

「妳以為妳是什麼東西？妳只是那瀾的替補——」明洋將林茵拉到面前，她恐慌而震驚地呆看著

明洋。明洋的手指緩緩滑過林茵的嘴角，刮下了她嘴角的鮮血，放到鼻尖，閉上眼睛，享受地嗅聞：「這血如果是那瀾的，一定更加香甜……我更想要那瀾的身體了……」

我全身的寒毛在那一刻豎起，明洋忽然一百八十度扭頭看向我，雙眼變成了那雙一直在黑暗世界裡盯著我的眼睛：「那瀾，我等妳！」

「啊！」

我嚇得倒抽一口涼氣，身體像是被一股無形而巨大的力量猛然拽回，再次拽入那無邊無垠的黑暗。那扇門在黑暗的世界裡越來越遠、越來越小，整個空間裡縈繞著魔王張狂的大笑：「哈哈哈——哈哈哈——」

我猛然從惡夢中驚醒，額頭上滿是冷汗。忽然一隻火熱的大手捂住了我的嘴，我定睛一看，看到了伏色魔耶那張充滿傲氣的臉和他身上閃耀的紅色神紋！

「噓！不許出聲！」

伏色魔耶低聲說道，語帶威脅，神色詭異。他蹲跨在我的上方，紅色長髮在跳躍的火焰中閃耀著刺眼的光芒。

他惡狠狠地瞪了我一眼，一把拉起我，從修和安歌的身體間躍過。

我們來到層層藤簾之外，安都乾燥悶熱的氣息立即撲面而來。由於被植物包圍，加上擺放著冰棺，藤簾內非常清涼。

「你幹什麼？」

我有些生氣地甩開他的手，就知道他一直想揍我！

「噓！」他再度緊張地捂住我的嘴，左看右看看了好久才放開我，開口問：「我身上的神紋是什麼樣子的？」

我登時怔立在他面前。儘管語氣是強硬的質問，他的眼神卻又流露出一絲孩子氣。我總算明白他為何這麼偷偷摸摸的，因為外人眼中的伏色魔耶不可能開口求問我這個女人，然而藏在他內心深處的好奇心，卻又讓他對自己身上的神紋非常在意！

這位沙文主義的人王選擇偷偷夜會我，是因為他不好意思。

我挑眉凝視他。他似乎有所察覺，鼓了鼓渾身的肌肉轉過身，高大的身形忽然顯得有些可愛：「如果妳敢取笑我，我——」

「像火焰。」我輕聲說。他立刻回過頭，急切地抓住我的手臂追問：「什麼樣的火焰？是不是比別人的更威風！」

他的手異常地燙，像經過火焰烘烤一般！

「像熊熊燃燒的火焰，確實比別人都威風！」

伏色魔耶笑了，收回熾熱的手，得意地昂起頭：「我就知道我的神紋一定比其他人的威風！」他得意地笑了一會兒，忽然低下頭，挑眉看我：「女人，妳不會是在敷衍我吧？如果妳敢騙我，我就馬上把妳扔出去！」他忽然又咬牙切齒地揪住我的衣領。

我生氣瞪他：「我才沒騙你呢！我那麼討厭你，為什麼要討好你？」

他一愣，放開我。我生氣地扭開臉：「現在安羽屍骨未寒，你還有心思關心自己的神紋比誰厲害？」

「安羽一定會復活的！」他突然篤定地這麼說，像是對天發誓一般。我吃驚地望著他，那雙火紅的眼睛直勾勾地盯著我：「我知道妳一定會讓他復活的！」

我呆立原地，感到震驚無比，完全說不出半個字來。

沒想到伏色魔耶竟然如此信任我！

他煩躁地轉過身去：「就像妳之前做的那些事……我雖然一直不想承認妳救了川、治好了修，也救、救、救了我——」最後幾個字可說是細若蚊吟，足見他有多麼不想承認：「當初我一直以為不會有人來救我了，完全不抱任何希望。魔王鎖鍊上的魔力是我們人王的剋星，我無法掙脫。沒想到妳卻來了……」

他回頭狠狠地盯著我，神情像是憎恨我救了他，讓這件事成為他一生中難以磨滅的汙點！

「所以我不是叫修去救你了嗎？」

我也知道他死要面子。

「嗯，是修救了我！」他也大聲強調，以食指指著我的臉：「記住，今晚我沒來過，沒跟妳說過這些話！聽著，女人！」伏色魔耶一字一頓地說：「如果妳沒辦法讓安羽復活，修跟安羽的帳我會一起算！別的人王可能捨不得殺妳，但我伏色魔耶絕對不會！」

他一個轉身，揚起那身火紅的披風和長髮，甩過我面前，掀起一股火焰般的熱浪。

我站在原地愣了好久，直到看見靈川和鄯善緩緩走過來。

我跑上前，鄯善和靈川正在告別：「那就這麼決定了，你也早點休息吧。」

「嗯。」

善良的尊者。

忽然，鄯善發現了我，綻開一抹慈祥微笑，捲捲的長髮貼在臉邊，讓他看起來像是天竺國高貴而善良的尊者。

靈川順著他的目光轉身看來，表情有些驚訝：「妳怎麼醒了？」

鄯善笑了：「我想她可能是因為你不在，無法安睡。」

聞言，靈川面露一絲憂慮。魔王的事讓他臉上的表情多了起來，然而這並非好現象。

「那瀾，明天就看妳了。我們的希望全寄託在妳身上，好好休息，安羽如果看到妳為他傷神也會難過的。養好精神，我們一起全力讓安羽復活吧！」

鄯善的安慰總是那麼讓人感到溫暖。

他轉身離去，月光下是他散發著朦朧佛光的背影。鄯善身上的花紋如同菩提枝葉般盤繞，是暖暖的金黃色。

他捲捲的長髮梳成一束垂落身後，淡黃色的上衣宛如袈裟，同色的燈籠褲在夜風中輕鼓。他赤腳而行，腳鍊上的小鈴鐺隨著他輕輕的腳步，發出清脆的「叮叮」聲。

「睡不著？」靈川出言關心。我點點頭：「做了個惡夢。」

他柔聲安慰：「睡吧，我不會再走了。」

「嗯。」

靈川告訴我，在我睡著之後，涅梵來找他繼續商議對抗魔王的事。現在形勢非常嚴峻，魔王的魔兵是黑暗生物，他們依託魔王的魔力而生，如果不消滅魔王，魔兵是殺之不盡的！

所有的一切還是回到源頭——必須鎮壓魔王！

可是，魔王的魔力十分強大，他們已經無法與其抗衡……樓蘭人的希望，變得渺茫無比。

有了靈川陪伴在身邊，我很快地安心入睡。

只覺得周圍的世界越來越冷，那股寒冷是死亡的陰冷。我慢慢睜開雙眼，卻看到了闍梨香！

我吃驚起身。她就站在安羽的冰棺旁，身上是安都樸素的月牙色絲綢長裙，長長捲髮披散在身後，耳邊各編著一束細細的髮辮，上面點綴著潔白明亮的珍珠。她微微透明的手緩緩伸入冰棺，輕輕撫摸安羽寧靜的睡顏。

「闍梨香！」

我急急呼喚她，她卻對我豎起一根食指：「噓……」

我很著急，因為還有那麼多謎題沒有解開！她卻顯得那麼寧靜祥和。

她溫柔地注視安羽的臉龐，雙目之中流露出深深的愧疚，像是已經認識安羽很久很久了。

她轉身看向熟睡的安歌，臉上的神情卻透出了淡淡的悲傷。

我緩緩走向她，站在她身旁：「妳……愛他們？他們也是妳轉世的愛人？」

她緩緩垂下臉，臉上滿是哀傷與愧疚，靜了片刻，再次緩緩抬頭看向上方的靈樹。靈樹上，安羽的靈果因為受到我的干擾，還沒有被摘除。

但摘除靈果是有時間限制的，這點我知道，也讓我對安羽相當愧疚，因為我的執念，讓他遲遲不能進入輪迴。

闍梨香對我招招手，我把手伸向她，她握住了我的手，我頓時感到自己身輕如燕。

我和她一起飄飛離地，看著寧靜安睡的安歌、修和靈川，以及我蜷縮在他們之間的身體。

她帶我來到安羽的靈果旁，上頭的黑色神紋隱隱閃耀著光芒。

她伸出食指輕輕一點，忽然，靈果的外殼裂開了，我還是第一次看到這樣的情形。隨著靈果裂開，我赫然看到安羽沉睡其中。他赤裸的身體受到靈光包覆，表情異常安詳，宛如拇指姑娘睡在花苞之中。

還記得和他睡在一起的那幾晚，一旦我離開他身邊，他就會從夢魘中驚醒，全身顫抖，雙眼更是充滿驚慌和恐懼。

闍梨香將手指輕輕伸入靈果內，我立刻阻止她：「不要吵醒他！」

她卻只是對我微微一笑，輕輕地點在安羽小小的臉上。

安羽的雙眉在闍梨香的碰觸下微微一皺。他不開心地翻了個身，我彷彿發現了另一個神奇的世界，在靈果之外看著裡頭被保護的靈魂！

安羽翻來覆去一會兒，坐起身伸了個懶腰，雙手揉揉眼睛，緩緩睜開，那一刻，我看到了如同初生嬰兒般清澈的瞳眸。那雙銀瞳好奇地環顧周圍，最後捕捉到我和闍梨香。

他像是根本不認識我一般，疑惑地側著頭，在靈光中站了起來，小小的身體上沒有半絲花紋。原來那些花紋真的是個牢籠，就像此刻包覆住他的靈果外殼！

螢光綠色的靈光遮住了他大部分的身體。他一步步朝我走來，伸出小小的手，好奇地摸了摸我的

眼睛，我的睫毛隨之輕顫。他像是找到了好玩的東西，開心地笑了起來，那笑容燦爛得如同冬日暖陽，然而不知為何，我卻感到一陣心酸，眼眶濕潤，淚水溢出了眼角。

他又好奇地摸向我的眼淚，我的淚水形成一顆淚珠滾落他的手心，他以雙手捧住，細細打量。他的記憶像是被徹底滌清，徹底忘記了悲傷、痛苦、驚慌、孤獨、恐慌……他所經歷的一切磨難被沖刷殆盡，只留下乾淨清澈的靈魂。

我是不是真的錯了？

我是不是真的應該放他走？

我是不是真的應該還他一個新的人生，讓他自由飛翔？

他捧著我的眼淚，透過淚珠看向我，一張小臉被放得好大，再次露出了開心的笑容，宛如收到了一份世上最好玩的禮物。

他輕輕將我的淚珠放在靈果裡，盤腿坐下，左看看右看看，好奇地伸出小小的粉舌舔了舔，立刻皺起了眉，我不由得笑了。他聽到我的笑聲，立刻朝我看來，我匆匆擦去眼淚：「對不起，安羽，或許我真的做錯了……」

他狐疑地站起身，朝我走來時不小心踢到了我的淚水，淚珠立刻破碎，他開心的小臉立刻布滿哀傷。他難過地再次蹲下去，看著原本淚珠所在的地方，然後抬起頭，楚楚可憐地朝我望來，那哀求的模樣像是跟母親要糖吃的孩子。

「你喜歡？」

我輕輕問，深怕自己的聲音太響，吵到了他。

他立刻點頭。然後跑向我，朝我伸出雙手，小小的臉上滿是期盼，銀瞳之中顫顫閃爍，流露出一絲焦急。

我點了點頭，閉上眼睛，眨落殘餘的眼淚，淚珠再次落到他的雙手中。他立刻開心得像是得到糖果的小孩，小心翼翼將淚珠抱回靈果中，輕輕放下，再次心滿意足地看著它。

他現在的世界是那麼地簡單，我為什麼還要強迫他回到原本的世界？

「闍梨香，妳是不是也希望我放他走，才讓我看到這一切？」

我幽幽地看向闍梨香，心裡很酸、很漲。

闍梨香卻搖搖頭，伸手再次指向靈果內。我看了過去，卻發現安羽正透過我的淚珠細細打量我，見我看他，他匆匆撇開臉，隨後開始偷偷瞟我。

闍梨香對著靈果輕輕吹了口氣，「呼……」靈果內的靈光頓時立刻飛舞起來，其中一點飄散進我的眼睛，我看到了一幅畫面——是兩個兄弟。他們有著同樣的雪髮，站在絢爛的櫻花樹下，雪白的長髮和櫻花的花瓣一起飛揚，乍看有些神似安歌、安羽，細瞧卻又不像。

「哥，如果錯過這次機會，香香就不會再回來了！她要去做女皇了，要跟別的男人結婚了！」櫻花樹下的少年穿著同樣是櫻花的長袍，一個粉紅色，一個粉藍色。

「你不說我去替你說！」少年要走，被另一個急急拉住：「弟弟！你不要逼香香，她已經夠煩了！」

「有什麼可煩的？你與她從小青梅竹馬，她為什麼不跟你結婚，要跟別的男人結婚？」

「弟弟，我們跟她從小一起長大，你難道看不出來香香是在逃避我們兩個嗎？」

身穿粉紅衣衫的少年一愣：「為什麼要逃避？」

「因為……因為……因為！」

「——因為我同時愛上了你們。」

闍梨香忽然從一旁出現，看上去那麼年輕美麗、英姿煥發，身上是有些磨損的戰甲，手裡握著劍柄。

「你們以為我想做女皇嗎？」闍梨香的臉上仍帶著稚氣，她難過地低下頭：「我們三個從小一起長大，我捨不得你們，卻又不想只選一個……對不起，我不希望我們三人都陷入煩惱，所以……我要去做女皇了，再見。」

闍梨香轉身離去，留下兩個呆立在櫻花樹下的少年。

畫面在我的眼前化作櫻花片片消逝，我有些吃驚地看闍梨香：「原來他們是……」

闍梨香幽幽地別開臉。她對青梅竹馬的愛是那麼地刻骨銘心，但當時的她剛剛接受神力，不知道長生不老其實是個詛咒。

又一點靈光飄入眼睛，眼前的畫面忽然熱鬧起來，耳邊響起無數的歡呼聲，像是在熱烈地慶祝著什麼。

然後，我看到了闍梨香的馬車緩緩而來，她高高站在馬車上，身上是華美的白色禮裙，美麗得像是天神的女兒。

她臉上的神情已不再像是個小女孩，展現出自信及成熟，已經像一位真正的女皇，昂首挺立，揮舞手臂接受百姓的歡呼。

忽然間，雪髮掠過我面前，只見兩個身穿斗篷的人匆匆走過，灰色的帽簷下露出雪白的髮絲。

「弟弟！弟弟！」

後者緊緊追趕前者，他們跑入了一邊的小巷，後面的人猛地一把揪住了前者，前者轉身時帽簷滑落，露出了一頭雪髮——是櫻花樹下的粉衣少年，他的臉上滿是憤怒、不甘，與深深的傷痛！

「弟弟，你別這樣，我們是來參加女皇的婚禮的，是來道賀的！」

「她不是女皇，她是我們的香香！她應該和我們在一起！」少年失控地大吼，聲音嘶啞：「說什麼不想讓我們一起煩惱，說什麼因為同時喜歡上了我們兩個……那現在算什麼？哥哥，難道你不生氣嗎？」

「弟弟……」另一個少年心疼地上前抱住他：「她已經不再是我們的香香了，她是大家的女皇，但在我心裡，她還是我們的香香。弟弟，不要這樣。」

「我不甘心！哥哥，我不甘心！她這是藉口！因為不能同時和我們在一起就選了別的男人，這算什麼藉口！」他憤怒地推開了抱住他的哥哥，銀瞳中藏著深深的痛：「這輩子，我不想再見到她了！她居然還邀請我們參加她的婚禮，這分明是對我們的羞辱！她在羞辱我們對她的愛，嘲笑我們對她的愛！」

心痛不甘的少年說完後憤然離去。點點靈光覆蓋了眼前的畫面，緊接著映入眼簾的是好奇盯著我的安羽，他的銀瞳此刻清澈得足以照出每個人的影子。

我看向闍梨香：「妳當時沒有想過要和他們在一起嗎？」

闍梨香深深擰眉，抿唇搖了搖頭，發出一聲輕輕的嘆息：「唉……」

「因為剛剛成為女王，沒想到可以廣納後宮？」

闇梨香惆悵地點了點頭。

是啊，頭一次做女王，那時的她想必還沒有這樣的氣魄。

看著她懊悔的神情，我也感嘆不已：「因為難以取捨，結果最後兩個都沒有選，也沒想到要去問問他們是不是願意三個人在一起，還被安羽誤會、妒恨——」

闇梨香陷入沉默，緩緩抬眸看向靈果裡的安羽，眼中的情緒顯得更加複雜，有懊悔、有深愛，還有一絲……恨。

又一點靈光飄來，再次進入我的眼睛。剎那間，我置身戰場之中，昏天黑地的空間裡，又出現了兩個雪髮的男子，但他們均已成年。我有些驚訝，因為他們的模樣看起來又不像是之前的少年了，此刻的他們身披戰甲，戰甲上是鮮紅的血！

周圍到處是廝殺的魔兵——這想必是五百年前的那次人魔大戰！

遠處忽然霞光萬丈，兩個雪髮男子停了下來，與此同時，不遠處的一名男性忽然突出重圍，他身穿巫師長袍，手中握著一根法杖，臉上戴著可怕的面具與頭盔。

其中一名雪髮男子毫不猶豫地舉起弓箭，一箭射向了巫師。巫師中箭後自空中落下，頭盔掉落，露出了一頭銀髮！

我的心頓時一冷——那是和靈川一樣的銀髮！

「弟弟，你瘋了！」

「我沒瘋！誰叫他魅惑女皇？這次不殺就沒機會了！」

「弟弟！」

「我不管！」雪髮男子發狂大吼：「什麼前世今生？什麼前輩子的愛？她根本不愛我們！如果她愛我們，為什麼還去愛別的男人？她如果真的愛著我們，前世的我們死去之後，她就不該再跟別的男人在一起！那些男人都該死——」

雪髮男子發了瘋似的推開自己的哥哥，朝魔兵陣營廝殺而去。

闍梨香緩緩落下，剛與魔王大戰完的她身上傷痕累累，眼中透著疲憊和悲傷。渾身是血的雪髮男子呆立在原地，手中的刀正刺進某個綠髮男子的體內。

「女皇……陛下……」

「你、你到底做了什麼？」

闍梨香痛苦而憤怒地望著雪髮男子，眼中流露出一抹失望。她趔趄轉身，走向被刺死的綠髮男子，深深地抱緊他，痛苦哭泣。

畫面隨沙而去，我的身邊依舊是沉默的闍梨香。

這些莫非是安羽前世的記憶？原來靈果的靈光是安羽的記憶！

「前世的安羽是因為嫉妒，殺了妳心愛的男人？」

我震驚地看向闍梨香。她默默點頭，扭開了臉，臉上是深深的悔恨。

「難道、難道是為了彌補前世的遺憾，在安歌和安羽轉世後，妳又和他們結婚了？」

闍梨香點了點頭，長嘆一聲，忽然開了口：「是我太執著了。」她痛苦地擰緊雙眉，聲音幽寂得像是自山谷深處而來，悲傷宛若要撕碎她的身體：「在他們第一世的時候，我只是個孩子，沒想過可以跟他們在一起。當他們轉世後，為了彌補我們三人間的遺憾，也因為再次見到他們而情難自抑，我便把他們接入宮。是我的執著害了他們，害了小羽。」

闇梨香緩緩望向靈果內的安羽，心痛地閉上雙眼，睫毛痛苦地輕顫。她努力平復情緒，再次開口：「小羽因為嫉妒而殺了那一世我心愛的男人。回宮後，我把他趕出宮，隨後他就自殺了……鮮血染紅了護城河，小安也因為受不了失去小羽而投河自盡。」

「咦……」

我再次看向靈果中仍好奇打量著我的安羽，原來這段孽緣從那麼久以前就結下了。即使經歷千百次生死輪迴，他心底的恨也無法被徹底洗刷。

「他們後來要殺我並非巧合，命運早就做了安排，也是我的果報。呵呵……後來的事妳也知道了，我不敢再去愛，卻又因為看著喜歡的人愛上別人而痛苦，所以當這些男人在這世來殺我時，我沒有反抗，反而把我的恨留給了他們。」她的唇角揚起一抹苦澀的笑：「那瀾，這是我第一次跟妳說了這麼多話。小羽在這一世學會了成全與犧牲，這是他獲得新生的希望，我希望妳能幫助他，幫助他從憎恨的魔咒中徹底解脫，獲得真正的愛。那瀾，妳就是我，我就是妳，我不想再繼續錯下去，也不想讓大家又一次帶著痛與恨死去——」

「我就是妳？那妳又是什麼？」我不解地問她。她淡淡地笑了：「我們還會再見面的。」

「等等，闇梨香，協助我找到神王吧！妳一定知道怎麼見到他！」

她的神情再次變得黯淡：「沒有神王。」

「什麼？沒有神王？」

「沒有。是我的錯，是我喚醒了他——」

「喚醒了誰？」

她疲倦地抬眸：「過去的一切就讓我來背負吧。從現在起，希望妳能好好矯正這五百年來相愛相殺的錯誤。」

她的身影在空氣中慢慢消散，我急忙抓向她，卻把她抓得更加破碎。

我呆呆望著消逝而去的闍梨香。這些話到底是什麼意思？她到底喚醒了誰？她之所以讓我看到這一切，到底是希望我放安羽走還是別放？

我一直希望闍梨香的出現能幫我解開謎團，卻沒想到她帶來了更多謎團！

我再次轉頭看向安羽，發現靈果正在慢慢合攏，他焦急地凝視我，小小的手伸向我，銀瞳中帶著急切。我將手指伸向他，然而他的臉依舊消失在合攏的靈果中，一隻小小的手貼上略顯透明的果皮，重重拍打。神紋再次閃耀光芒，化作牢籠，再一次地囚困他。

我伸出食指，輕輕按在果皮後方的那隻小手上，他不再拍打，而是重重按在我的食指指腹上，像是在告訴我他的存在。

「小羽，我該怎麼做？」

我隱約感覺到指腹貼上了一張小小的臉。闍梨香說過去的一切由她來背負，難道是指安羽的恨與錯都由她來承擔，然後讓我和他重新開始？

她說我就是她，她就是我。可是，為什麼我是從外面世界來的？如果這個等式真的成立，照理說我也應該被花紋囚困，無法離開這個世界才對。看來這又是另一個謎團了。

「那瀾？那瀾？」

有人輕輕拍打我的臉。

「瘋女人？瘋女人？」

又有一雙小手拚命掀我的眼皮。

「你這隻蚊子不要靠近我的女王大人！」

我在修的怒吼中徹底醒來，擰眉起身，嘈雜的聲響瞬間安靜了。

我揉揉眼睛，問：「你們在吵什麼？」

「瘋女人，父王決定了！他們願意為妳打開通往神界的通道！」

我一驚，驚喜地睜大雙眼，眼前是伊森震顫的翅膀，他懸停在和煦的晨光中，激動地笑著。忽然，一縷暗紫色光芒掠過眼前，將伊森撞飛，摩恩隨即出現在我面前，朝我邪魅一笑：「還不快點起來，安羽的復活都要靠妳了。」

「嗯！」

我立刻起身，發現安歌正站在冰棺旁，呆呆地望著裡頭的安羽。前一世，安羽為情而死，安歌也隨他而去，他們像是緊緊纏繞的連理枝，無法分離。

莫非這才是闍梨香讓我窺看安羽記憶的目的，因為不想讓這樣的悲劇再次發生？

安羽愛得那麼痴、那麼執著、那麼痛苦，這種命運真的如同闍梨香所言，是魔咒，是比他們身上的詛咒更可怕的魔咒！

「怎麼了？」耳邊傳來靈川淡淡的聲音。

我陷入沉默。此時的修正忙著驅趕伊森和摩恩：「別靠近我的女王大人！走開走開，你們這兩隻蚊子和蒼蠅！」

「川，我看到了安羽的前世。」聞言，安歌一怔，立刻朝我看來。我心境複雜地望向他：「小羽的前生太痛苦了。」

安歌的銀瞳顫了顫，迷茫地垂下頭：「為什麼、為什麼要讓小羽生生世世活在痛苦中？不，不，我不能讓小羽再痛下去……我不希望他復活了！我不希望他復活了！」

他的神力突然失控，白色神紋閃耀強烈光芒，如同白蟒纏繞在他的脖子上。他猛地朝冰棺砸去。

「安歌！」我著急呼喚。靈川立刻奔向安歌，緊緊抱住他：「安歌，冷靜！」

「放開我！靈川，這是錯的，小羽不想再痛苦下去了，你明不明白？他不想再繼續痛苦——」

安歌哭喊起來，聲嘶力竭。

我大步走到安歌面前，緊緊握住他顫抖的手：「如果讓他進入輪迴，他下一世依然會重複這樣的痛苦！只有這一世……闍梨香說，這一世是他擺脫魔咒的機會，你明白嗎？」

「闍梨香……」

安歌的情緒逐漸平復，呆呆地看著我。

「闍梨香？」

靈川鬆開安羽，同樣面露疑惑。

我點點頭：「闍梨香說，她和你們陷入相愛相殺的命運。她曾經愛著你們，最後這份愛卻變成彼此傷害的導火線。」

「我們？」

靈川顯得有些吃驚。摩恩、伊森和修也來到我身旁，訝異地聽我說話。

「是的，不過那一切都過去了。我還問了關於神王的事，但她、她說——」

「她說了什麼？」靈川握住我的肩膀。我擰眉搖頭：「她說沒有神王。」

「怎麼可能？」摩恩驚呼：「父王馬上就要為妳打開前往神界的通道，如果沒有神王，又怎麼會有神界？」

靈川也皺起眉頭，陷入沉思，像是在腦中檢索他看過的所有古籍，為我解開闍梨香這句話中隱藏的祕密。

「不管有沒有神王，總之去了才知道。」

我想，既然解不開謎團，倒不如親眼去瞧瞧！

「對！」伊森飛到我面前：「那就走吧！父王和魔加羅叔叔已經前往聖光之門了。」

我再次看向靈川：「還有一件事。闍梨香說她喚醒了『他』，但我不知道這個『他』指的是誰。靈川，你覺得這句話是什麼意思？」

「喚醒……」靈川愁眉不展，想了片刻後搖搖頭：「我再查查。」

「喚醒……喚醒……」修也在一旁複誦，像是正努力尋找答案。如果他完全恢復了，說不定還真能幫上忙，畢竟以前的他是個天才，看過的書應該比靈川更多。

靈川緊緊揪住安歌的肩膀：「安歌振作，我們需要你。」

安歌跪在安羽的冰棺旁，虔誠祈禱：「小羽，等我回來。」

他隨即起身。靈川朝我們點點頭，我們一起步出藤簾。陽光頃刻灑滿眼前。殿門外是樓蘭古國的人王們，他們站在陽光下，神采奕奕，身上的神光更是前所未見的閃耀，看來他們已經做好了迎戰魔王的準備。

在伊森和摩恩的帶領下，我們再次穿越聖光之門，遠處可見伊瑟斯和魔加羅正站在中央廣場最中心的圖騰旁。

我隨伊森和摩恩繼續前行，卻發現靈川和涅梵等人駐足在聖光之門前。我疑惑地看著他們，他們卻轉身往回走。

「川！」

靈川回過頭來對我說：「妳不會有事的。」說完，他和修繼續往回走。

「打開神界通道後，聖光之門的神力會消失，所以我們必須守住這扇門。」涅梵向我解釋：「我們會關閉安都的門，以防魔王入侵其他世界。那瀾，這次是背水一戰，要是失敗，妳就儘快離開吧！」

「不，我想和你們在一起！川、修，等我回來！」

我朝靈川和修大喊，他們停下了腳步，卻沒有轉身，整個世界忽然安靜下來。

這不對勁，他們到底有什麼事瞞著我？

「川、修！」

我再度呼喚他們，這一次，他們置若罔聞地離去。

我著急地抓住涅梵的手臂：「你們到底想做什麼？你們是不是有什麼事瞞著我？」

涅梵默默地拉開我的手，轉身離開。那一刻，他的臉上流露出孤寂與心傷，一縷黑髮掠過我的臉龐，透著一絲悲涼。

「女人，希望妳的計畫有用。」

伏色魔耶挺胸俯看我，神情複雜而掙扎。他右手的拳頭捏了又捏，抬起又放下，似乎感到相當猶豫。忽然，他舉起拳頭，一拳打在我的肩膀上，指了指我後轉身。

我怔怔看著他們接二連三地消失在聖光之門後方。他們到底是怎麼了？這感覺很像訣別，我不要！我不喜歡此刻這種彷彿即將永別的感覺！他們到底打算做什麼？

「那瀾，別擔心。」鄯善微笑看我。玉音斜靠在他身旁：「不錯～～別太小看我們的神力～～我們是絕對不會讓魔王破壞我們的家園的～～」

「你們到底要做什麼？」

玉音嫵媚的眼中頓時劃過一抹怪異的光，匆匆轉身。他們果然在隱瞞我什麼事！

「沒什麼，我們只是想保衛自己的家園。」鄯善微微一笑：「那瀾，如果妳見到神王，請代我問問他，這兩千年下來，他的恨除了嗎？」

我一愣，神王的恨？

鄯善對我緩緩一禮，轉身走向聖光之門。當他的身影消失後，伊森和摩恩飛到我面前催促：「瘋女人，快！」

我懷著深深的憂慮，轉身走向廣場中央，和人王們越離越遠。我突然覺得雙臂有些發涼，一種不祥的感覺籠罩全身，令我戰慄不已。

我走到一個圓形的圖騰上，伊瑟斯和魔加羅分別站在左右兩邊，朝我點點頭。

「這是——」

「沒想到吧，瘋女人，通往神界的通道就在這兒。」伊森飛向圖騰中央，摩恩也隨即跟上：「只要運用我們精靈族的力量，便可以開啟通往神界的大門。」

他們一起往上看去——是那個泛著水光的世界，我曾經猜測那裡會不會是離開這個世界的通道。

「瘋女人，妳快站好！」

伊森在我面前飛來飛去，指引我站在中心處一個被月亮、太陽、星星和類似黑洞的圖案圍繞的圓裡，似乎非常興奮。

我站到圓內。他對摩恩點點頭，二人分別落在圖騰的南北兩邊，四個精靈分別站在東西南北四個方位，腳下的圖案各自是太陽、月亮、星星、黑洞。

「瘋女人，謝謝妳，我們很久沒看見父王和叔叔合作了。」

伊森高興地說。魔加羅和伊瑟斯一時顯得有些尷尬。

「我們開始吧。」

伊瑟斯開口打破這份尷尬。他高舉右手，法杖赫然出現，與此同時，魔加羅、伊森和摩恩的法杖也相繼出現，金色和黑色的光芒在四周炸亮。隨著他們將手中的法杖重重撞擊在地面，腳下的太陽、星星、月亮和黑洞都被點亮了！

白金色的光芒像是血液般順著紋路流到我的周圍，腳下的地面微微震顫。緊接著，受到八扇聖光之門包圍的廣場中心也飛速旋轉起來，各色光芒被吸入中央！

我看到安都的聖光之門在光芒消失時緩緩關閉，靈川他們的身影也出現在那巨大的石門之下。

「川——修——」

我朝他們大喊，然而石門在此時完全封閉，遮住了他們的身影。八個世界的護壁在這一刻徹底消失，我甚至看到了其餘七扇門後的景象！

靈都的寒氣進入了這個世界，伏都的熱氣也蒸騰而至，還有綠意盎然的修都、佛光滿溢的鄀都，以及玉都和我尚未去過的羽都和梵都……我清晰地看到梵都那些古色古香的漢代建築。

就在這時，白金色的光芒自我身下像是噴泉般湧起，我瞬間感到腳下一空，往下急速墜落！

底下出現了一個黑點，轉眼間成了巨大的黑色通道，令人不寒而慄的陰森感也隨之出現。我落到了光與暗的交界處，看到一雙手在黑暗中朝我伸來，當他即將抓住我時，我的身體又被急速地往上拽去，比我曾經搭過的任何一台電梯都快。而光芒越來越強烈，強烈到幾乎要刺瞎我的雙眼，再也無法睜開！

接著，時間像是突然停止似的，我的雙腳踩在穩穩的地面上。

我閉著眼睛踏了踏，是地面沒錯。

我輕輕睜開眼睛，登時驚訝得怔立在原地——眼前是無邊無垠、整齊排列的粗大石柱，圓形的金色石柱矗立在這個廣無邊際、沒有任何牆壁的空間中，舉目所見只有石柱和金沙流雲。

我的上方則是清澈的水面，清澈得可以看到上面世界的雲天！

我用力伸長手臂，想觸摸上方的天空，覺得原來的世界是那麼地近，卻又那麼地遠。

金沙流過我的身邊，我的腦中倏然冒出一幅畫面，像是時間的河流將我帶到遙遠的過去。駝隊緩緩走過，旅人跪在沙漠中，喝盡最後一滴水，倒在了無邊際的沙漠中，在日光的曝曬下，最後變成一具可怕的乾屍。

我摸著手中的金沙，它們像是蘊含著時間的魔力，記錄著過去的一切。

在這個縹緲的世界裡，我失去了方向，像是站在一個宇宙的中心點，看不到終點。

「神王——神王——」

我只好採用最笨的方法。雖然我看不到他，但他說不定能看到我，這裡是他的地盤，外人入侵怎麼可能沒有感覺？

「神王——神王——尉遲法——」

然而無論我怎麼呼喊，依舊看不到半個人影，只有寂靜無聲的金沙伴隨著我。

怎麼回事？神王難道外出了？

我開始向前跑，但無論怎麼跑，周圍的景物還是一模一樣，毫無變化，猶如昨晚夢中魔王帶我進入的黑暗世界。

難道真的像闍梨香所說的，沒有神王？

我的心一下子懸在半空中。不，我不相信，我一定會找到神王的！

我繼續向前奔跑，在廊柱間穿梭，越過一片又一片金沙。當我的臉撞上金沙時，時間的河流立刻將我再次捲入其中；我站在沙漠上，看到了一個被綁在石柱上的僧人，他的皮膚被曝曬得乾裂，全身都是可怕的鞭傷，鮮血將他身上的僧袍染成褐色。

一個女孩偷偷朝他跑來，拿起手裡的水袋餵他喝水，難過地看著他。僧人乾裂的嘴角卻揚起微

笑，彷彿這個女孩的出現，是他每天唯一感到欣慰的事。

這難道就是樓蘭傳說中的僧人？那個帶來預言，卻被樓蘭人視做妖僧的僧人？眼前金沙掠過，再次把我帶回原來的空間，眼前出現了一個懸浮在空中的巨大光球，像是我在夢中看過的光球。

記得吸了伊森精靈之力的那天，我夢見自己走在無邊無際的沙漠裡，然後看到了這個光球。

我立刻走向它，隱隱約看見光球中有東西，於是緩緩伸出手。金色的力量忽然從我指尖流出，朝那光球游去，宛如回到力量的源泉。

我有些驚訝，看了看自己的左手，再度毫不猶豫地伸向光球，從摩恩那裡吸來的暗紫色精靈之力也立刻從指尖流出，被光球吸收。

當兩股力量進入光球時，我忽然被巨大的力量帶起，緩緩拉向光球，漸漸進入其中，視野再次被光芒覆蓋，我的身體輕盈得像是失去了重力般飄浮。

我慢慢睜開雙眼，赫然看到一張沉睡的臉！

對方緊閉雙眸，閃耀著光芒的長髮融入周圍的光芒之中，幾縷髮絲飄浮在他的臉上，遮住了他的薄唇。俊美的臉大小適中，是標緻的鵝蛋臉，粉色的唇閃現美麗的珠光，宛如美麗的珍珠。狹長的眼線因他緊閉雙眸而更加清晰，絲一般的睫毛整齊覆蓋在他的眼瞼上。月牙般的雙眉間有著一點紅印，像是觀音身邊的金童。

他睡得那麼沉，似乎任何聲音都無法將他喚醒，我也不忍心將他喚醒。

他身上穿著類似白色袈裟的長袍，衣襬和寬大的衣袖在光芒中輕輕飄舞，溫潤如白玉雕琢而成的雙手交疊放在腹上，透著和煦的光芒。

難道他就是神王尉遲法？

「神王？是不是你？神王？」

我還是忍不住喚醒他了，無論接下來要面對的是怎樣的懲罰。

「神王——」

「沒用的。」

忽然，闍梨香出現了！我驚得差點飄飛出去，好不容易才控制住身體，盤腿坐在神王的身邊，另一邊是正襟危坐的闍梨香。

她的長髮已經不再捲曲，而是順直地披在身上，身上是一件簡單的白色長裙，聖潔得像是世上最純淨的靈魂。

「沒用的。」她看向神祕男子沉睡的臉龐，聲音比之前更加清晰了些：「魔王不死，神王不會醒來。」

「咦？我是來求神王誅滅魔王的，妳卻說魔王不死，神王不會醒……這到底是怎麼回事？」

闍梨香平靜地問我：「妳還沒看到真相嗎？」

「因為妳每次都不把話說清楚！妳說得不明不白，我要怎麼釐清真相？之前見到妳，妳更是連話都不會說——」

「那些是妳靈魂的碎片。」

我徹底愣在闍梨香面前。我的……什麼？靈魂的碎片？

「我也是碎片之一，只有妳自己才能找到真相。那瀾，找到真相，喚醒他……」闍梨香又在我面

前漸漸消逝而去。我急急抓向她：「不——」

最後，我仍舊只抓到一把金沙，周圍的世界瞬間斗轉星移，再次把我帶到那片沙漠、那個僧人的身邊。

幾個像是士兵的人跑了過來，一把拽住餵水給僧人喝的女孩。水袋掉在沙地上，清澈乾淨的水汨汨流出，很快沒入地下。

女孩在士兵手中掙扎，僧人憤怒地吶喊：「放開她，放開她，她沒有任何罪過！」

「她給你餵水就是罪！居然敢給妖僧餵水，必須處死，這是王的命令！」

士兵凶狠地拿起刀，殘忍地要殺害那個小女孩。

被水映濕的沙地開始旋轉，吸入周圍的一切。黑氣在僧人身上聚集，他憤怒地抬起頭，雙眼中滿是憎恨——是那幅畫上的眼睛，是魔王的眼睛！

黑沙驟然自他的身旁捲起，士兵嚇得連連後退：「妖僧！妖僧！」

女孩害怕地跑到僧人的身邊，緊緊抱住他，抓緊他的衣衫。

黑沙化去綁住僧人的繩索，消去他身上的傷痕，他的容顏漸漸恢復，竟是沉睡的神王尉遲法！

他將左手放在女孩的頭頂，右手緩緩舉起，天地頓時變色，腳下黑沙旋轉，開始吞噬周圍的一切！

「不——」

士兵被吸入沙地中，緊接著，所有的一切都開始陷落，驚叫聲從樓蘭城中傳來，黑沙像是大蟒蛇般鑽入每一扇窗戶、每一扇門，吞沒了裡面的每一個人。沒有人可以逃脫，可以倖免。

僧人的腳下出現了一個巨大的黑洞，老人、孩子、男人、女人，全都被深深拽入漆黑的深淵。僧人帶著女孩緩緩降下，最後也埋沒在一片黃沙之中。

周圍的黑沙漸漸化作金沙，世界再次成形，每個人的身體都被烙上詛咒的痕跡，無法再面對外面世界的陽光，他們被囚禁在這座地下古城裡，永生永世。

所有的一切再次隨沙而去，我呆坐在沉睡的尉遲法身邊，腦中那雙滿懷恨意的眼睛，久久揮之不去……

那雙伏都畫中的眼睛，那雙在夢魔中緊緊盯著我的眼睛，那雙和魔王一樣的眼睛！

答案終於浮現眼前，我卻難以置信！

神王是他，魔王也是他？

我呆滯地看向沉睡的神王。闍梨香說是她喚醒了他，難道她口中的他指的是魔王？

根據傳說，魔王並非經常出現，上一次出現是在五百年前，他沒有實體，需要依附在——

我猛然驚覺，魔王之所以沒有實體，是因為他的實體在這裡！

我立刻摸向尉遲法的臉，果然是貨真價實的肉身，溫暖柔軟而饒富觸感。我趴在他的胸口上，聽得見裡頭清晰的心跳聲。撲通！撲通！撲通！

「沒有神王。」闍梨香的話音在我耳邊再次響起：「唯有鎮壓魔王，他才會醒來。」

一旦鎮壓魔王，神王便會甦醒。

我明白了，魔王是尉遲法的恨！或許當尉遲法詛咒了所有人後，隨著光陰變遷，他又開始愛上了凡人，魔王消失而成了神王。然而又因為一些因素，他的恨再次占據上風，於是他又化作了魔王！

如此一來，一切就說得通了，原來尉遲法也一直在善惡之中掙扎！

難怪鄯善要我來問神王恨夠了沒。鄯善知道神王就是當年的那個僧人，他因為憎恨而詛咒了所有樓蘭人，要解開詛咒，首先得化解他的恨。

但鄯善沒想到魔王就是神王恨意的具象。從現在的情形看，他應該還沒恨夠。

可是，誘發他入魔的誘因又是什麼？

——是那個小女孩，那個送水的小女孩！

所有畫面在我的腦海中聯繫起來。這個世界既然有輪迴，那個小女孩一定也同樣輪迴著，尉遲法會不會一直用他的眼睛默默地關注著她？她的笑容、她的淚水、她的愛情，還有她的生活？

於是乎，小女孩成了尉遲法在神魔之間掙扎的最大原因！

他有強大的神力，然而即使樓蘭人讓他受到日曬雨淋，他也沒有運用自己強大的神力去懲罰他們，因為有個小女孩會偷偷餵水給他喝。他從她的身上看到了樓蘭人心底的善，也許他認為樓蘭人是會醒悟的。

這是佛性，也是佛心，他是個僧人，要勸化眾人。

正因如此，他不斷地壓抑著心底的那份憤怒和憎恨。他還沒完全根除七情六欲，還在修行之中。當士兵向小女孩舉起刀時，他徹底失望了，心中壓抑許久的怒氣與恨意瞬間爆發，吞噬了他的佛性，黑暗頃刻間傾覆了整座樓蘭古城。

古城的人一夜消失，成了兩千年歷史中一個難解的謎題。

他的恨是慢慢積蓄的，所以魔王並不時常出現。這次出現是為了什麼？上一次出現而被闍梨香鎮壓，又是為了什麼？

如果神王是尉遲法，魔王亦是尉遲法，那麼當初應該不是靠武力鎮壓他的，一定是利用別的力量，比方說喚起魔王的善念。

看來得找到那個小女孩，她或許是鎮壓魔王、喚醒神王的關鍵！

我飄浮到神王的上方，靜靜地看著他：「尉遲法，放手吧，你太累了。真希望有機會能把你帶回我的世界看看，你會感覺到我們的神比你寬容太多了，或許那時你就不會再恨樓蘭人了。世事確實總是讓人失望，然而如果沒有失望，又怎麼會有驚喜？」

我捧住尉遲法的臉，輕輕吻上他眉心的紅印，卻不知道自己為什麼要這麼做，總覺得心裡有一股莫名的感激讓我去親吻他、敬謝他。

我放開他的臉，那閃耀如陽光的髮絲從我指間劃過，我緩緩自他的身邊沉落，那張沉睡的臉龐在我面前再次被光芒覆蓋。當雙腳再次落在地面上後，我遙望空蕩蕩的神殿，或許正是因為尉遲法深愛樓蘭人，他們卻一次又一次地讓他失望，愛之深，恨之切。

我想，我該回去了。

突然間，腳下猛然陷落，我再次墜下。砰！這次我很快地落到了地面，屁股著地，疼得不得了！

「瘋女人！」伊森欣喜地飛到我面前。伊瑟斯和魔加羅吃驚地問：「妳真的見到神王了？」

「沒有，沒有神王。」我搖搖頭，他們驚愕地看著我。

「什麼意思?沒有神王？」摩恩也難以置信地質問我。

轟！一聲巨響傳來，大片的煙塵頓時揚起——安都的聖光之門被撞破了！一塊巨大的石門碎片正朝我飛來！

「瘋女人！」伊森立刻抱起我飛離。與此同時，伊瑟斯和魔加羅也揮動手中神杖，大喊：「快恢復聖光之門！」

「休想！」

兩條粗大無比的黑鞭從煙塵中飛出，瞬間拍飛了伊瑟斯和魔加羅。巨大的石塊落到中央，伊森帶我飛到空中，我驚愕地看到巨大的魔王頂天立地地站在安都的聖光之門前，腳踏破碎的聖光之門碎片，渾身魔紋宛如岩漿般在他身上流淌噴湧，甚至在他的身後形成一對血淋淋的翅膀！

「哈哈哈哈！那瀾，謝謝妳幫我打開聖光之門！哈哈哈——」

他巨大的身形站在煙塵飛揚的世界裡，笑聲震耳欲聾！

我捂住耳朵，伊森也因為巨大的聲響震動了他的翅膀，險些從高空跌落。

神光突然閃現，人王們從魔王後方齊齊飛出，為首的正是靈川：「伊森，快帶那瀾走！」

靈川和所有人王們釋放神力想阻止魔王前進，然而他們的神力打在魔王身上，就像是落在行人身上的雨點，毫無作用可言！

魔鞭倏然飛出，將人王們一一抽飛！

靈川、修、安歌、涅梵、玉音、鄯善、伏色魔耶一個個撞上聖光之門間看不見的結界壁，滑落之時，一隻隻由黑色魔力形成的巨掌將他們重重拍在上頭，我眼睜睜看著鮮血從靈川和修的嘴裡噴出，染紅了靈川銀色的長髮和修耳邊我為他編的中國結。

其他人的嘴角也流出金沙，像是全身的骨頭被魔王狠狠拍碎一般，痛苦不已！

魔王莫非是吞了林茵？否則怎麼那麼強大？

「那瀾，我終於找到妳了！」

魔王鮮紅的眼睛朝我看來，那雙和夢境裡如出一轍的眼睛此刻就在眼前，令我不寒而慄。

「放開她！」伴隨著魔王的大吼，伊森登時從空中墜落：「啊——」

巨大的鞭子橫掃過來，將我和伊森一起捲住，緊接著，另一條鞭子纏住了他的身體，用力扯開。

「啊——」

巨大的力量像是要把伊森扯碎，我心驚地發現他的腰間正滲出鮮血。

「住手！魔王！」

我憤怒地抽出聖劍，積蓄所有的力量朝魔王砍去！

「啊！」

魔王慘叫一聲，身後的魔光倏然迸射，迎向我的聖光。

我的聖光是無敵的！

光芒相撞，我手中的劍忽然「啪！」一聲碎了。我驚訝地看著手中破碎的劍，面前的魔光猛然蓋過了聖光，衝過我的面門，徹底融化了我的聖劍，我瞬間聽到了人們憤怒哀怨的嘶吼聲。

「啊——」

「哈哈哈！」魔王張狂地笑著：「那瀾，妳的力量是有限的，但我的力量來自於人們的恐懼、害怕和仇恨，它是無限的！」

我無助地捏緊手中僅剩的戒指。我的猜想是對的，魔王無法用武力鎮壓。上一次闍梨香如何鎮壓魔王，成了這一次喚醒神王的關鍵。

魔王拉扯伊森的動作終於停了下來，整個戰場也變得安靜不已。人王們被黑色的魔鞭一個個捲起，顯得那麼地無力而渺小！

魔王朝我伸出手，我身上的魔鞭緩緩鬆開。伊森死死環住我的腰，痛苦而沙啞地阻止我離開：

「瘋女人……不要去……」

隨著在他開口，鮮血再次流出，驚呆了同樣被鞭子捲起的伊瑟斯、魔加羅和摩恩，他們還不知道詛咒解除後帶來的變化。

「伊森，放開，我不會有事的。」

我捧住他的臉，狠狠吻上他的唇，血腥味在唇內蔓延，淚水滑落眼角。我毅然決然地拉開伊森的手，轉身邁開大步。

魔王以手掌接住了我，我站在他的手心上。他緩緩收回手掌，周圍傳來靈川等人的呼喊。

「瀾兒！」

「女王大人！」

「那瀾！」

「啊——」

魔鞭倏然收緊，讓他們再也喊不出聲音。

「不要傷害他們！」靈川他們痛苦的喊聲讓我的心都碎了！

「好。」魔王答應了我，放低聲音，像是怕把我給震飛。

我望著眼前的魔王，知道此刻的他沒有記憶，只有恨，因為他正是恨意的具象。

「那瀾，我說過，我會殺了妳所有的男人！」

「別這樣！」
我急急朝他伸出手，他的手心是那麼地熾熱，像是踩在岩漿上：「我什麼都給你！只要你答應我不再傷害我心愛的人，以及所有人王！」
魔王噴出滾燙的鼻息，鮮紅的眼睛裡是深深的憎恨。
「那瀾，妳這個白痴！」
涅梵好不容易才從牙縫中擠出這幾個字，吃力地喊了出來。
我看向我心愛的人們——靈川、修、伊森、安歌，以及面色蒼白、奄奄一息的涅梵、玉音、鄯善和不甘心的伏色魔耶，他同樣對我咬牙搖頭：「我們……不需要……妳這個女人……來救！別蠢……了……魔王的話……妳也信！所以說……妳們女人除了……生孩子……沒一點……用處！」
「好好照顧修。」
聽到我這麼說，伏色魔耶驚訝地瞪大雙眼，朝我伸出手：「妳……瘋了嗎？妳這是……白白犧牲！妳只會……讓魔王……更強大！」
我回頭看向魔王：「我要跟你訂立契約，我不相信你的諾言！」
魔王瞇起雙眼：「好。」
他在我面前畫出了一個泛著魔光的符號，符號和我的身體差不多大，與我相對。
「那瀾，我知道妳想要什麼。我魔王今日跟那瀾簽訂契約，答應那瀾不傷害那些人王，破壞這個世界的一草一木。」
我點點頭，對他說：「我想跟我的男人們告別。」

「哈哈哈！」魔王大笑：「我只是要妳的身體，從此你我一體，我不會獨占。」

我冷冷地瞪了他一眼：「身體你拿去，我不想跟你共存！我寧可永遠困在靈魂深處！」

「喔？」

魔王瞇起眼睛，魔鞭在他的掌邊浮起，形成通往靈川等人的道路。我走了上去，來到靈川和修的面前。

「女王大人……」修焦急地看著我。我伸手拭去他嘴角的血漬：「修，沒事的。」

「妳騙我！」修發瘋似的朝我嘶吼：「妳一定是騙我的！我不相信，不相信！」

「你們不是也有事瞞著我嗎？」我高聲說道。修一時啞口無言，低下了頭，難過低語：「我們只是不想讓妳擔心，想集合大家的力量製造結界困住魔王，如果失敗，我們可能會死——」

我就知道他們是抱著必死的心離去的！

他們怎麼可以這樣？怎麼可以自作主張用自己的命換取世界的和平？他們有沒有問過我是否同意？

「瀾兒……」靈川氣息微弱地望向我。我心痛地吻上他的唇，緊緊圈抱住他的脖子，在他耳邊輕語：「川，我見到神王了，我看到真相了！」

靈川微微一怔。

我更用力地抱住他：「川，你聽好了，如果這次失敗了，不要為我悲傷，我一定會回來，魔王不除，我是不會消失的！你只要等我，知道嗎？等我！」

他點了點頭，我放開他。靈川是人王中最冷靜的一個，只要他能保持鎮定，我們就還有希望。

我走向安歌，他的身上到處都是金沙。魔鞭帶著倒鉤，每捲緊他們一分，就會深深勾破他的皮肉。

我心痛地撫上他千瘡百孔的身體，他同樣氣息微弱地垂著頭：「那瀾……不要去……我們死……無所謂……」

「不，有所謂！」我緊緊地抱住了他的頭：「安歌，答應我好好活著，我會讓安羽回來，你要為我、為小羽好好活下去。等我回來——」

「那瀾……那瀾……我愛妳……」他像是用盡了最後的力氣，努力說出這句一直深埋心底的話：「小羽……應該也愛上妳了……」

「我知道……我知道……所以你更要活下去，我會帶你們一起走！」

我在安歌的雪髮上重重一吻，接著毫不猶豫地轉身，走向伊瑟斯和魔加羅。

他們有些疑惑地看著我。我站到伊瑟斯面前：「精靈王，我和伊森是真心相愛的，不管我是凡人，還是他是精靈，我們的愛都不會因為精靈族或是你而改變，所以也請你祝福我們！」我上前擁抱他，在他耳邊低語：「等魔王進入我身體後，請你和魔加羅再次打開通往神界的通道，引神光下來！」

「但、但妳的身體是不滅的！」

「不，那時應該可滅，希望能夠成功。如果失敗，請你帶伊森回到精靈界，好好看住他，別讓他尋死！」

我迅速說完，鎮定地瞥了伊森一眼，一旁的魔加羅和摩恩顯得有些困惑。

「瘋女人……」伊森著急地呼喚我。我對他說：「伊森，你父王同意我們在一起了，所以你要好好地活下來，我們還要舉行婚禮！」

「瘋女人。」伊森哀傷地看著我：「妳要是跟魔王合體，我們、我們、我們還怎麼親熱？」

我頓時又想揍他了。

「你這個白痴！別人都在關心魔王毀掉世界，你卻在關心這種事？」

伊森委屈地看著我：「因為我的世界裡只有妳。說實話，魔王有沒有毀掉這世界，我不是很在乎，我只在乎妳——」

「你這個蠢貨！」伊森的父王終於忍不住爆發了：「你真是讓我們精靈族蒙羞，我應該讓摩恩來繼承王位！」

「好，就這麼說定了！」魔加羅立刻在一旁大喊，伊瑟斯的臉色更難看了。

別離的悲傷氣氛瞬間被伊森這白痴給破壞了，也難怪他父王露出一副要吞劍自裁的模樣。

我轉身回到魔王面前：「還有一件事。你那麼厲害，能不能讓安羽復活？」

「我不能。」魔王渾厚的聲音在空曠的世界裡迴響：「但我可以讓他寄生！」

寄生？對啊，我怎麼忘了，亞夫的靈魂不也是寄生在仙人球的身上嗎？

我立刻說：「那你放開摩恩，讓他把安羽的靈果收來！」

魔王輕動身體，捲著摩恩的魔鞭已落到我面前，緩緩鬆開，摩恩黑紫色的翅膀立刻開展，身上盡是被魔力燒灼的傷口。

「那瀾，我的力量只能讓安羽寄生在植物身上，妳想讓安羽做一棵植物嗎？」

「我可以讓他寄生在人類身上。」魔王的聲音自摩恩身後而來，摩恩的臉上流露出一絲憤怒：「寄生在他人身上會對原來的靈魂造成傷害！」

「你說什麼？」我吃驚地看著摩恩。

摩恩捂住傷口，分外認真地看著我：「那瀾，靈魂之間會產生排斥，正因如此，魔王才需要妳自願讓他進入。魔王力量強大，能保存妳的靈魂，但常人到最後肯定會彼此傷害，除非這兩個靈魂彼此相愛、彼此接納——」

「我……我願意……」安歌微弱的聲音從一旁傳來，虛弱的他被扔到魔王的掌心上，掉在我身旁。安歌抓住我的手臂，我立刻扶起他，他蒼白的臉上透著堅定：「我願意……讓小羽寄生在我的身上……」

「你們的確合適！」摩恩立刻贊同地點點頭，轉瞬間消失在我們面前。

魔王抬手指向飄浮在空中的契約印記：「我已經答應妳所有要求，妳快簽下契約吧！」

我輕輕放下安歌：「我要看到他們融合後才會簽！」

魔王鮮紅的眼中流露出一絲不耐煩。他按捺憤怒，不再催促。

片刻間，摩恩再次出現在我們面前，手中是安羽的靈果。他將靈果輕輕放到我的手中，溫暖的靈果宛如心臟般跳動著，我能清晰地看到靈果內安羽小小的身影，他像是感覺到我握在靈果的壁上，伸出了那雙小手。

我小心翼翼地托起靈果：「安羽，我不會讓你和哥哥分開的，你們永遠都會在一起。」

我緩緩蹲下，將靈果放在氣息微弱的安歌心口，一股魔力隨即而來，捲起安羽的靈果，扯開安歌心口的衣襟，將那顆靈果埋入其中。

當魔力撤去後，一點黑色的神光自安歌心口鑽出，迅速纏上他白色的神紋，如同雨後發芽一般，快速地遍及全身，直至安歌神紋的每一處末端！

我終於安心地笑了，將臉貼在安歌的心口上：「安羽，照顧好安歌，別讓他做傻事，等我回來。」

「那……瀾……」

微弱的呼喚從安歌口中而出，我宛如聽到了兩個人的聲音。

我站起身，摩恩立刻拉住我：「那瀾，妳的靈魂會被魔王吞噬的！」黑色的魔鞭倏然閃過眼前，將摩恩捲走，徹底消失無蹤。

然而不管我的靈魂是否會被魔王吞噬，我都不再害怕了，因為今天我將會拽著他，一起灰飛煙滅！

「我準備好了，來訂立契約吧！」

我毫不猶豫地伸手拍向空中的魔印，魔印瞬間化作一道紅色細流進入我的手心、穿過我的手臂，我清晰地看到它像是小蛇般在手臂上游走，來到我的肩膀，右肩突然傳來燒灼的疼痛感。

「啊！」

我痛得不由跪落在魔王的手心上，滿頭冷汗。

「哈哈哈！那瀾，從此妳就是我魔王的女人，任何男人都不能再碰妳！」

他惡狠狠地說著，語氣霸道得像是宣布我已經成為他的所有物，任何人不得再靠近！

疼痛漸漸消失。我喘著粗氣看向魔王：「你這麼大，要怎麼進來？」

「我會縮小跟妳合體。」

「去那裡。」我指向廣場中央：「我不想讓我的男人們這麼近看我們合體。」

「好。」

魔王托著我往中央走去，魔鞭將靈川等人捲在空氣中，漸漸地遠離我。

走到中央時，魔王將我放下來，在我面前漸漸縮小，巨大的犄角收了回去，變成明洋的模樣。

「那瀾，我就知道妳會和我在一起的。」明洋微微一笑，眼裡是魔王的魔光。

我冷冷對他說：「不，我是和魔王在一起！」

明洋笑了笑：「魔王賜予我魔力，即使他離開我的身體，我依然擁有那份力量。那瀾，我們會在一起的。」

他一把拉過我的身體，扣住我的下巴，強行吻上我的唇，明洋的唇宛如岩漿般滾燙。他眼中的魔光漸漸消退：「開始迎接魔王吧，他會帶給妳無上的力量，妳會愛上這種感覺的。」

我憤憤地瞪著他，他用力扣住我的下巴，迫使我張開嘴。黑暗的氣息纏繞著金紅色魔紋，從他的嘴中像是讓人毛骨悚然的怨靈般爬出，侵入我的口中，我差點乾嘔而出，卻又顧不上這些了。因為我瞬間置身於漆黑無垠的世界中，四周是陰戾的慘叫、憤怒的嘶喊和怨恨的吼聲。

黑暗的世界飛速旋轉，出現了熔岩大地、飄飛的星火與燒焦的枯木。那些呼喊漸漸變成喊殺聲，黑沙掠過我面前，化作一隻魔物，士兵衝了過來，用手中的銀刀砍殺。我驚訝地看向四周，這畫面很熟悉——是上一次鎮壓魔王的場景！

忽然，我面前霞光四射，光芒中是開展神光之翅的闍梨香。

我曾見過這幅畫面，當時我一直以為闍梨香是用神力戰勝了魔王，認為要戰勝魔王需要找回她所有的力量，也就是八王！

闍梨香扇動神光之翅，朝我衝來，飛過我的上空。我立刻看向身後，在那裡的正是魔王！

此時的他看上去與常人大小無異。他舉起右手，仰天怒吼：「嗷！」

然而闍梨香沒有閃躲，反而直接撞上那隻尖銳的手，魔王尖銳的手頓時穿透了她的胸脯！

我呆呆地看著這一切。闍梨香為什麼要自尋死路？

但就在下一刻，我清晰地看到她身上的神力開始沿著插在她心口的手，攀上了魔王的手臂！

殺死人王的人可以獲得人王的神力！

就在這時，魔王終於感到驚恐，發出痛苦的嘶號：「啊！」他想抽回自己的手，卻被闍梨香牢牢握住，讓神力纏上魔王的身體！

「嗷！嗷！」

魔王痛苦掙扎，想要擺脫現狀，神力卻飛速地攀上他身上的魔紋，緊緊纏住他的身體，像是鎖鍊般牢牢將他捆綁起來！

「啊！啊！」

神力像是擰碎了魔王的魔紋似的，瞬間炸碎了他。

光芒迸射四散，帶著魔王的黑沙朝我湧來，我的眼前再度恢復成空曠的廣場。看來這是魔王的記憶！

我明白了，當初涅梵說魔力與人王的神力相剋，同樣的，神力也能箝制魔王的魔力。闍梨香想到這點，透過殺死人王獲得神力的方法，讓神力轉移到他身上。被迫得到神力的魔王，就像是吞入了世上最猛烈的毒藥。

所以，要殺死魔王，難道必須犧牲所有的人王們嗎？

不！魔王既然擁有獨立的記憶，想必不會再犯同樣的錯誤。難怪他那麼乾脆地答應我，同意不再傷害我的男人們，魔鬼果然是狡猾的！

胸口忽然一陣灼痛，我拉開衣領，赫然看到心口那屬於魔王的金紅色花紋！

這一次，我要用自己的方法來除掉魔王！

我立刻朝伊瑟斯大喊：「你們還在等什麼？趁我還能控制自己時動手吧！」

伊瑟斯和魔加羅立刻高舉法杖，顯然伊瑟斯已將我的計畫告訴了魔加羅。

「妳想做什麼？」明洋的聲音在我的耳邊響起：「魔王已經進入妳的身體，任何人都無法阻止！」

精靈的光芒朝法陣而來，明洋立刻舉起手，我直接推了他一把，讓他跌出法陣外。當他想朝我再次衝來時，光芒瞬間觸動法陣，沖天聖光落下，外頭傳來伊森的呼喊：「不！瘋女人！」

「哈哈哈！妳想做什麼？妳的身體是不滅的！」魔王在我耳邊大笑。

「是嗎？」我唇角揚起冷笑，淡淡地說出誓言：「川、修、伊森、安羽、安歌，我們相愛相殺了那麼久，這次我要留下來，永遠和你們在一起！」

手心頓時傳來一陣刺痛，我感覺到了魔王的憤怒：「那瀾，妳這個狡猾的女人！」

「哼，我要和我的男人們繼續相愛！」

隨著我的大喊脫口而出，神紋忽然從我手心裡竄出，急速纏上我的手臂！

「不！這是妳逼我的！」

我看到自己的雙手不受控制地打向心口，我頓時被一股巨大的力量拍飛，瞬間被吸入神光，急速朝上飛去，映入眼簾的居然是自己的身體，以及慢慢變成魔王的容貌。他在神光中抬起頭，對我揚起得意的笑。

他的臉漸漸變成了另一個像是尉遲法的男人，我的身體逐漸拉長拔高，頭上長出黑色犄角，緊貼在耳邊，在神光中徹底變成了男人的身軀。當神光將我徹底淹沒時，我只看到他邪惡的笑容。

「我會去找妳的！」他如此表示，鮮紅的眼裡有著對我的一絲嘲笑。

他輕輕鬆鬆地拉出我的靈魂，占據我的身體。

我失敗了……徹底地失敗了。

我在神光中不斷地飛著，不知飛了多久，直到撞入一片溫熱的水中。

砰！我以為是來時經過的那片神祕水域，卻沒想到無法在裡面呼吸，整個人像是溺水一般。劇烈晃動的水面上出現了凌亂的人影，幾個人匆匆躍下，七手八腳地把我拉了出去。意識朦朧間，我看到了古裝的男女，有的好像是太監——

這是怎麼回事？

眼前陷入一片黑暗，我徹底地昏了過去。

「那瀾……那瀾……」

昏昏沉沉中，我聽到了遙遠而輕微的呼喚。

我緩緩醒來，發現自己蜷縮著身體，如同嬰兒在母親腹中的睡姿。

我睜開眼睛，看到周圍飄飛的靈光，點點靈光包裹著我的身體，非常溫暖。

我站了起來，地面很軟，饒富彈性，像是柔軟的彈簧床。我疑惑地環顧四周，除了靈光外什麼也沒有。

「那瀾……那瀾……」

突然間，一張模糊而巨大的臉出現在我身前，我伸手摸向那張縹緲而虛無的臉。

「醒來……喚醒我……喚醒我……」

那張臉在靈光中緩緩消失，我朝他撲了過去，整個人瞬間坐起。

我醒了，我真的醒了！

我呆坐在鬆軟的床上，看著古色古香的房間，吃驚地摸上自己的臉。

我有臉！

我立刻再看向自己的身體，居然也在！我不是被魔王拉出自己的身體了嗎？不是只剩下靈魂了嗎？怎麼會有身體？

難道我復活了？

我立刻下床，兩腿卻不聽使喚地發軟，跌落而下，渾身像是洩了氣的皮球。我軟綿綿地趴在木質地板，頭也有些暈眩，所有景物都在我眼前不停晃動，晃動中再次出現凌亂的雙腳。

「快扶香兒回床，快！」

我還來不及發問，便再次沉沉入睡。

我到底發生了什麼事？

等我再度悠悠醒轉，只感覺肚子餓得快要發瘋。

「香兒，妳醒了？」

我看到一個身著古裝的女孩，服裝款式像是漢朝的宮婢。她匆匆拿來熱粥扶起我，聞到粥香的我什麼都顧不上了，總之先填飽肚子再說！

我狼吞虎嚥地吃下一碗又一碗粥，直接用手臂擦嘴，吃得太快還嗆著：「咳咳咳咳！」

「吃慢點，香兒。」

女孩好心地為我順背，遞上帕巾。我一把抓住她的手臂，清晰地看到她手臂上的花紋。

「花紋……花紋……我還在樓蘭！」

「香兒，妳幹什麼？抓痛我了！」

女孩吃痛地說。我放開她，她似乎認識我。

我立刻看向自己的身體，沒有花紋，什麼都沒有！一縷髮絲滑落我的手臂——是黑髮，是直直的黑髮！

怎麼會是黑髮？我的頭髮明明是染燙過的。而且她怎麼一直叫我香兒？

「鏡子！快給我鏡子！」

女孩匆匆拿來鏡子，我頓時看到一張和我長得南轅北轍的臉龐！

我放下鏡子，呆了三秒。我這是在樓蘭靈魂穿越了？

這下糟了，我非得搶回自己的身體不可，趕在魔王用我的身體去跟別的女人這樣那樣之前！

天啊……我要崩潰了！我徹底蜷縮在床上，久久沒出聲。

「香兒，香兒，妳別嚇我啊！妳怎麼了？別嚇我啊！」

「別吵了，我根本不是什麼香兒！」我憤怒地朝女孩咆哮。她被我吼得一時忘記說話，緊接著嚇得轉身飛奔大喊：「不好了，香兒瘋了！」

我扶額長嘆，再次拿起鏡子打量這個香兒。她長得挺漂亮，純正中國古典美人，鵝蛋臉、柳葉眉、櫻桃小嘴一點點、杏眸善良水盈盈。然而此刻這雙水靈靈的大眼裡滿是我的鬱悶、糾結和著急！

我立刻掀起被子下床，兩腿再度發軟，顯然是躺了很久，肌肉有些萎縮。但一想到自己的身體正在魔王手上，想到他會用我的身體撫摸別的女人、親吻別的女人，我就——

「嘔！」

這已經不是乾嘔的程度了，我全身的雞皮疙瘩都豎了起來，全身瞬間充滿力量，站了起來！

忽然間，我的右肩猛然湧起一股燒灼感，如同烙鐵按在上頭。我跌跌撞撞地走到梳妝檯前，一把扯下衣領，轉過後肩，果然看到金紅色的魔印閃閃發光！

「魔王！」

我摸上魔印，痛得再次冒出冷汗。我坐在梳妝檯前，望向梳妝鏡，看到一個因為疼痛而臉色蒼白的女孩。

我拿起梳子，開始梳理散亂的長髮。

奇怪，摩恩不是說靈魂同體會產生排斥現象？但這個女孩身上又沒有花紋，花紋是跟著靈魂的。難道這個女孩其實已經死了，我是借屍還魂？

我又起了一陣惡寒，摸上自己的手臂，身後傳來急切的腳步聲：「李醫官請快點，快去給香兒看看，她好像不記得自己是誰了！」看來是剛才被我嚇跑的女孩。

感覺好奇怪，剛才還在奇幻世界裡跟魔王大戰，醒來居然跑到了古代？

——慢著，這裡是古代！

這個世界只有一個地方的建築是中國古風……喔，瑪麗蘇女神，我跑到涅梵的地盤上了！

太好了，我要去找涅梵！

我立刻起身，提起裙子往外跑，還沒跑出門就撞上了匆忙趕來的老御醫！

「香兒，妳要去哪兒？」小女孩著急地拉住我：「快把香兒拉回房間，別讓她到處亂跑！」

房內立刻跑進了幾個像是太監的男人，把我往屋裡拽。

「放開我，我沒病！放開我！」

「哎呀，還說自己沒病，看來病得很重啊。」大夫模樣的老頭擔憂地搖搖頭：「要看好她，不能讓她在宮裡亂跑，若是給娘娘看見，她性命不保啊。」

「什麼宮裡娘娘的？這、這裡是皇宮？」我驚喜地看著他們。小女孩哭喪著臉：「李醫官您看，她真的病得很重。」

「嗯，快把她綁起來吧。」那李醫官不疾不徐地說。

「什麼？你們敢綁我！你們別亂來，我跟你們這些凡人說不清楚！讓涅——」

話還沒說完，嘴就被堵上了，他們把我當瘋子一般綁在床上！

我錯了，我太激動了。我果然不適合穿越這種事，應該是那種穿越必死的人，真不明白那種穿越故事的女主角，是怎麼能保持冷靜還靜觀一切的？

我被綁在床上，李醫官開始替我把脈。

「嗯……」他一邊撚鬚，一邊搖頭晃腦：「奇怪，都正常啊。」

「嗯嗯嗯！」

廢話，當然都正常！

「會不會是溺水太久，對大腦產生了影響？」

李醫官繼續自言自語。

「那怎麼辦？香兒是娘娘選出來的候選之一，準備獻給王——」

獻給王！難道是獻給涅梵？這不正是機會嗎？

「另選吧。」老大夫嘆了一聲，我立刻安靜了，以乞求的目光看著他：「嗯！嗯！」

老大夫看我安靜下來，拿掉我嘴裡的布，感覺嘴裡的水都被布吸光了，乾渴無比。

「水，水！」

「燕兒，快拿水來。」老大夫吩咐。

女孩立刻拿了水來。原來她叫燕兒？

我「咕咚咕咚」喝下水，急急忙忙道：「我好了，我好了！我真的沒病，只是一下子甦醒過來，受到了一些刺激。」

「真的嗎？」燕兒高興地看著我。老大夫瞇眼壞笑起來：「看來候選是一劑良藥，既然香兒姑娘沒事了，老夫也該走了。」

我聽著他們的對話，總覺得不太適應。無論是玉都、安都、靈都、伏都、修都、鄀都，都沒有讓我感受到語言障礙，伊森給我的精靈之力讓我聽得懂他們的話，而他們不管是說話的習慣和用詞都和現代接近。反而是這個在我的想像中最像家的梵都，讓我出現了水土不服的現象。

老醫官笑咪咪地走了，他一定以為我是因為聽到「候選」這兩個字才痊癒的。這的確是主要原因，但不是他想的那樣。

我必須見到涅梵，了解後來發生了什麼事。

「對了，燕兒，我昏迷多久了？」

我詢問正忙著幫我解開帶子的燕兒，小太監們也匆匆離去。

「昏迷了快半個月了，嚇死我了！」

「半個月，那不是什麼事都發生了嗎？」

我快哭了，魔王那麼邪惡，會不會已經妻妾成群了啊？

我的腦袋一陣發昏，彷彿有座銅鐘在我耳邊敲響，完全不敢想像接下來的畫面。

「放心，陛下從安都回來後心情一直不好。娘娘忙著訓練候選人，還沒進行采選。」燕兒高興地說著：「所以香兒妳還有機會。」

她笑咪咪地看著我。

我狐疑地望向她：「那……這半個月發生什麼變化了沒有？」

「嗯，也沒有。」

奇怪，魔王沒有統治世界嗎？

「喔，對了，有奇怪的魔族進了皇宮，不過陛下說魔族不會傷害任何人，要我們不要害怕。」

看來魔王真的遵守了和我的約定，沒有破壞這個世界，卻也占領各國，時時控制人王們的行動。

「香兒，既然妳好了，快去叩見娘娘吧。」

「嗯。」

我點了點頭。燕兒立刻拿來一套和她身上穿的款式類似、應該同樣是宮女的衣服。什麼采選、候選……梵都的宮規還真是跟古代差不多。

燕兒領著我出了房門，這裡果然是古色古香的漢代建築。時間已近傍晚，夕陽餘暉照在修剪過的花木上，我彷彿置身於黃昏下的蘇州園林。

我仰頭看向上方，橙黃的天空裡是一片片漂浮的金沙，看到這熟悉的景象，我才徹底安了心。

燕兒帶我走到一間更大的宮殿外，空氣中瀰漫著飯菜香。女孩們銀鈴般的笑聲遠遠傳來，只見夕陽下出現了幾個和我們穿著相當的漂亮女孩三兩結伴，她們看見我，立刻高興地跑了過來。

「香兒妳醒了？」

「香兒妳沒事真是太好了。」

「吉人自有天相，香兒怎麼會有事？」

天啊，能不能說些普通話？一口紅樓味好不舒服啊！我再次肯定自己不適合穿越回古代，嚴重水土不服。

「香兒醒了，有人要不樂意了～～」

說著，她們齊齊瞟向東南角，又一群女孩朝這裡走來。

「有人想害香兒沒害成～～哼，這下可沒機會了。」

「就是，敢推我們的香兒下水？哼，最壞的就是她了！」

正說著，那群女孩已經走到我們面前，為首的是個格外標緻的女孩，她正憤憤地瞪著那些嘲笑她的女孩。

我無語地看著她們：「這有什麼好爭的？涅梵那傢伙長生不老，屆時妳們還不是容顏老去被新人換？」

燕兒和其她女孩頓時瞪大眼睛，驚恐地看著我，另一派勢力的女孩也秀目圓瞪。

我可是跟魔王拚鬥過的，誰有空來跟妳們這些小丫頭玩宮廷鬥爭？魔王都已經侵占這個世界了，她們還在為采選鬥來鬥去，真不知道該說她們活得太無知，還是太幸福。

「妳、妳、妳放肆！怎麼可以直呼陛下的名諱？」

我何止敢直呼，我還打過他！現在我自由了，地方又大，不怕再被人綁起來了，劈頭就問：「涅梵，也就是你們的陛下在哪兒？」

「啊！妳、妳！」

「不是說香兒好了嗎？」

「她一定是瘋了！她怎麼敢直呼陛下名諱？」

一聲聲驚呼和輕語從四面八方傳來，小姑娘們都用一種無比驚恐的目光看著我。

我著急地對她們說：「我沒瘋！妳們快告訴我涅梵在哪兒？我真的有十萬火急的事找他！」

「大膽！」登時，一個女人的怒喝傳來，立刻，周圍的女孩呼啦啦跪了一地：「拜見娘娘。」

娘娘？也就是涅梵的老婆？

我立刻轉身，果然看到一個身穿漢式華服的女人，身上的衣裙主色是黑色，端莊典雅，玄色的大氣和金色的華貴恰到好處地融合在一起。這是涅梵常穿的顏色，既然是娘娘，自然投其所好。

她的相貌端莊美麗，活脫脫是個古風美人。此刻的她正惱怒地看著我，年紀看上去大約二十五歲左右。

「這個放肆的香兒，居然敢直呼陛下名諱！」

「妳就是涅梵的老婆？」

我直接問，美人更生氣了。

燕兒突然爬了出來：「娘娘饒命，香兒她還瘋著，還沒好。」

美人冷眼看向燕兒：「妳居然把一個瘋子放出來？來人啊，把香兒抓起來，扔進冷宮！」

「是！」

宮婢們立刻上前，我伸手一推，身形柔弱的宮婢被我一個個推倒：「哎呀哎呀！」

我冷冷站在她們面前：「誰敢碰我？」剛才吃飽了，現在我有的是力氣，想再抓我可沒那麼容易！

「反了反了！真是反了！」那娘娘驚得臉色蒼白：「快叫護衛！叫護衛！」

「是！」跟隨娘娘的宮婢們往外跑。我暗叫不妙，扭頭就逃，也不管是哪裡，見縫就鑽，身後是一聲聲驚叫：「快抓住她！抓住她！」

整座皇宮頓時雞飛狗跳。

但那些常居深宮的女孩哪有我跑得快？雖然這具身體仍有些跟不上我以前的節奏，不過我還是能明顯感受到她正在和我的靈魂相容。我想自己之所以會昏迷這麼久，應該是這具身體還沒有準備好，借屍還魂這種事想必不是像穿衣服那麼方便的。

我跑進了假山群裡，眼前是一堵牆，於是爬了上去，看到一群傻乎乎的太監和宮女還在遠處的宮殿裡到處翻找，大概以為我跟他們一樣不會跑遠，只是躲起來了。

我翻牆跳落，出現一片竹林。我走了出去，看到九曲橋和一片湖水，夜色漸落，平靜的湖面上映出了明月。

沒想到古色古香的梵都反而讓我有種不真實感，反倒是那些和自己世界完全不同的國度，給我更真實的感覺。

忽然間，一股讓人不寒而慄的陰戾之風掠過我面前，赫然出現一頭如同黑豹的魔獸，牠的額頭有一隻犄角，鮮紅的眼睛在月光中格外森然！

牠緊緊盯著我，喉嚨裡發出戒備的聲音：「咕嚕嚕，咕嚕嚕。」

我心驚了一下，很快恢復鎮定，小心地與牠對視，平穩呼吸，一動不動地看著牠。

牠朝我小心靠近，嗅上我的手、我的身體。

手心忽然傳來一絲刺痛，我不由抽氣：「啊！」

這一動讓魔獸立刻戒備地弓起後背，朝我凶悍地露出獠牙。

我看向手心，竟然浮現出那個魔印，魔獸卻突然後退一步，低頭曲起前腿朝我跪下。

牠對我的魔印有反應！

我有些吃驚，但仍嘗試著用帶有魔印的手心試探地摸向牠，魔獸果然溫順不已，任我摸上牠的頭。

回想起大戰時被我們殺死的魔獸，我忽然又覺得很不忍，牠們也只是聽命於魔王……為什麼大家總是殺來殺去？

「知道涅梵在哪兒嗎？帶我去。」

魔獸緩緩起身，在我前方領路。

我跟著牠走出竹林，因為我身上穿著宮女的衣服，巡邏的侍衛只是奇怪地望看我，並沒有盤查我。當他們發現我身邊跟著魔獸，又有些畏懼地匆匆走遠。

在魔獸的帶領下，我來到了一座宮殿，宮殿的殿門大開，有侍衛把守。

我走上前去，侍衛攔住我：「妳是哪一宮的宮女？竟敢擅闖陛下寢殿！」

「嗷嗚！」

魔獸忽然竄到我身前，凶狠地瞪視侍衛，侍衛和殿內聽候的宮女、太監頓時嚇得縮成一團。

我摸了摸魔獸，安撫牠的憤怒，旁人看得目瞪口呆。

「謝謝帶路。」

魔獸再次對我恭敬下拜。

我提裙入內，宮女太監們立刻退到一邊，以看怪物的眼神害怕地望著我……

感謝魔獸，我一路無阻地進入寢宮。

抵達最深處時，濃郁的酒味從房內飄出，太過濃烈的氣味讓我皺起眉頭。我推開房門，一眼就看到醉倒在矮桌上的涅梵，桌上全是空酒瓶！

「涅梵！」

我驚呼，轉身掩上門，匆匆走到涅梵身邊跪下來輕推他：「涅梵？涅梵？」

「嗯……別煩我！」他嘟囔著。

「涅梵，你怎麼醉成這樣？你清醒點，我需要你的說明！」

「滾開！」他一拂袖把我掃開。

我再度回到他身邊，緊緊抓住他的肩膀：「涅梵，是我，那瀾！你醒醒！你如果不醒，侍衛們就要來抓我了！他們把我當成瘋子！」

「那……瀾……那瀾？」他猛地站起，一把扣住我的手臂，眼中是強烈的憤怒：「說！是誰派妳裝成那瀾的！」

「沒人派我裝那瀾！是我，真的是我，那瀾！」我指著自己的鼻子：「我借屍還魂了，這是你的宮女香兒的身體！」

涅梵混沌的雙眸中仍充滿強烈的憤怒，像是在氣我假扮那瀾戲弄他。

「妳到底是誰派來的？」他反過來扣住我的肩膀，朝我大吼：「到底是誰敢戲弄我？好大的膽子！我要殺了他，殺了他！」

他用力搖晃我，滿嘴酒氣噴吐在我的臉上，長髮早已凌亂不堪。此刻的他更像是從墳墓裡爬出來的酒鬼！

「涅梵，你到底怎麼了？」我擔心地望著他：「我認識的那個深沉而睿智的涅梵，怎麼會變成酒鬼？你怎麼頹廢成這個樣子？」

他倏然瞇起眼，狠狠地看著我：「妳對那瀾和我的事很瞭解，妳到底是誰？」

見他終於開始思考，我高興地抓住他扣緊我肩膀的手臂：「是我啊，真的是我！對了，我可以證明的！」

「證明？」他狐疑地問。

我重重點頭：「沒錯，我可以證明我是那瀾！」

我在他面前轉身，他鬆開我的肩膀，我立刻將自己的長髮撥到一邊，用力拉下右側肩膀的衣領，沁涼的空氣染上我的右肩，上頭的魔印產生了一絲灼痛。

「看，我的魔印！這是我跟魔王訂下的契約，它跟著我的靈魂！」

因為背對涅梵，我看不見他的神情，但仍能清晰地聽到他變得紊亂的呼吸聲。

「呼……呼……」他接連做了兩個深呼吸，似乎不敢相信自己的眼睛。

一隻火熱的手顫抖地抓住我右邊赤裸的肩膀，另一隻手顫顫地摸上我的魔印，他的觸摸帶來了一絲疼痛。我微微擰眉：「別碰，我會痛。」

「那瀾……那瀾……」

粗重而激動的呼喚從他口中而來，我感到欣喜，他卻突然扣緊我的肩膀，吻上了我的魔印。

我的大腦瞬間被一片灼痛覆蓋。

他緊緊扣住我，火熱的吻不斷落在我的肩膀和後頸上，像是吸血鬼般大口吮吸，我甚至聞到自己的肩膀染上了烈酒的味道。

「涅梵，你在做什麼？」

我想要掙扎，他卻突然從後面壓上，把我壓趴在面前的矮桌上，雙手隨即滑落我的手臂，用力抓緊，化作兩個牢牢的鐵箍扣住我的雙臂，不讓我掙扎。

他大口吮吻我的頸項和耳垂，火熱的氣息染上了我的半側身體。他以自己的重量壓住我，揮袖掃過我身邊的桌面，上頭的酒瓶被他掃落在地。我想要掙扎，他卻開始拉扯我垂落手邊的衣衫。

「涅梵，你瘋了？放開我！我不是你的宮女，不是你的女人！」

「呼！呼！呼！呼！」

他絲毫不理會我的呼喊，只顧埋在我耳邊吮吻，那火熱的吻漸漸吸走了我的力氣，本能讓我喪失對自己身體的控制。他的長髮落在我面前，掉入我的嘴中，上面依然瀰漫著濃濃酒氣。

「喝！喝！喝！喝！」

他火熱的喘息噴吐在我的耳側。用力拽下我的衣服後，他又開始大口吻上我的後背，電流瞬間竄過我的脊梁，我痛苦地擰緊雙拳。這具身體還真是敏感！

沾染著酒氣的空氣裡，只有涅梵粗重的喘息聲。他瘋狂地吻上我赤裸的後背和手臂，不放過每一處他可以落下烙印的地方。魔印再次被他用力親吻，痛得我冷汗淋漓，身體深處那股熟悉感和後背的灼痛交替而至，折磨著我的身心和理智！

忽然，他緊緊圈住我，開始解開我的腰帶。我真的急了，在他的身下不停掙扎，大喊：「涅梵，你清醒點，我真的不是你的宮婢！我是那瀾，是那瀾！我回來了，你給我清醒點！」

他卻像是完全沒聽見似的，用力抱住我，蠻橫地壓制我的身體。他很快地解開我的腰帶，衣襟頓時散開，兩隻火熱的手掌瞬間插入寬鬆的衣服，撫上了我的身體，與此同時，火熱的吻也印上我赤裸的後背。

我輕顫不已。兩隻火熱的手攀上我的酥胸，開始進行粗暴的揉捏，我的太陽穴陣陣發緊，想要開口罵人，出口的卻是無法控制的呻吟：「嗯！」

我立刻咬緊雙唇，不讓自己發出這該死的誘人聲響。

他毫不溫柔地揉捏著我被壓在矮桌間的雙乳，粗暴地扯落抹胸，直接握了上去，再次揉捏擠壓，指尖猛然搓上兩邊的櫻粒，我全身瞬間戰慄不止，癱在矮桌上，在他狂亂的吻和愛撫中漸漸失去反抗的力量。

他騰出一隻手撫上我赤裸的後背，一點一點往下，再繞到前面撫上我的小腹，開始往下滑去。硬物忽然抵上我的下身，我的神經瞬間斷線。

「能不能……讓我轉過來……」我趴在矮桌上，輕輕地說：「也讓我……摸摸你……」

他頓住了，他居然頓住了！這代表這混蛋是聽得見的！男人就喜歡酒後順便亂個性嗎？

他扣住我的肩膀，緩緩將我翻了過來，我看到了他眼中熾熱的深情。他望著我的眼神像是看到了死而復生的情人，隱含淚光。

他忽然埋下頭，顫顫地吻住我的雙唇。我有些吃驚，因為他的嘴唇在顫抖，氣息也在顫抖……他真的在顫抖，像是快要哭出來似的。

酒味瞬間侵入我的口腔，溫柔的吻再次開始粗暴起來。他用力抱緊我，開始拉扯我的衣裙，狂亂地吻上我雪白的胸脯，含住那已然綻放的玉珠。我的大腦在情欲和理智間掙扎，雙手開始拉扯他的衣襟。

「嗯！」

輕吟仍舊不爭氣地在他用牙齒啃咬我的玉珠時溢出，我差點失去最後掙扎的力量。看到他胸口的神紋，我毫不猶豫地一把握住，他頓時痛得扣緊我抓在他心口的手：「嗚！」

他因為強忍住劇烈的疼痛而顫抖不已。我伏上他緊繃的肩膀：「總算能讓你相信了。對不起，只有這個辦法才能證明我的身分，對不起……」

砰！我放開手，他像是斷線的風箏一樣緩緩倒落，長髮掠過我面前，散落在那張蒼白的臉上。

「那……瀾……」

我握住了他的手：「是我，涅梵，我回來了。」

他埋在亂髮下的臉緩緩側落一邊，似乎昏了過去，但縷縷黑髮間隱約可見他露出安心微笑的唇角。

我握住他的手抵在額頭，做了個深呼吸。終於能讓你相信我了，涅梵。

「抓住那個妖女！」

身後傳來凌亂的腳步聲，我立刻抱住涅梵，湊到他的耳邊：「你的侍衛要來抓我了，他們當我是瘋子，你快點醒過來救我！」

我知道被我抓住神紋而昏迷的人，靈魂其實是清醒的。這是安羽告訴我的，外面無論發生什麼事，他們都很清楚。

我匆匆穿好衣服，有人粗暴地把我拽離涅梵。緊接著，我看到皇后撲倒在他身上，哭泣呼喊：「王，那個妖女對你做了什麼？王！王！」她憤恨地轉頭瞪向我：「把她帶下去狠狠審問！」

「是！」

我被用力拖走，只能無助地凝視著涅梵。涅梵，我對普通傷害完全沒有抵抗力，你可要快來救我，不然我又要死一次了！

可怕的火焰熊熊燃燒，烙鐵在火爐中已然紅透！鞭子也已經在鹽水裡滌淨，可以清晰地看到上面的倒刺。

各式各樣的刑具在火星中擺盪，我昏昏沉沉地看著正在挑選鞭子還是夾板的太監，感到這具身體變得相當虛弱，也許是還沒完全跟我的靈魂相融同步吧？我現在只覺得身體發沉，疲憊得快睜不開眼睛。

昏迷了或許也好，他們上刑我就不會痛了。

啪！太監試了試鞭子，似乎相當滿意。

他扯著黑色的皮鞭走向我，扯著公雞嗓子對我說：「妳這個妖女，到底對陛下做了什麼？快

說！」
啪！一鞭子下來，我的肩膀登時火辣辣地疼，衣裙破裂，皮開肉綻。緊接著，我卻看到太監驚恐發抖的身影。
鮮紅的血自我的肩膀流下，眨眼間染紅了我的衣衫。
「啊！啊！啊！」
太監嚇得跌坐在地，指著我說不出半句話。其他太監也和他一樣嚇得雙腿發軟，跪在他身邊尖叫：「啊！啊！啊！啊！」
「那瀾！」
涅梵的驚呼忽然傳來，黑色身影已來到我面前。我疲憊地望著他驚訝和憤怒的表情，他似乎走得很急，甚至連衣服也沒穿好，衣襟依然大敞，露出赤裸的胸膛和心口隱隱閃耀、淡得幾乎看不見的青色神紋。
看到我流出鮮血的傷口，他的雙瞳倏然收緊，立刻解開綑綁我的繩索，我立刻因為無力而發軟跌落，隨即被一雙有力的手臂接住。下一刻，眼前的景物旋轉，涅梵已將我穩穩抱在懷中，貼上我的耳邊顫聲說：「對不起，我來晚了。」
「沒關係……」我虛弱地表示：「這樣的發展讓人出乎意料……」
「我們回去吧。」
說完，他抱緊我大步離開了這昏暗的牢房，只留下那些驚恐的太監。
一路上宮女太監匆匆下跪，我無力地靠在涅梵的胸膛上，天上的月亮隨著他的腳步快速移動。他把我帶進一間房間，坐上臥榻，他卻沒有放開我，依然保持原來的姿勢抱著我，伸手要揭開我染血的衣領。

「沒關係……」我軟軟地握住他的手腕，他心疼地看著我。我搖搖頭：「我的力量好像還在……會自己痊癒的……」

涅梵凝視著我，忽然再次將我擁緊，臉深深埋入我的頸項，髮絲貼上我的臉邊，帶著一絲清涼。

我微微一愣：「涅梵……放開我……」

「我好想妳。」他忽然哽咽地這麼說：「直到妳消失，我才知道自己有多麼想妳。求妳讓我這樣抱一會兒，求妳了……」

他像是在祈求，我感覺到頸項漸漸被溫熱的淚水染濕。

深深的疲倦讓我無法抵抗這個懷抱。我閉上雙眼，在帶著檀香的氣味中再度陷入昏睡。

「我好累……」

「睡吧，我會一直在妳身邊。」

耳邊傳來涅梵低沉的嗓音。

靈川、修、伊森，我回來了，雖然情況看來似乎有些晚。

再次醒來時，我的精神變得很好，但感覺身上很重，定睛一瞧，原來是涅梵趴在我身上睡著了。

他看起來很憔悴，眼窩凹陷，像是幾夜沒睡了，我不禁聯想到修。

「涅梵……」

我輕輕呼喚他，他頓時驚醒，目光慌亂，像是害怕心愛的人又從這個世界消失。

但他很快就看到我，那份心慌頓時被安心取代，沒有以前的心事重重，反倒多了一分柔軟。

「妳醒了？」他緩緩起身，伸手像是要摸向我的臉，卻又微微一頓，擰眉收回自己的手，恢復往日的深沉和認真：「想吃什麼嗎？」

「你變得好憔悴。」

我凝視著他。自從他對我說了他和闍梨香的故事後，我們其實已經是知交好友。

他垂下頭：「我們都以為妳的靈魂被魔王禁錮在他的靈魂深處，卻沒想到——」

「我也沒想到。」見我打算起身，他伸手扶起我，隨即再次退開，清醒的他與我始終保持一段距離。他沉默了一會兒，環顧整間房間：「我去開窗。」

他起身去開窗，陽光立刻射入房間，時間似乎來到了中午。

我在他開窗時幽幽說了句：「我本來是想跟魔王同歸於盡的。」

涅梵的手一頓，微微轉頭看我：「妳要怎麼跟他同歸於盡？」

我看向自己的身體：「我之所以不怕日刑，是因為我沒有被同化，但其實我一直受到同化的威脅，每當我產生留在這個世界的想法時，身體就會出現同化現象，我一直在抵抗它。當時，我想將魔王引誘進我的身體，然後在神界的通路開啟時——」

「進行同化？」涅梵的聲音忽然拔高。他大步回到我面前，憤怒地厲喝：「我絕不允許妳這麼做！川、修、伊森、安歌和安羽，都不會允許妳做出這種傻事！」

我擰了擰眉，嘀咕：「所以不是失敗了嗎……魔王察覺我的意圖後，把我的靈魂丟出身體，醒來後我就發現自己在這裡借屍還魂了。這具身體正在適應我的靈魂，開始改變。」

「但妳怎麼還會流血？」涅梵疑惑地看向我的肩膀：「這具身體明明是這個世界的。」

「不，你不明白。」我開始跟他解釋：「你們看不見的詛咒之印是跟著靈魂走的，肉身只是個軀殼，一旦靈魂離開，肉身上的花紋也會消失。」

聞言，涅梵點了點頭。

「對了，安羽和安歌的靈魂能順利共處嗎？」

涅梵皺起眉頭：「如果讓川知道妳醒來後最先關心的是安羽，他一定會傷心的。」

我笑了：「可是我感覺像是昨天才跟你們剛剛分別啊。」

「呵呵。」涅梵卻是苦澀一笑，落眸失神地看往別處：「我們卻是度日如年，這半年彷彿比活了一百五十年還要漫長。」他低低的感嘆帶著深深的惆悵與哀愁。

我歉疚地看著他：「對不起，讓你們為我傷心了。但當初你不是也想殺我嗎，哈哈。」

他輕聲笑了笑，神態恢復如昔，有些關切地問我：「妳應該餓了吧，我叫人做些菜來。」

我連忙追問：「我還想知道魔王——」

「妳先好好休息！」涅梵忽然強硬地做出命令，不悅地扭過頭：「魔王的事也不是一時半刻能說清的。」

說完，他出門吩咐幾個宮女，隨即再次折回，真的再也沒離開我一步。他坐在房內開始批閱奏摺，看起來似乎曾荒廢政事一段時間，摺子在他面前堆成一堆小山。我不由想起昨晚看到他醉倒在酒壺之間。

頃刻後，有人端來了雞肉粥，鮮美的湯粥讓人大快朵頤。吃過那麼多國度的飯菜，果然還是漢人的飯菜最好吃！

看著收拾完畢離開的太監，我困惑地問：「為什麼還有太監？」

「習慣了，舊習俗。」

涅梵一邊批示奏摺一邊說。

「舊習俗不可以改嗎？」

「川的靈都舊規更多，改了嗎？」

他抬臉反問我。

「至少正在努力。」

他眨了眨眼，若有所思：「……我會考慮。」

「謝謝。」我下床伸伸懶腰，接著走到他身旁：「那後宮呢？」

他沒有停筆，只是笑了笑：「怎麼，連我的老婆妳也要管？」

「這麼多人在皇宮裡虛度青春，你不覺得很可憐嗎？」

「有的人更想待在宮裡，趕也趕不走。」

「咦，有這種人嗎？」我有些吃驚。

涅梵停筆看我：「這裡女人的生活環境與妳不同，依然受到三從四德影響，謹守婦道。如果讓她們知道妳有三個男人，她們一定會用火燒死妳。」

他像是在嚇唬我，嘴角卻噙著笑意。

我摸摸自己的手臂：「難怪住在這裡讓我感覺水土不服。」

涅梵嘴角的笑容立刻褪去：「妳明明是漢人，卻不喜歡住在這裡？」

「嗯……怪怪的，說不上來。」

他有些不悅地撇過頭：「那妳喜歡住在哪？川那兒？」

他澀澀地問，語氣裡帶出一絲奇怪的醋味。

我想了想：「如果真要我選的話，靈都我也不太喜歡，太悶了。」

「哼，也是。」他又笑了。

「修都蚊蟲太多，那裡的蚊子和人差不多大；伏都……肯定不行，又悶又熱；安都太乾燥、鄯都感覺太聖潔，我有點放不開。反倒是玉音的玉都，雖然我停留的時間不長，但那裡的氣候不錯，而且人們喜歡唱歌跳舞，自由又熱鬧。」

「因為玉音喜歡跳舞，他這個人對舞蹈很苛刻。」

「那我們馬上走吧！」

他的朱筆再次一頓，面色深沉：「我會帶妳去見川，但我們走不了。」

「為什麼？」我疑惑地問。

「因為——」他倏然捏緊筆桿：「我們也過不了聖光之門了。」

「什麼？」

涅梵的話讓我大吃一驚。

窗外忽然颳起強風，吹起了奏摺的折頁，也掀起了涅梵頸後的髮絲，一抹金紅魔印頓時映入我的眼簾。我吃驚地摸上他頸後的魔印：「魔印！你怎麼也會有魔印？」

「哼。」他苦笑一聲：「方便魔王控制我們。」

「什麼？他怎麼能這麼對你們？」

「我們臣服於他，他限制了我們的神力。」

「你們為什麼要屈服於他？」我難以置信地看著曾經想一統八國的涅梵，他是一個那麼有野心的人，居然會臣服於他人？「為什麼不反抗他？你們應該可以脫身的！」

「因為我們都以為他身體裡有妳！」

涅梵霍然站起，大吼一聲，忽然伸手緊握住我的肩膀，力量大得感覺指尖都快嵌進我的鎖骨了。

我怔怔看著痛苦不已的他，他像是在隱忍些什麼。最後，他深吸了一口氣，閉上雙眼，再次坐回位上，雙手交握抵上額頭，似乎正在努力讓自己平靜。

「對不起。」我只能一再道歉：「我似乎成了魔王要脅你們的工具？川、修和安歌因為愛我，的確可能臣服於他，但你們怎麼也——」

「難道我們就不能……」他猛然揚起臉，深邃的眸中滿是掙扎。他深吸了一口氣，咬牙別過頭：「難道做為朋友的我們就不能這麼做嗎？在妳心裡，我們真的那麼冷漠嗎？」

我呆立在他身旁。

他抵著交握的雙手，搖頭苦笑：「呵……妳連半句遺言都不跟我說，心中根本沒有我。算了，當我什麼都沒說。」

我怔怔看他，心裡十分感動。他們真的把我當朋友了！為我犧牲，為我屈服於魔王。

「妳身上也有魔印，應該也沒辦法走聖光之門，我們得繞路。」

他長嘆一聲，再次批閱起奏摺。

聽到要繞路，我瞬間感到有些煩悶，想見川、修、伊森、安歌和安羽的心焦灼不已，真想馬上飛到他們身邊，告訴他們我回來了！

然而儘管心焦不已，我卻又對眼前的現實莫可奈何，只能默默坐在涅梵的長椅旁，單手支臉發呆。

「在想川他們？」他隨口問道。

「嗯，我擔心修的病情再次惡化。」

「是啊，妳治好了他。」他頓了頓，再次開口：「用愛。」

「嗯。」

我們陷入沉默。過了一陣子後，我才發現他正對著奏摺發呆，真是奢侈啊。

此時，涅梵的老婆進來了。她居然穿得一身素潔，頭上華貴的髮飾全部摘去，只簡單地用髮簪挽起長髮。

她形容憔悴，臉色也有些蒼白，眼神渙散，像是因為即將失去重要的東西而迷茫不已。

她在看到我時驚訝了一下，卻又緩緩歸於平靜，似乎已然認命。

「陛下，臣妾走了。」

她幽幽地說著，眼神裡是深深的痛。

「嗯。」涅梵連頭都沒抬一下，淡淡回應。

「走？走去哪兒？」

我困惑地望著這一切。

女人似乎已經不再因為我恣意坐在涅梵身邊、沒大沒小地問話而驚訝了，反倒陷入了長時間的失神。

「因為我長生不老，每一任皇后都會在年滿二十五歲時離宮，賜婚生子。」

涅梵在一旁輕描淡寫地解釋。我了然點頭，這跟伏都的宮廷制度差不多，女人可以在容顏老去前向伏色魔耶提出離宮改嫁的要求。

畢竟人王們身上的詛咒並不只影響壽命，還讓他們無法生子。

涅梵放下筆：「妳最不該招惹的就是這個女人。」

女人無神地看向地面：「臣妾已經明白了。」

「不，妳不明白，妳不知道自己在招惹誰。她並非妖女，而是魔女轉生，這次妳能活下來純屬僥倖……走吧。」

聞言，女人的臉色更加蒼白了。她偷偷瞥了我一眼，額頭上滿是冷汗，神色驚恐地匆匆離開。

我有些不高興地對涅梵說：「人都要走了，你有必要把我說得那麼恐怖嗎？」

「只有這樣，後宮裡那些女人才不會來煩妳。」

涅梵淡淡的一句話道破玄機，也為我除去了今後的麻煩。

原來他是這樣想的。我看了看他，低下頭：「那我們什麼時候才能啟程？還要準備多久？」

他的筆一頓，整個世界忽然變得安靜無比，只聽得見外頭的啾啾鳥聲。

「妳就這麼想走嗎？留在這裡不好嗎？」他忽然激動起來，轉過身緊緊扣住我的手腕。

我堅定地望著他：「我還沒完成自己的責任。涅梵，你怎麼了？為什麼突然像是打算放棄戰鬥？難道你真的害怕魔王？」

「我是不希望妳去送死！」涅梵倏然拔高嗓音，雙眸裡再度浮現出動搖和掙扎：「我相信如果是川也會這麼做，把妳深藏起來，不讓魔王找到！」

「怎麼能這樣？」我難以置信地失聲叫道。涅梵簡直像變了一個人，我所認識的他絕不會退縮，一定會跟魔王纏鬥到底。情急之下，我抓住他的手臂：「涅梵，你到底怎麼了？難道你不想擺脫魔王的控制？不想奪回神力？不想跨越聖光之門？你怎麼會甘願做魔王的奴隸？」

「因為我們不能再一次失去妳！」他猛然扣緊我的手腕：「那瀾，妳到底明不明白川有多麼痛苦？妳知不知道修又變得瘋瘋癲癲？知不知道安歌和安羽整日活在內疚的痛苦中？知不知道鄯善整日修佛、玉音再也笑不出來，就連伏色魔耶也放棄了反抗！這些全是因為妳，那瀾！」

涅梵的怒吼在我的腦中不停迴盪。沒想到在我離開後居然發生了這麼巨大的改變！每個人改變的原因都是因為我——

「那瀾，算我求妳，別再去找魔王，就這樣算了吧，好嗎？只要妳好好活著，什麼都不重要了。我可以讓人發信給川他們，告訴他們妳在我這裡，其他的事我們再從長計議，好不好？」

他祈求般地緊扣住我的手臂，近乎哽咽的聲音讓人覺得撕心裂肺，難受不已。

我第一次看到這樣的涅梵。他哀求我，苦苦勸說我，褪去了層層心機，讓我看到一個那麼無助的男人。

我低下頭，心裡百感交集：「知道了，就聽你的，從長計議……」

「好，好！」他激動得語氣顫抖，忽然緊緊擁住我，彷彿用盡了所有力氣：「我這就給川他們捎信，他們一定會高興的，會因為妳的復活而重新振作的！」

「不，這些信需要由我來寫，這樣他們才會信。」

「好，好，沒問題！」

我萬萬沒想到自己的消失，會給這些人王們帶來如此大的變化。川、修、安歌和安羽可能還在意料之內，但涅梵和伏色魔耶等人的變化，讓我多少感到有些意外。

還記得當初掉到這個世界時，伏色魔耶是第一個想殺死我的人，涅梵看著我的眼神也充滿敵意，常常失控，還得靠玉音攔著。安歌和安羽把我當玩具，靈川把我當寵物，修把我視為試驗品，唯一幫助我的是善良的鄀善。卻沒想到第一個誓言跟隨我的，是修。

涅梵說，伊森他們也被封在精靈界，魔王的力量徹底控制了這個世界，所以他也不清楚伊森怎樣了。

那個白痴一定也很傷心吧？

我再次拿起畫紙，涅梵為我磨墨、備好顏料。好久沒在宣紙上作畫了，拿毛筆的手有些發顫。

落筆之際，我想起坐在碧綠祭台邊呆呆餵河龍吃飯的靈川，當時的他雙目無神，宛如機械般重複同樣的餵食動作。但現在的他會笑、會生氣、會吃醋，甚至會釋放殺氣逼退我身邊所有的男人。

我率先畫下他，因為他總是第一個猜透我心思的人。他愛護我、照顧我、寵愛我，雖然看似冰冷，心底卻深藏著熊熊燃燒的火種。

「川應該曾是闍梨香的其中一個愛人。」

我的腦海中浮現無數回憶——闍梨香的、安羽的、尉遲法的、魔王的……那些或許能解開所有祕密的畫面。

「妳怎麼知道？是闍梨香告訴妳的？」

涅梵疑惑地問。外面已是明月東昇，滿天星斗。徐徐夜風輕拂，帶來了絲絲縷縷的夜來花香。

我怔怔失神，眼前再次浮現那些看似片段，卻又相互聯繫的畫面：「不僅是川，安羽、安歌也是，還有修。雖然我只看到這些，但或許你也曾經是——」我轉頭望向涅梵。

他呆坐在我身旁，夜風微微撩起他的髮絲，輕輕掠過他的唇角。

「你當初見到闍梨香時，心裡有沒有一種特殊的感覺？」

「沒有！」他立刻別開臉，緊繃的臉上流露出複雜的神情。

我緩緩抬起手，摸上他的心口，劇烈的心跳立刻傳來，徹底地出賣了他。

「看，你說謊。」

涅梵深吸一口氣，閉上雙眼：「……是，我有！」

我收回手：「闍梨香說過，她不想再經歷失去心愛之人的痛，所以她在遇到自己所愛的人轉世後，會刻意遠離他們，所以他們沒有見到闍梨香，他們娶了別人。闍梨香因此認為愛情並非永恆，人只要經歷轉世，自然會忘記前世所愛。她卻沒有想到，一旦你們再次遇見她，心裡仍會產生強烈的感覺。那份感覺或許不是愛，但是若是相處良久，必會重新相愛。」

「但我們都殺了她！」

涅梵低沉的聲音裡透出了深深懊悔。

「但你後悔了，不是嗎？」

涅梵不再說話。

我畫下靈川與我在洞穴察看闍梨香壁畫的畫面，那件事只有我們二人知道。我忽然好想白白，幸虧這次與魔王戰鬥沒帶上牠，至少牠安全了。

「闍梨香心愛的人們不是第一次想殺她。」

「什麼？」

「她與他們歷經無數次的相殺相愛，如同魔咒般無限輪迴。當你們八王去殺她時，她累了，徹底放棄了，不然以她的神力，你認為你們有勝算嗎？」

我再次望向涅梵，他徹底陷入沉默，漆黑的瞳眸裡湧起深深的情愫。

四周再次陷入長時間的靜默，他一直待在我身邊看我作畫。

第二張是修的，我畫下了他在舊王都中向我求婚的畫面。現在回想起來，那幅畫面真的很美，豔麗的玫瑰花瓣和四處綻放的玫瑰花……修是那麼用心地向我求婚，當時的我卻無暇欣賞，沒有去感受他的真心，只為找回他敷衍了事。

涅梵無法把信送去精靈界，因此無法通知伊森。我畫下了第三幅畫，和安歌在風鼇的爪上一起看星星的畫面。在那之後的我們……

「妳與他們每個人都有單獨的回憶。」涅梵在一旁輕輕地說：「這都是妳和他們在一起時發生的事？」

「是。」

「能不能……也為我畫一張？」

他忽然有些吞吞吐吐。

我吹乾了安歌的畫，換上新紙：「好，畫完安羽的之後就畫一張給你。」

「沒想到連安羽也有……」他的語氣顯得無比失落：「我很後悔當初在伏都，沒有跟妳一起創造美好的回憶。」

「但你對我說的故事卻給了我很大的提示。涅梵，我們早就是朋友了。」我看向他，他卻依然盯著我的畫：「是啊……只是朋友……」

我回過頭繼續描繪和安羽在一起的場景。我畫出他在靈果中安詳入睡的畫面，這是連他都不可能再記得的事，卻是我腦海中印象最深的一幕。

他總是痛苦不已，掙扎、憤怒，一如前世他殺死了闍梨香的愛人。

只有在靈果中的他像是清空了自己，單純美好，為擁有我的淚珠而喜悅，又為失去淚珠而哭……那是多麼純淨的靈魂啊！我希望他能永遠脫離痛苦，只餘快樂。

準備描繪涅梵的畫時，我忽然感覺有些睏了，眼皮掙扎了一會兒，最後還是不支地趴在書桌上。

「累了就睡吧。」耳邊傳來涅梵的輕語。

說倦就倦的身體怎麼也無法再動一分，我甚至連眼皮都無法睜開：「對不起……我明天……畫

……完……」最後的話也不知道有沒有說出口。

我感覺身體被人輕輕抱起，隨後落在柔軟的雲上。在那裡，我看到了風鼇，牠在雲層間快樂地翱翔，上頭載著柔髮飛揚的闍梨香。

我隱約看到月下古色古香的城樓，虛無縹緲，彷彿有一首古曲在耳邊悠揚。

闍梨香穿著一身暗紅色華服，乘坐風鼇緩緩而下，城樓上的將領們紛紛單膝下跪。她走下風鼇，立於城頭，轉身時舉起手臂，長髮和衣袖在夜風中搖曳，忽見城樓下遠處的黑暗中喧騰踏來無數黑色鐵騎，為首的男子戴著狼頭面具，黑髮在夜風中飄飛。

他一抬手，無數星光立時自他身後浮現，竟是火箭。無數枝火箭劃破黑夜，朝闍梨香所在的城樓飛來。

「嗷——」

風鼇一聲長吼，作勢要朝敵軍飛去，闍梨香卻揚手阻止牠。在火箭到達面前時，她身後的彩霞之翅猛然張開，緩緩飛起，火箭受到神翅的扇動，化作無數星星點點的螢火蟲，飛舞在空中。

她懸停在半空中，戴著狼頭面具的男子停下馬，呆呆地看著宛如神女的闍梨香。

闍梨香緩緩飛來，飄浮在他的面前，露出溫柔的微笑：「我知道你心繫梵都，別發起戰爭徒增百姓的痛苦，好好打理梵都。你的身後是我，不會再有人反對你的。」

她伸手摘下男子的狼頭面具，露出了一張神似涅梵的臉龐。

男子突然一把抓住闍梨香的手臂，吻住了她的唇，我瞬間被吸入闍梨香體內，感受到那吻的灼烈與霸道。

我的呼吸漸漸被抽空，隨即在這霸道的吻中醒來，望見涅梵在月光中迷濛的臉。

「你幹什麼？」

我用力推開他，起身後退了幾步，縮在床腳抱住自己的膝蓋，戒備地盯著他。

他在朦朧的月光中側著臉，墨髮垂落遮住他的容顏，一身黑衣讓他幾乎融於黑暗之中，越顯深沉。

他緩緩起身，四周安靜到只聽得見他的衣衫摩擦的「窸窣」聲。他在床邊靜靜站了一會兒，忽然開始脫起衣服。

我驚得心跳加速，想都沒想地直接奪門而逃，一股巨大的力量卻拉住我的手臂，直接把我扯回床上。當我重重摔落時，黑影已然壓下，灼烈的吻落到我的耳邊。

「涅梵，你又在發什麼神經？放開我！」

他緊扣住我的手，單腿硬生生擠入我的腿間，下身欺近，我瞬間感覺到那蓄勢待發的硬挺。

我心臟猛然停滯，耳邊傳來涅梵黯啞的嗓音：「妳應該已經感覺到它為妳準備好了。妳在我梵都轉生是上天的安排，我告訴自己不能再錯過！」

他的身體一沉，開始拉扯我的腰帶，粗暴地揭開我的衣服，狂亂的吻如同暴雨般落在我赤裸的身體上，頸項、肩膀、胸口……

我拚命掙扎：「涅梵，你瘋了！放開我！」

然而他對我的抗議置若罔聞，繼續用力拉扯我的衣襟，熱掌瞬間滑入我的抹胸，我的大腦一陣嗡嗚。柔軟的酥胸受到火熱的手掌揉捏，那一晚的景象再次浮現眼前，一恍神，身體已經被本能驅使，漸漸發熱。

我猛然回神，渾身戰慄。他的手指正在揉掐我嬌嫩的蓓蕊，我焦急地揪住他的衣衫：「涅梵，我不想再傷害你！」

「妳已經傷害我了！」

他忽然停下，月光中是那雙痛苦的瞳眸。他的眼裡總是深藏許多話，那些讓他掙扎壓抑的話，它們最終化作滿是毒刺的荊棘，狠狠勒緊他，使他痛苦不已。

他扯開衣襟，拉住我的手按在那火熱的胸膛上：「這裡在妳死的時候已經碎了！」

我一陣愣怔，周遭的空氣像是被瞬間抽走。他哽咽地低下頭，整個世界都因為他的哭泣而陷入靜謐。

滴答滴答！有某種熾熱而濕濡的東西滴落在我赤裸的胸口——是他的淚水。

「妳有男人……我告訴自己妳有男人，妳有川、有修，還有伊森！我告訴自己不能再陷進去，絕對不能，因為我知道妳不喜歡我！」他哽咽地說著：「可是妳的神祕、妳的一切都吸引著我。我只能忍，沒有別的選擇！」

他歇斯底里地狂吼，淚水不斷落在我身上，染上了夜風的涼意。

他埋下身體，緊緊貼著我，將那片濕暖壓在彼此之間。

「那瀾，為什麼妳要選擇在我這裡重生？為什麼？我本來可以一直忍下去的……對不起，我實在忍不住了，我真的忍不下去了……」他深深擁緊我，在我的臉邊哽咽哭泣。

涅梵哭了，我心中那個堅強的涅梵，此刻竟然在我的身上嗚咽哭泣。

我緩緩抱緊衣衫半褪的他，手落在他赤裸的肩膀上，他的肩膀微微輕顫。

夾雜著淚水的吻輕輕吻上我的耳側，之後卻再也沒有碰我一下，一直保持著這個姿勢。

深夜的風很涼，漸漸吹冷了他的身體，以及他落在我身上的髮絲。

「明天我就幫妳把信寄出去。」

說完，他起身整理好自己的衣服，看也沒看我一眼，靜靜地坐在我的床邊。

我也穿上衣服，默默躺下蓋上被子，轉身背對他。

「妳……討厭我了嗎？」

「不。」

「……對不起。」

「沒關係。」

我閉上雙眼。

長久的靜默再度籠罩在這個空間中，房內靜得只有風聲。

身後突然傳來一陣窸窣聲響，涅梵躺在我身後，輕輕環住我的身體。我想轉身，他卻圈得更加用力。

「川來了之後，我就再也沒機會靠近妳了。」

他低低輕喃，聲音無力得像是隨時會被夜風吹散：「這段時間，請妳讓我睡在妳的身邊……這是我最後的要求了，我不會再碰妳的。」

我閉上雙眼。

涅梵壓抑了自己對我的感情，是因為他知道這不會有結果。

涅梵爆發了他的感情，是因為我在他身邊轉生，他不想錯過。

如果我當初掉在梵都，如果當時的涅梵不發瘋失控，我們的結局會不會不一樣？

信差送信離開時，我身穿斗篷跟去了。

他騎在馬上，袋子裡是我給川、修、安歌和安羽的畫，收到畫的他們自然明白我沒有跟魔王在一起，而是在涅梵這裡。

然而精靈界和人界已經徹底隔絕，只有魔王能進出，伊森是收不到我的畫了，不知道他現在怎樣？

巍峨的聖光之門就在我面前，信差順利地穿越了聖光之門。這很諷刺，曾經是貴族才能使用的聖光之門，象徵著崇高的身分，現在的人王卻再也無法穿越，只有百姓可以往來。世界忽然向各個國度的百姓打開大門，從另一個角度看，魔王反而促進了各國度文化的融合。

我伸手摸向聖光之門，才剛碰觸到，後背的魔印便瞬間灼痛起來。聖光之門發出光芒，將我瞬間彈飛！

我被遠遠震飛。落下時，一道黑影掠過我身後，穩穩地接住我，輕扶我的肩膀，飄來一絲熟悉的檀香味。

我轉身看向他——涅梵。他同樣身穿斗篷，凝視著我：「過不去的。」

我轉頭不甘地望向聖光之門。我曾經離靈川他們那麼近，現在卻變得遙不可及！

靈川、修、伊森、安歌、安羽，我曾答應你們一定會回來，現在我真的回來了，我那瀾回來了！

被烙上魔王的烙印後，人王們再也無法穿越聖光之門，他們被徹底囚困在自己的都城內，像是被軟禁在一座華美的牢籠裡，順便送來一些同類作伴。

樓蘭世界裡的八個國度成為他們的牢籠。但對於這些早有往來的人王們來說，牢籠不過是變小了，因為他們知道整座地下古城，才是一個不可能逃脫的牢籠。

一旦探知了整個世界的全貌，會更加孤獨而寂寞，渴望衝破這個牢籠，走向全新的世界，這也是人王們曾經痛苦的原因。而他們之前還在有限的地盤上爭來奪去，在我看來就跟小混混一樣。

反倒是不能自由來去的普通百姓們，生活依然如常，並沒有改變，不會因此而痛苦害怕，繼續安安穩穩地過著每一天。

信送出去快要半個月，卻沒有收到任何回音，這令我越來越心焦。

為什麼？他不是走聖光之門嗎？照理說不會那麼久。信差一直沒有回來，讓我和涅梵開始擔心起來。

信差去了哪兒？

靈川、修和安歌他們是否收到了我的書信？

一切都成了謎團，宛如石沉大海般讓人煩惱，因為我和涅梵都無法離開梵都。

掛念及憂慮時時困擾我，我卻只能等等等，努力讓自己平靜。

這樣的日子在夜深人靜時尤其難熬，我終於體驗到度日如年的感覺。

唉……那瀾啊那瀾，以前的妳多好？無憂無慮、吃吃睡睡，反正沒男朋友，把自己吃胖也無所謂。現在卻為了那些男人們茶不思飯不想，將這具身體又給餓瘦了，連胸部也小了一圈。

我好想念原來的身體，即使這具身體多麼年輕貌美，我還是不想要。

我站在巨大的木板前，這是涅梵幫我做的。它像黑板一樣橫在架上，我把每個線索以簡筆畫的形式按在木板上，從那個餵水的小女孩開始。

那個小女孩是神王心中唯一的善，可以消滅尉遲法心頭恨意的唯一希望。尉遲法因為這個小女孩而給了樓蘭人又一次機會，在這個世界裡讓他們繼續生存和繁衍下去。

然而魔王還是出現了？為什麼？

那個時代究竟是發生了什麼事，誘發了他心中的黑暗，讓神王再次生恨而陷入沉睡，成了魔王？線索在這裡中斷了，我必須釐清這個誘因，才能戰勝魔王。

或許我該詢問涅梵，不知道他對那時的歷史是否瞭解？如果靈川和修在就好了，靈川冷靜鎮定、充滿智慧，應該能推斷出些什麼。而修讀書萬卷，要是沒有陷入瘋癲狀態，簡直可說是這座古城的資料庫、活體搜尋引擎。

可惜他們現在跟我是一門之隔。

越是想他們，心裡越是焦躁，我又無法集中精神了。

靈川的聖宮應該離聖光之門比較近，信差如果先去了那裡，過了半天也該到了。亞夫已經變成仙

人球，成為修的新寵物，不能再控制靈川和整個靈都，現在的靈川是靈都真正的王，我相信他會繼承我的遺志……呸呸呸，是我的理念，讓靈都的百姓從層層枷鎖中掙脫而出，獲得快樂。

所以信差沒道理去那麼久，難道是先去了修那裡？修都離梵都比較近，或許他先去了那兒。

修的舊王城雖然離聖光之門較遠，但路途也沒那麼漫長。我離開修都時，他們不是已經開始重新修築通往聖光之門的道路了嗎？現在應該已經可以直通王城，不像我當時連個方向都沒有。

對了，我當時乘坐的是風鼇，一瞬千里。但信差騎的是小馬，可能比較慢。信差要去三個城市，或許是我心急了。

啊～～～什麼時候才能見到靈川、修和安歌他們啊？還有伊森，連信都送不到，我該怎麼見到他，告訴他我還活著？

我在木板前做了個深呼吸，焦躁的心情讓我始終無法平靜下來思考線索，整顆心像是被一顆顆石子不斷擊中的湖面，漣漪不斷。

好煩，真的好煩。

我走到窗邊，窗外是波光粼粼的人工湖，湖中飛來一對鴛鴦，交頸親暱，羨煞旁人。牠們相親相愛的模樣讓我再次想起自己的愛人們。

尤其是伊森，他愛得最真誠，我真的好擔心他，擔心那個白痴做傻事。還記得他在安都時常被我欺負，恨我恨得牙癢癢，最後卻愛我愛得無怨無悔。他喜歡抱住我摩蹭我的臉，不斷重複著：「我的瘋女人，我的瘋女人。」無論情況多麼危急，他總是緊緊跟隨在我身邊，為我擋住一切危險，就像之前魔王朝我揮來魔鞭，那深深的傷痕觸目驚心，永遠烙印在我心底。從那之後，我的心頭便留下一條伊森刻劃的痕跡，誰都無法抹去！

「闍梨香被魔王殺死了？」

身後忽然傳來涅梵的聲音，我一驚……涅梵居然來了，什麼時候？是在我發呆煩躁的當下？

我轉身看向他，發現他正站在大木板前，身上是一襲玄色龍紋漢服，讓人彷彿置身於漢朝。粼粼波光映到木板上，也映在他的身軀和順直的黑色長髮上，使他融入這片水光中，蒙上了一種時間的朦朧感。

那一晚的畫面忽然隨著他的到來浮現眼前。我有些意亂情迷，一如此刻在他身上顫動的水光。涅梵總是深沉地藏起自己的心思。從我掉下來的那一天開始，他一直像是跟我有著深仇大恨，狠狠地揪著我，甚至撕心裂肺地怒吼：「不准妳死！不准妳死！」

我也曾對他抱有一絲希望，因為他是八王裡唯一的漢人，讓人產生同宗的親切感。然而當我以為他會救我、把他當成唯一的救命稻草時，他卻只是冷冷地看著我，帶著一絲糾結的恨意。

我本來以為他深恨闍梨香，才會把我視為闍梨香的替代品來折磨，後來才知道他是在恨自己。深深的內疚像毒藤一樣扭曲了他的心，直到他對我傾訴一切，才得到了徹底的解脫。

但我沒有想到他會——

我走回木板前，他正在察看闍梨香被魔王殺死的畫面，雙眸中滿是疑惑：「史籍中記載闍梨香殺死了魔王，妳畫的卻是闍梨香被魔王殺死，為什麼？」

「涅梵，你還記得嗎？你們的神力與魔王的魔力相剋。」我看向涅梵。他擰眉深思：「不錯，我們的力量與魔力相剋，所以我們雖然不老不死，但魔王的魔力依然可以殺死我們。」

「所以闇梨香讓魔王殺死了她。」我認真地說。

涅梵一驚，立刻轉頭再次看向闇梨香犧牲的圖畫，低聲輕喃：「誰殺死了人王，便可以得到他的力量……難道！」他有些震驚，見我點了點頭，神色頓時變得更加訝異：「闇梨香犧牲自己，將自己的神力轉移到魔王身上，讓神力與魔力相剋，殺死魔王？」

「沒錯。當時她可能只是想犧牲自己與魔王同歸於盡，卻沒想到這個方法能殺死魔王。這是我在魔王進入我身體時看到的，可惡的魔王！」只要想起魔王入侵我的身體，我就無法抑制自己的憤怒。我擰緊雙拳：「不知道那個混蛋會拿我的身體來做什麼？」一想到這裡，我只覺得渾身顫抖，胃部陣陣翻騰。

「那瀾……」涅梵將溫熱的手放在我的肩膀上。我深吸一口氣，努力讓自己恢復平靜：「對不起，一想到魔王現在用的是我的身體，我就無法平靜，腦海裡總是會浮現他用我的身體和女人們滾床單的畫面！」

說到這裡，我瞬間感覺整個人都不好了，放在我肩膀上的手也變得有些僵硬。

「到時候川他們會不會嫌棄我的身體？萬、萬一魔王喜歡男人，跟男人——」

「那瀾，我們還是回到正題吧……咳！」涅梵尷尬地大聲打斷我。

我也覺得自己有些失控，再次努力調整情緒：「對不起。」

「沒關係……」涅梵僵硬地握了握我的肩膀：「如果遇到這種事，我也會瘋的。不過妳放心，魔王在占據妳的身體後，並沒有迎娶王妃。至少在我們離開的時候……」

涅梵的後半句說得很心虛！

我扶額一嘆：「好吧，我們繼續談正題。」這應該能讓我暫時忘記魔王占據我身體的事：「對了，涅梵，你知道闍梨香即位後，這個世界發生了什麼事嗎？」

涅梵想了想：「根據史籍記載，闍梨香即位後曾發生長達百年的內戰。」

「什麼？」涅梵的話讓我吃驚不已：「百年內戰？為什麼？」

涅梵有些無奈：「因為男人無法容忍一個女人統治世界。」

我恍然大悟。就像伏色魔耶之前一直抗拒我，男人的自大和過於強烈的自尊心讓他們無法臣服於一個女人！

「各地都有人自稱為王，想奪取闍梨香的政權。」涅梵繼續解釋，讓我想起那晚的夢。

那個容貌和涅梵相似的男人，難道也是反叛者之一？

「很多賊匪也趁亂稱霸，魚肉當地百姓，百姓苦不堪言、痛不欲生，地下世界進入了百年亂世！闍梨香於是開始平定叛亂，但是平定了一個地方，別的地方又開始作亂。她奔波在八個世界中，疲憊不堪。」

我的眼前浮現闍梨香忙於平定八個世界叛亂的畫面，東邊戰停，西邊又起，好累……想必各地的行宮也是當時所建。

「闍梨香的神力被謠言魔化，各地百姓開始畏懼她。在各地叛王的鼓譟下，百姓們很快集結成為反抗闍梨香的大軍。她不忍以神力傷及無辜百姓，曾一度關閉梵都的聖光之門。」

「梵都？」

他點了點頭，看向窗外：「闍梨香生於梵都，這裡是她的家。關閉聖光之門後，梵都變得安定而

繁榮，卻沒想到其他國度的叛王追殺而來，依然不願意放過她。就在這時，魔王出現了！」

「魔王是在叛王追殺闍梨香的時候出現的？」我吃驚反問。

涅梵篤定地點點頭：「正是因為魔王出現，那些叛王和把闍梨香妖魔化的凡人終於感受到真正的恐懼，被魔族追殺的他們開始向闍梨香求救，愚昧的百姓這才明白她其實是天神的使者、是保護他們的神女。闍梨香立刻帶著自己的丈夫們和聖兵迎戰魔王，成為歷史上的一次光輝聖戰，從而結束了那段百年亂世。」

我看向木板上的小女孩……好巧，尉遲法因為士兵要殺小女孩而入魔。而這次，魔王是在愚昧無知的百姓追殺闍梨香時出現的。

小女孩、闍梨香……難道闍梨香就是小女孩的轉世？

五百年前的魔王也不是突然冒出來的，也是在亂世百年後才出現，像是一個人的憤怒不斷地積蓄，最終爆發。

這不就像現在？

八王叛亂殺死了闍梨香，過了一百五十年。之前只說魔族越來越強大，魔王有甦醒的跡象，然而就在我掉到這個世界時，魔王借助明洋的身體重生了，時間剛好吻合！

小女孩、闍梨香、我、回歸的靈魂……

我怔怔站在木板前，原來這些都是命運的安排，一切都逃不過輪迴二字。人與人在命運的翻弄中相愛相殺，永無止盡。

「我想我明白魔王為什麼會出現了。」

「為什麼？」涅梵急忙追問。

我指向第一張圖裡被曝曬的僧人——這一切的起因：「知道他是誰嗎？」

涅梵神情凝重：「傳說是他詛咒了我們。」

「嗯，他就是神王尉遲法。」我淡淡地說。涅梵目瞪口呆，不可置信地望著我。

我指向第二張圖：「這是餵他水喝的小女孩。小女孩因為這個舉動而被認為是幫助妖僧，被國王下令處死，此時尉遲法入魔，將整座樓蘭古國在一夜之間拖入沙漠下，成了現在的世界。之後小女孩輪迴轉世，在某一世變成闍梨香——」

我指著闍梨香成為女王的那幅畫。涅梵震驚不已，一時啞口無言。

我繼續說著：「然後因為自尊心以及對權利的渴望，你們想殺死闍梨香，等於是要殺死尉遲法疼愛的小女孩，你們說他能不生氣嗎？」

「我們？」涅梵連連搖頭：「那時我還沒出生。」

「你的前世呢？如果生在那個時代，你會甘於屈服在一個女人的統治之下？」我斜睨著他，他頓時顯得有些尷尬。「我初來乍到這個世界時，你還在跟伏色魔耶爭奪八王之王的位子，想做世界之主。」

涅梵陷入沉默，抿唇不語。

「於是魔王出現了，讓你們消停下來，臣服於闍梨香。然而世界太平之後，隨著時間推移，貪念再度湧現，正如同『飽暖思淫欲』這句話一樣，野心又開始滋生，於是在太平四百年後，你們這幾個白痴又想找闍梨香麻煩，於是魔王——」我一掌拍在魔王那幅圖上：「——又出現了。涅梵，難道你

沒發現魔王總是在亂世出現？這是為什麼？」

「是因為民怨吧！」涅梵認為是這些負面的情緒助長了魔王的魔力。

「這是一點，還有就是尉遲法對你們失望了。」

涅梵一怔。我伸手拍拍他的肩膀：「闍梨香並不只是他疼愛的小女孩，更是他心底對人類懷抱的最後希望，他或許依然認為人類是善良的，然而每當他想要相信時，你們就開始進行破壞。涅梵，是你們殺死了他的希望，是你們喚醒了魔王，你們才是魔王重生的幕後推手！」

涅梵頓時顯得有些動搖，眸光閃爍得越來越劇烈。他忽然執起我的手，放在心口上，聲嘶力竭地大吼：「殺我！快殺我！」

我驚然收手：「你有病啊？」

「殺我！快殺我——」他失控地朝我大吼，緊緊扣住我的肩膀，又像當初我掉到這個世界、他把我當作闍梨香時一樣瘋狂：「只有殺了我，妳才能獲得我們的力量去殺死魔王！」

原來他是想讓我殺他，藉此把力量傳遞給我。

我重重甩開他的手：「你當魔王是白痴嗎？」

他當場愣住，手足無措。

我戳著自己的太陽穴：「魔王是有腦子、有記憶的好不好？他已經被闍梨香殺死一次，怎麼可能還會再被同一招殺死？」

「魔王不是怨氣的具象化？」他困惑不解地搔著頭：「大家都認為魔王是黑暗力量孕育出來的。」

「涅梵，難道你還沒看清真相嗎？」

「真相？」他顯得有些困惑，我抬手拂過木板上的每一幅畫：「沒錯。你好好看看，想想我剛才說的話，真相就在這裡，這些畫能讓你知道魔王到底是誰。」

涅梵隨著我的手看過一幅又一幅畫，直到看見最後那幅沉睡的神王尉遲法時，他驚然睜大雙眼：「魔王……就是神王？」

他錯愕地詢問我。我深吸了一口氣，緩緩吐出，朝他點了點頭：「魔王應該是尉遲法的恨，如果不解開尉遲法的心結，這樣的命運依舊會永無休止地輪迴下去。這一世我們殺死了魔王又如何？犧牲了又如何？下一世大家失去記憶，又重新開始，野心與貪婪再次滋生，魔王仍會捲土重來，我們必須讓尉遲法知道人類就是這樣的，有善有惡。我的世界打打殺殺了五千年，還不是沒有學乖？恨又有什麼用？」

「可是那瀾，如果妳想跟神王對話，還是必須先殺死魔王。」涅梵終於冷靜下來。我苦惱地看向沉睡的神王：「是啊……魔王應該學乖了。他有真實之眼，是不會讓我靠近他的，更不會來殺死我和你們……難怪他總是留你們活口。當初他之所以不殺死伏色魔耶，而是把他囚禁在岩漿中，我就覺得奇怪，現在才明白他根本是不得已的！這也是為什麼我跟他訂立契約、不准他傷害你們時，他答應得那麼爽快！真是上當了！」

「永遠不要跟惡魔訂契約。」涅梵神情凝重地看向我：「因為妳永遠是輸家。」

「是啊。」我不由暗暗感嘆，這次實在是失算了！

但這下可以安心的是，魔王不會殺人王，他根本不想找死。更遑論他現在得到了我的身體——一

具可以在陽光下自由行走的肉身。

魔王正在進化，越來越厲害、越來越強大。或許他也想從尉遲法的體內剝離而出，所以才會那麼渴望得到肉身，不想再做一縷恨念！

天啊，魔王要實體化了！到時候尉遲法會怎樣？

他之所以那麼渴望得到肉身，只是想稱霸這個世界？如果是這樣，他現在已經做到了。但他絕對不會滿足於現狀，一定有著更大的野心！

接下來很長一段時間裡，我把自己當做魔王，想透過他的思考模式推斷他的下一步目的。如果我是魔王，我會想要什麼？做什麼？

然而每次思考到最後，我總是會因為憶起魔王占據我的身體而抓狂，思緒混亂，無法平靜。一想到如果他還是個風騷受，我就滿腦嗡鳴，無法繼續思考。

日子在等待中總是過得格外漫長。涅梵並沒有限制我的活動，我可以出宮，可以去任何地方，但是沒辦法出城。

梵都也沒有任何變化，除了多出來的魔獸之外。

當皇后離開後，宮人們一致認為我會成為下一任皇后，因為他們的王——涅梵睡在我這裡。他們想要巴結我，卻又同時恐懼我，因為宮裡的魔獸聽命於我。

而當我得知闍梨香生於梵都後，我常常在街頭訪古尋幽，想尋找闍梨香的足跡，想前往她去過的地方。

我、闍梨香和那個女孩是什麼關係？不是說連靈魂都無法離開這個世界嗎？若說我是闍梨香的轉世，那她的靈魂又是如何離開這個世界變成我的？

但如果我不是闍梨香，為何她會屢屢找上我，一點一滴伴我揭開真相？

我側坐在一頭初次遇到的魔獸後背上，心中滿是隨著真相揭露而冒出的謎團。現在，我們又該如何消滅魔王，喚醒尉遲法？

魔獸馱著我漫步在御花園間，凶狠地看著每一個人，只對我溫順服從，因為我會撫摸牠，一點都不怕牠。牠其實很喜歡人類的撫摸，一旦被我撫摸，牠便會躺下閉上眼睛，看起來十分享受。

牠停了下來，趴伏在地上，這是在求我撫摸牠。跟牠相處了這麼久，我多少摸清楚了牠的脾氣。

我坐到牠身旁，開始溫柔地撫摸牠，牠舒服地慢慢瞇起雙眼，徹底放鬆躺下，肚皮朝向我，我再摸上牠的肚皮，牠立刻舒服地抖了抖腿，揚揚尾巴。在我眼中，牠只是隻大狗。

我抓起牠巨大的腳掌，牠立刻收起利爪，變成和貓兒一樣的肉墊。我輕揉牠的腳，替牠按摩，你說牠能不舒服嗎？

我替牠取了個名字——小黑。

替小黑按摩了一會兒，涅梵忽然造訪：「那瀾，有人死了！」

小黑立刻躍起，利爪刺出，卻不小心劃破了我的手，鮮血隨即流出。

「啊！」異常尖銳的爪子宛如匕首般在我的手心劃出一條深壑，涅梵登時緊張起來：「那瀾，離開那怪物！」他抽出了寶劍，準備和魔獸拚死一戰！

見狀，小黑豎起了全身黑毛。伴隨著魔紋閃耀，黑毛化做黑色鋼刺，尾巴高高翹起！

「涅梵，不要嚇小黑！」

涅梵一怔，顯得有些鬱悶，似乎對我偏袒小黑這點感到吃味。

小黑喘著粗氣，戒備地望著涅梵。

涅梵緊盯小黑的眼睛，雙手慢慢揚起，似乎想要發動神力，卻忽然痛苦地摸向後頸，痛苦大喊：

「啊！」

他面色蒼白地跪倒在地，冷汗淋漓，咬緊牙關悶哼：「嗚……」

沒想到魔王的魔印那麼厲害，完全封印了人王們的神力。一旦他們試圖發動，就會觸發神印，陷入劇烈的痛苦中。

我趕緊安撫小黑：「小黑，放鬆，他不是要傷害我。看著我，小黑，乖。」

我站到牠面前。小黑眨了眨眼睛，瞇緊的瞳眸逐漸放鬆，如同紅寶石的大眼裡映出我溫柔微笑的臉龐。

渾身鋼刺再次變回柔順黑毛。牠趴在我面前，我伸手想撫摸他，卻看到染滿鮮血的手，傷口似乎尚未癒合。

「嗚～～」小黑發出愧疚的低鳴，望著我的手心。

我微微一笑：「沒關係，我知道你不是故意的，只是嚇到了。」

「嗚～～」

忽然，牠伸出黑色的舌頭，輕輕舔上我的手心。我有些驚訝，小黑居然有了善意？

就在此時，奇蹟發生了！牠的舌頭從舌尖開始漸漸轉成紅色，黑舌變成了紅舌。緊接著，牠的嘴變成了白色，像是被潑灑了牛奶般迅速蔓延全身。片刻之間，牠化成了一隻雪獸！與此同時，牠身上金紅的魔紋也漸漸染上了如同尉遲法身上神紋的霞光！

我大吃一驚。但小黑完全沒有發覺自己的變化，依然不斷舔著我的手心，想要為我療傷。我立刻回頭望向涅梵，他也驚訝地看著我身邊巨大無比的雪獸。

我向他招招手，他又急著要起身，我立刻阻止他：「噓……輕一點……」

我示意他放慢動作，他半蹲著緩緩朝我靠近，終於來到我身邊。

我執起了涅梵的手，他不解地望著我。我把他的手輕輕放在專心為我舔舐傷口的小黑身上，小黑完全不顯排斥！

涅梵錯愕不已地看著我。我笑了，他也在那一刻笑了，徹底放鬆了下來，輕輕摸著小黑的頭。

小黑舔淨了我手心上的血跡，傷口已在不知不覺間癒合。牠開心地跳了起來，「哈哈哈」地喘著氣，隨即撲過來舔我的臉。

「哈哈哈！乖，別鬧……哈哈哈！」

我和小黑抱成一團，涅梵也開心地坐在一旁看著。小黑忽然停下，好奇地盯著他，紅寶石般的眼裡已不見一絲凶殘，只餘下頑皮與好奇。

牠打量了一會兒，發現涅梵無害後，忽然又撲向了他。涅梵毫無戒備，任由牠巨大的身體撲在他身上，巨大的爪子拍著他的頭。

「哈哈哈哈哈！」

涅梵也大笑起來。我坐在一邊抱住膝蓋，回想小黑的變化，牠之所以從魔獸變為雪獸，是因為一絲善意，而神王化身魔王是因為恨。那是不是能夠將等式逆反，想辦法誘出魔王心底的一絲善念，藉此讓神王甦醒？

怎樣才能讓魔王擁有善意？

「啊！」小黑再度撲向我，用軟軟的肚皮壓著我。牠舒服地趴在我身上，我瞬間被壓得喘不過氣，肺裡的空氣都快被擠光了：「小黑，你太重了！」

我忽然發覺還是原來的小黑乖，只是凶了點……這隻太頑皮了！

小黑立刻躍開。涅梵走到我身邊，俯身朝我伸出手：「看來牠喜歡你。」

我看著涅梵的笑容，拉住他的手：「你笑得越來越多了。」

涅梵一愣，卻沒有拉起我，反而跪在我身邊，緩緩俯下臉，深情地凝視我。當他的長髮落在我的臉邊時，我立刻高喊：「小黑，踹開他！」

砰！涅梵頓時從我面前消失，面前是一隻雪白的大肉爪！

唉，我忽然覺得涅梵真可憐。

我在一棵樹下找到他，他似乎仍有點暈暈沉沉：「……小黑太厲害了。現在有了這樣的神獸守護，我更加無法靠近妳了。」

「哈哈哈哈哈！」我仰天大笑，涅梵在樹下頻頻扶額搖頭。

我半蹲在他身前笑看他，小黑在我身旁躍來躍去，像是歡跳的小狗。

涅梵靠坐在樹下，目光忽然變得專注無比，他細細地打量我，逐漸流露出深情的目光，讓我無法再與他繼續對視。我扭開了頭，心裡有些亂。

他朝我緩緩伸出手，撫向我的臉龐：「那瀾，給我一次機會好嗎？讓我來做川他們不在時，妳身邊的男人——」他深情的話語如同此刻傾瀉在我們身周的陽光般輕柔。

涅梵溫熱的手撫在我的臉上：「我開始相信妳從天而降，落在我們面前，是宿命的安排——」他慢慢地朝我探近。

我不知道自己為什麼沒有推開他。如果是魔王或是別的男人，我一定會在第一時間推開他，卻始終無法對他狠心。

他緩緩地吻上我的臉，顯得小心翼翼。他隨即離開我身旁，面露一絲滿足：「謝謝妳，那瀾，妳這次沒有推開我。」

我依然心煩意亂得無法與他對視。我似乎已經無法割捨每個跟我同生共死、患難與共的男人。

「王！」忽然有人前來，遠遠站在樹林之外。

涅梵退回原處，平靜一如往常：「什麼事？」

「信差回來了！」聞言，我欣喜起身，卻看到涅梵的臉上劃過一抹失落。

啪！他忽然拉住我的手，低下頭：「他們一來，我便無法擁有妳了。」

我擰了擰眉，狠下心甩開他的手：「你從未擁有過我，今晚不要再來我的房間，這是為你好。」

我翻身騎上小黑，飛馳而去，身後傳來他的大喊：「那瀾——我們是註定的——」

或許我們真是註定的，但是涅梵，你還沒有準備好。

我還記得涅梵向我坦誠相告他與闍梨香的淵源後，他看著我的目光總是帶著一分猶豫和掙扎。當他得知靈川和修因我而解除魔咒後，這份感覺越發明顯。他一直在反抗自己的內心。

我起初並不明白涅梵在掙扎什麼，以為他和伏色魔耶一樣，不想承認我的能力，承認我這個女人可以拯救他們，畢竟中華文化五千年來的男尊女卑觀並非一時半刻可以扭轉的，即便是在我自己的世界，這樣的觀念依然根深蒂固，很多人都以生兒子為榮。

然而現在，我終於明白涅梵黑眸中的痛從何而來。他愛上了我，卻又無法跟其他男人共存，於是只能不斷壓抑自己，直到失控爆發，然後又墮入更深的掙扎與糾結之中，一切都來自於與他價值觀的摩擦。

即使活在充滿繁文縟節的靈都，靈川也沒像他這樣掙扎，大智慧讓他不僅接受了伊森、修，甚至替他們在我身邊安排好了恰如其分的位置。

靈川，我又開始想你了，你是最懂我的人。

信差跪在涅梵的御書房中，我立刻緊張地上前詢問：「怎麼那麼久？」

涅梵跟隨在我身後，低頭走向龍椅，整間御書房的氣氛因為他身上散發的失意而變得詭異不已，信差也顯得有些坐立難安。

信差愧疚地朝向我：「真是對不住，各地魔族盤查嚴格，靈川王又讓小人給另外兩位王帶信，所以耽擱了。但神女放心，信已順利送到靈川王、修王和安歌王手中，這是他們的回信！」信差恭敬地奉上三封書信，我激動得雙手顫抖。

當靈川、修和安歌熟悉的字跡映入眼簾時，我的視線忽然被淚水模糊了。

我匆匆擦掉淚水，問信差：「三位王好嗎？」

信差似乎頗為尷尬：「三位王……」

「怎麼了？」我緊張地問。

「三位王收到信太激動了，嚇著了小人。」

我心疼地看著信差：「他們……沒有對你怎樣吧？」

信差渾身一緊：「靈川王和安歌王還好。靈川王只是一直發呆，一動也不動；安歌王則是一直哭。但是修王太激動了，現場花藤飛舞，把小人捲起來拋……小人、小人真是嚇壞了……小人、小人慚愧，當時嚇得尿了出來……」

信差的臉漲得通紅。我高興地看向涅梵：「涅梵，還不打賞？」

涅梵抿了抿唇，勉強露出一絲笑容，溫和地看向信差：「領賞去吧。」

「謝、謝謝王，謝謝王！」信差千恩萬謝地走了。

涅梵看向我：「……不看信嗎？」但我只是緊抓著手中的信，激動不已。

「我還是迴避吧。」他作勢起身。我立刻攔住他：「不不不，應該是我要出去。小黑！」

忽然一個白影落下，我登時驚訝得目瞪口呆！

——落到我面前的，居然是白白！

涅梵也盯著白白，吃驚不已！

「呼！」小黑緊接著也進來了。

「吱——————」白白激動地撲到我身上。我開心地望向牠碧藍的眼睛：「你怎麼來了？」

「吱吱吱吱！」

白白從我的身體一躍而下，開始手舞足蹈。牠用口水把自己頭上的白毛拉直，變成長髮，然後盤腿坐下，眼神呆滯。

「靈川？」

「吱！」牠跳起來，又做出騎馬的動作，一手捂住腰，像是背了個背包。

「信差？」

「吱！」

我和白白的超級比一比看得涅梵瞠目結舌！

接下去，白白又做出信差給靈川信、靈川要牠跟著信差的動作。

我恍然大悟：「靈川讓你保護信差？」

「吱吱吱吱！」

白白連連點頭，開心地爬上我的身體，親暱地蹭上我的臉。牠溫熱柔軟的身軀和順滑的皮毛勾起了我在靈都的許多回憶。

小黑好奇地看著白白，不停地在牠身邊蹦來蹦去，想要接近牠。

「白白，我們走！」

我開心地抱住牠，騎上小黑，躍出了御書房，留下仍對我與白白的互動感到震驚的涅梵。

微風揚起了我的長髮，白白緊緊抱住我的臉，始終和我貼得緊緊的。

我們一直跑到蓮花池畔。我坐在池邊的柳樹下，小黑好奇地看著白白，白白也好奇地看著小黑。

當我準備拆信時，牠們已經快樂地玩在一起。

首先拆開的是靈川的信，乾淨俐落的筆畫凸顯出他穩重冷靜的個性。

我取出厚厚三頁紙，上頭滿是愛意：

瀾兒，被妳捨棄讓我們心碎，卻又因妳交代而只能苟活，如同行屍走肉，渴望與妳重逢。現知道妳平安，我激動不已，心緒難寧，可惜無法通過聖光之門，不能馬上動身前去找妳，又不敢貿然行動引起魔王懷疑、再傷妳性命。瀾兒，別再拋棄我們獨自行動——

我心中一酸，總算明白靈川為何發呆。他擔心突然離開靈都會引起魔王的懷疑，不想再失去我一次。

靈川在信中寫滿了對我的思念之情，再三要我不要魯莽行動，等他前來。他建議讓涅梵發出對各王的邀請，好讓他們正大光明地前來與我會合。

看完靈川的信，我內心裡激動不已，心情久久無法平靜，這份感情想必與靈川收到我的信時相同吧！但他只能努力壓制心中這份激動，呆坐祭台與小龍一起等待和我相遇。

我深吸了一口氣，再拆開修的信。修的信比靈川還要厚，登時讓我眼花繚亂！

只見上頭滿是密密麻麻、歪歪斜斜的——

我想妳我想妳我想妳我想妳我想妳我想妳我想妳我想妳我想妳我想妳我想妳我想妳我想妳——

這絲毫不感肉麻，反而激起了我的密集恐懼症！像是有無數黑色小蟲爬滿我的紙！

我迅速翻到第二頁，登時渾身戰慄，比第一張還嚴重！第二頁寫的全是——

女王陛下女王陛下女王陛下女王陛下女王陛下女王陛下女王陛下女王陛下——

「…………」再看第三頁。

我要來我要來我要來我要來我要來我要來我要來我要來我要來我要來我要來我要來我要來我要來我要來我要來我要來我要來我要來——

受不了！我沒有密集恐懼症也要被他嚇出來了！

我忽略四五六七頁，最後一頁嚇得我手一抖！上頭居然是一行血色大字：

不能讓涅梵靠近我的女王大人～

救命！

我直接把修的信扔了。太恐怖了！

密集、反覆、血腥！居然寫血書……這世上有人情書寫血書的嗎？這個變態！

我抱著頭，雙手冰涼，一如初次見他，被他嚇得魂不附體！

我真的被最後一頁的血字嚇到了，感覺到了深深的怨念和殺氣！

修的書信和靈川的簡直天壤之別。靈川看似冰冷，但字裡行間是片片溫情，諄諄囑咐，沒有因為我在梵都和涅梵一起而吃醋，反而說因為我和涅梵在一起讓他安心。他對我為何出現在梵都很疑惑，但忍下對我的思念之情，為顧全大局，靜待涅梵向他們發出邀請。

而修的呢？太讓我心驚膽顫了。

靈川之所以要信差帶信給修、安歌和安羽，應該也是擔心他們因為知道我在梵都而急忙跑來與我會合。不然以修的性格，只怕早到了。

被我扔掉的信紙被白白一張張撿回，送到我手中，我毫不猶豫地塞回信封。我這輩子再也不想看修的信了，根本不是在跟我述說相思之情，更像是要來殺我，把我碎屍萬段！

我平復了一下心情，打開安歌的信。

那瀾，下次不要再這樣做了，不要再離開我們。

安歌和靈川一樣，劈頭就是要我不要離開他們。

來到這個世界，第一個愛上我的到底是伊森還是安歌？我已經分不清了。

一開始，我以為是伊森，但在離開安都時，我卻收到了安歌的那封情書，他訴說了自己對我的愛。

那個時候，他和伊森是一起的。

或許是他在地下城和我一起捉老鼠的時候。

或許是他染上瘟疫，我照顧他的時候。

我還記得他染病臨死前，對我說了很多很多他和安羽小時候的事。

我還記得他在我身邊，為我唱的那首關於傳說的歌。

安歌更像一個默默守護我的天使，一直站在我的身後，偷偷地看著我，悄悄地愛著我。

他的愛溫潤而怯懦。他如果有一點靈川的霸道，一點修的瘋狂，甚至是一點伊森的傻氣——因為呆傻的伊森不會畏懼表白——他或許也會成為我身邊的第一個男人。但他不敢，因為他害怕安羽傷害我。

事實證明，他們兄弟雖然形影不離，卻缺乏心的交流。

到底是什麼時候讓他們不再用心去交流？或許早在他們相依為命時就開始了吧。他們各自藏起了心傷，用尋求快樂來偽裝自己，好讓對方安心，彼此卻也越走越遠。

安歌，我也想你。

不要擔心小羽，我能感覺到他就在我的身體裡，感覺到他在看到妳的信後的喜悅。呵，那瀾，或許這是小羽的願望，他現在真的跟我形影不離了。

安羽……我的心裡暖暖的。

那瀾，謝謝妳，謝謝妳對我的愛。

他們終於在一起了，算是我撮合的吧。我還記得他們神紋相纏的畫面，就像一棵在月光下相交的連理樹。雖然他們不是情侶，卻依然感覺到他們相親相愛的浪漫。

安羽，我也想你了。

雖然你對我很不好，我猜當初把我從修那裡扛到玉音的房間嚇他，一定是你的主意。但看到你每每從夢魘中驚醒，我才知道你對安歌的愛是那麼地無私。你獨自承擔所有的罪孽，不讓安歌經歷那樣的痛苦。

當你感覺到安歌喜歡我時，你開始刺激他，因為你知道安歌不敢對我表明心意。你還跟他對調，讓他可以藉由你的身分勇敢地說出心聲。

只可惜被我一眼識破就是了。

安羽，我一定會讓你復活，回到我身邊的！

面前傳來輕輕的腳步聲，涅梵黑色的袍衫出現在我面前。

我匆匆擦了擦因為感動、思念，以及更多複雜感情而流出的眼淚。我在這個世界擁有了自己一直想要的家，感覺到了真正的幸福！

手心突然一陣刺痛，我微微擰眉，立刻抬起手。

「怎麼了？」

他立刻蹲下執起我的手，只見我的手心綻放著一朵熟悉的詛咒之蓮，沒想到這也會跟著我的靈魂跑！

我暗暗吃驚，卻又很快恢復鎮定。

我淡淡一笑，合上手心。雖然我得到了一個大家庭，但我可沒打算留在這個世界，我要把已經解除詛咒的男人們帶去我的世界！

「沒事！」我仰頭笑了：「他們需要請你發出邀請，他們才能前來。」

涅梵的臉微微一沉，拿出一封蓋著金色火漆的信箋，放到我面前：「不用了，妳的魔王叫我們八王一起過去。」

我看向他手中的信箋，上面是修長的蝌蚪文，這魔頭的字倒還挺漂亮的。因為精靈之力，我看懂了裡面的字：

命人王八王明日於玉都參加盛宴。

「明天！」我驚訝地看信箋：「明天你們要怎麼到玉都？」

「魔印暫時消失了。」

涅梵忽然說。我大吃一驚，立刻看向他的後頸，魔印真的消失了！這是魔王用來限制人王的神力，讓他可以任意控制人王。

咦，那我的呢？

我立刻轉身，急急拉開衣領：「快幫我看看我的還在不在？」

「那瀾，我是個男人，不要隨便在我面前脫衣服！」涅梵有些生氣，但還是輕輕摸上了我的後背，隨即激動地說：「也沒了！看來妳的魔印和我們的一樣，所以當魔王暫時取消我們的魔印時，妳的也產生了同樣的影響。」

「太好了！」我激動地拉好衣服轉身：「真是大轉折。我還在煩惱要怎麼跟川他們會合，沒想到魔王幫了我一把！哈哈哈，魔王，我可真要謝謝你——」我興奮地起身朝金沙流雲的天空大喊。

金色燦爛的陽光下，涅梵站在我身邊，黑色的髮絲隨溫暖的風輕輕飛揚著，和煦的陽光掃去了他原先布滿全身的深沉和沉重的過去，他溫柔地看著我，久久沒有移開視線。

眾人的命運與魔王息息相關。

我並不清楚自己是否能再次讓魔王消失，喚醒神王尉遲法。但我必須嘗試。

不到最後，我絕不放棄！

出乎意料的是，我被綁起來了。

我被綁在床柱上動彈不得，宮女哆哆嗦嗦地在一旁看著我。

「神神神神女，妳妳妳醒了？」

我無語地望著房頂：「是不是涅梵把我綁在這兒的？」

「是是是……王說不能讓妳離開房間，妳妳妳可千萬別怪我啊！」

小宮女真的嚇壞了，直接跪在地上，因為她們已經把我當作魔女。

我擰擰眉，我知道涅梵想阻止我去找魔王，他是為我好。即使把這件事告訴我的男人們，他們也會同意涅梵這麼做的。

該死！對於普通人來說，我完全無害，也沒辦法抵抗常規之力。比方說像這樣被綁著，我一點辦法也沒有！

看來涅梵曾警告他們不能靠近我，以免被我傷害。但我又怎麼會去傷害這些無辜的人？

「神神神神女，妳妳妳有什麼吩咐？」

小宮女戒慎恐懼，真是可憐。

不過涅梵以為這樣就可以困住我？我還有兩隻寵物呢！

我正想召喚我的黑白將軍，忽然看見一根花藤從窗戶緩緩爬入，宛如怪獸的觸角般探查周圍空氣。它忽然昂起頭，直直指向我，像是在盯著我。

「修？」

小宮女一愣。就在這時，花藤驟然捲住了小宮女的腳踝，直直提起。

「啊！」

小宮女驚嚇地被倒吊起來，但很快就喊不出聲了，因為她已經被花藤層層包裹，彷彿被一個大大的綠繭徹底包住。

緊接著，熟悉的綠影進入房間。隨著綠色的長髮飄飛，來人已落在我的上方，深綠瞳眸激動地看著我：「女王大人，我的女王大人，我終於找到妳了！」

他興奮地咧開嘴，露出森白的牙齒，瞪大深深凹陷的眼睛，只差沒流出口水！他此刻完全沒有重逢的喜悅，更像是要把我生吞活剝！

他又變回了我們初見時，那個常年失眠的瘋子修，讓我心疼不已！

「修，快解開我！」

「我的女王大人……」

他嘶啞地叫著，雙腿蹲跨在我的上方，一身暗紅色的中式長袍像是暗夜下染血的玫瑰，和他鮮綠的長髮產生了強烈對比。

「我的女王大人……我的王妃我的愛……」

他激動地湊近我，鮮紅的舌頭舔上嘴唇，我的渾身寒毛登時豎起！

涅梵沒有騙我，修的病情真的因為我消失而惡化了！

「我的女王大人……」

他喘著粗氣，雙手摸上我的臉，緊緊抓住，然後俯身舔上了我的臉。

「修，先放開我！」

「不行……我要妳……要妳……要妳……」

他邊說邊舔著我的臉，接著舔上我的脖子，花藤漸漸攀上床沿，捲上我的手臂，比涅梵綑得還要緊。

熾熱的手順著我的脖子往下，握住了我的胸部。我立刻大喊：「修，我生氣了！」

恐慌立刻浮上修的雙眸。他緊緊抱住我，臉深深埋入我的頸項：「對不起……對不起……女王大人不要生氣……不要生氣……我聽妳的……我全聽妳的……」

我的心很痛。他是因為我的死而瘋癲的。即使我現在已經面目全非，他還是在第一時間認出我，知道我是他心愛的人，他的王妃，他的女王大人。

「修！」我沉臉：「我現在命令你放開我！」

「是……是……」

修匆匆從我身上爬開，像動物一樣的姿勢更讓我心疼。花藤紛紛退下，我抽了抽眉，真不想對修凶，可現在他這個情況，只有這招比較管用。

解開繩子後，修狠狠地看著綁住我的布條：「涅梵居然敢綁我的女王大人！我要殺了他——」

「修！」我立刻起身撲進他的懷裡，他激動地把我一把抱緊：「我的愛……」

「修……」我也緊緊抱住他：「為了我，再次好起來……」

「女王大人……我的愛妃……我的愛……」深情呼喚從他口中而來，他抱住我的雙手變得溫柔。他埋入我的髮間，深深呼吸：「妳的模樣變了，我還是喜歡以前的妳。」

「你怎麼來了？不是要去參加宴會嗎？」

「我腦子裡只有妳！」他像個孩子一樣收緊雙臂，磨蹭我的臉：「我只想來見妳，其他什麼的我都不管！」

修對我的愛是最純粹的，所以他通過聖光之門後的第一件事就是來找我！不聽靈川的建議，執意要來找我。

但靈川和安歌考慮的是我的安危，他們不想讓我和魔王再碰面，和涅梵一樣想阻止我前往玉都。

沒想到一切從玉都而始，現在將要止於玉都。

修來找我的好處就是他不會阻止我去找魔王，反而會協助我。

「帶我去玉都，我要找魔王算帳！」

我昂首看向窗外。既然，消滅魔王是我那瀾的使命，想躲是永遠躲不掉的，那麼，我就正面迎擊，跟那個垃圾魔王拚了，奪回我的身體！

「好——」

修深綠的眼睛裡滿是激動與興奮，準備和我一起打一場痛痛快快的仗！

轟！粗大的花藤直接撞破我房間的牆壁，帶著我和修飛出，驚得涅梵的皇宮雞飛狗跳，驚叫連連。

我扶額搖頭，涅梵的皇宮算是被修給毀了。

「魔王——我要殺了你——」修陰狠地嘶吼著。

「吱！吱！」

聞聲而來的白白飛快地竄上盤繞的花藤，緊跟我們身後。後方還有小黑，牠在飛速前進的花藤下不斷奔跑。

「啊——」

「啊——救命啊——」

「天啊——」

花藤所過之處，都是百姓的尖叫！

終於，我看到了那堵阻隔我和心愛之人的牆。我猛地從花藤上躍落，大喊：「小黑——」

小黑雪白的身影在花藤間飛躍而起，接住了我的身體。我抱住牠散發神光的身體，緊緊盯著聖光之門：「衝過去！」

小黑立刻飛躍起來，白白落到我的背部，緊緊揪住我黑色的長髮，我們一起衝入了聖光之門。青色的光芒再次包覆我的全身，我陷入聖光之門內的世界，感覺到了「自由」二字。

「呼！」

我破光而出，迎面撞上的居然是——靈川！

靈川白色的駝隊正緩步而行，走向玉都之門。就在我們的花藤衝出時，駝隊受到驚嚇，靈川的白駝奔跑起來，面紗和銀髮隨之飛揚。

他立刻安撫白駝，隨即朝花藤看來，看到修時目露驚訝，瞬間從白駝上躍起，水立刻在腳下形成冰柱，將他送到修的面前。

「修，不要去找那瀾！」靈川扯落面紗，異常嚴厲地說。

修憤憤瞪視靈川：「你以為我不知道嗎？你想先去找女王大人是不是？是不是？」

「不是！」靈川第一次失去了平靜和理智，一把揪起了修暗紅的衣領，星輝的瞳仁急切而憤怒地注視他：「我們不能再失去那瀾了，不能讓魔王知道她還活著！」

修渾身的殺氣在靈川滿身的寒氣中漸漸淡去，憤怒的雙眸也慢慢失神：「糟了……」

「什麼糟了？」靈川揪住修的衣領。

「因為晚了。」我朗聲說。小黑巨大的身影落在兩個同樣修挺的男人身邊。

靈川朝我吃驚看來，星輝的瞳仁在看到我的那一剎那，寒氣褪盡，露出了顫顫的水光。

我坐在小黑身上高高俯視兩個男人：「我一想到魔王每天用我的身體，就噁心得睡不著覺！所以你們想讓我做縮頭烏龜躲著他嗎？我做不到！」

我深吸一口氣，真的受不了自己的身體被一個男人利用！

我再次看向靈川：「難道你就能忍受？忍受我的身體被別的男人占用？」

靈川的目光終於不再猶豫，而是帶起了濃濃的殺氣和憤怒。突然他大步上前，一把拉住我的手臂往下用力一拽，當我的身體被拽落時，他冰涼的手已經插入我的黑髮，按住我的後腦杓，狠狠地吻上了我的唇。

「靈川你這個男寵——」

修憤怒上前，靈川揚起手，冰牆在修面前形成，擋住了他的身體。

魔印消失的他們再度可以使用自己的神力！

用力的吮吸帶出了他失去我之後的痛苦，以及對我的思念。他緊緊壓住我的後腦杓，過於激烈的吻甚至咬痛了我的唇，嘴唇瞬間在他瘋狂的吻中發麻、燃燒，直到我的唇內滿溢著他的氣息，被他吸光了所有的空氣。

他離開了我的唇，抵住我的額頭深深喘息，我也有些接不上氣。他隨即一把抱起我躍上小黑，坐在身後圈緊我的身體：「去跟魔王算帳！」

「對，跟魔王算帳！」

我也捏緊了雙拳，寧可與他同歸於盡，也不能苟活在世！

冰牆從修面前消失，修憤然而來。當他即將發怒時，我立刻俯身吻住了他的唇，他混沌的雙瞳立刻圓睜，水光洗淨了裡面一切的混亂，清澈顫動的眼睛宛如世上最通透明亮的綠寶石！

修呆滯片刻，眨了眨眼。

我離開他的唇，他愣愣地又眨了一會兒眼，看看周圍，目露困惑：「我怎麼會在這裡……對了！我是來找我的王妃的！我的愛！」

他激動地朝我看來，緊緊握住了我的手。我欣喜而笑，撫上他的臉：「歡迎你回來，我的修。走吧！」

「嗯！」他的眸光清明，站在大大的花藤上，看向玉都之門。

「吱吱——」白白大喊一聲，落在靈川的肩頭，我們立刻朝玉都而去！

「幸好我還沒去玉都。」靈川攬緊我的腰，在我身後說。

「為什麼還沒去？涅梵應該早就去了。」

「因為我也想見妳。」他的臉埋在我的髮間，我的心因他的話而熱：「我一直在梵都門口，卻不敢像修那樣衝進去。」

很久沒有聽到靈川說那麼多話了。

「修是個瘋子。」我笑了。

「呵呵。」他也輕輕一笑：「是啊，他是個瘋子。」

修只想見我，他滿腦子只有我！

這是一個瘋子的執念，才不會像靈川他們考慮得那麼周全。
人們往往因為考慮太多而漸漸失去了最初的熱情，或許有時候，我們更需要衝動一點！
頃刻之間，我與靈川和修相聚，心裡萬分開心。
接下來，我應該還會見到伊森、安歌，以及我掛念的安羽吧！

進入玉都前，靈川停了下來，我們一起站在玉都的聖光之門前。他看向我的身體，似乎在檢查著什麼。

「怎麼了？你在看什麼？」我疑惑看他。

他微微蹙眉看我：「妳身上有那個花紋嗎？」

他問的應該是詛咒之紋吧。

我搖搖頭：「沒有，詛咒之紋好像是跟隨靈魂的，我進入這具身體後，她身上就沒有了詛咒之紋。」

「那為什麼魔王也沒有？」修不解地看我。

我鬱悶道：「那是我的身體，我的身體來自於上面的世界。而我到了這裡也一直沒有讓詛咒之紋出現在我身上。魔王原來是寄生在明洋體內，但是明洋被同化了，所以魔王盯上了我的身體，我的身體除了沒有詛咒之紋，還有精靈之力和真實之眼，只是他沒想到結局會是他被迫把我趕出身體。」

魔王的如意算盤打得很好，占據了我的身體，順便還得到了我的力量，讓他更加強大。可是他沒想到我打算犧牲自己，破壞了他的全盤計畫，被迫只能把我趕出身體，捨棄我的神力。

「我記得他寄生在明洋體內時，只有使用魔力，魔紋才會出現，所以說明他可以控制自己的魔紋。就像現在，他是居住在我的體內。是啊！他被困住了！只要他使用魔力，魔紋還是會出現在他身上的！哈哈！」我赫然發現了他的弱點！

「那又如何？」靈川淡淡地說，原本星輝的瞳仁中浮上一層暗淡的冰霜：「他在這個世界還是最強大的，我們無法再把他引入祭台。」

是啊，即使他魔紋布滿全身，只要我們無法引來真正的日光，他依然是這個世界最強大的。就算他站在日光下，他只要收起魔紋，就不會被日光所傷，更別說他不可能那麼蠢，乖乖站上祭台了。

魔王一代比一代聰明靈慧，他原本只是一絲恨念，根本沒有肉身，沒有思維，可是現在的他已經是一個擁有智慧的魔王了！

以防萬一，靈川還是用他的頭紗和面紗把我裹得嚴嚴實實，即使我已經「面目全非」。

我知道靈川他們不在乎我的容貌改變，他們依然愛我，可是既然我的身體還在，感覺始終彆扭。不僅是我，他們也是吧？這怎麼可能不彆扭？

他們曾經和我纏綿，共度春宵時都是和那具身體，現在卻跑魔王身上去了！想想就讓人寒毛直豎。

所以我們這次一定要想辦法奪回我的身體。雖然辦法還沒想到，不過老天爺說不定會突然給我些預示和靈感。

魔印的消除也讓靈川他們的神力獲得釋放，但魔印依然存在，我能感覺到。只要魔王心念一動，魔印就會再次啟動。

魔王真的找到了控制人王們的鑰匙，還是遠端遙控的。他無需再剷除他們，因為人王們已經成了

他的奴隸！

玉都的聖光之門已在眼前，靈川離開了我的身後，回到雪駝上，因為他如果繼續坐在我身後，會引起別人的留意。別說陌生人，連熟人都不近的靈川王怎麼會跟一個女子共乘在一頭雪獸之上？

我們還是得小心行事。

穿過玉都大門的那一刻，我看到的居然是來來往往的魔獸和魔族。魔族騎在魔獸身上，盤查來來往往的人。

玉都人的臉上失去曾經的歡笑，只有恐懼，一切變得死氣沉沉，他們小心翼翼地遠離魔兵行走。還記得當初掉到玉都、坐在高塔上往下看時，玉都人民總是歡歌笑舞。他們熱愛舞蹈，據說玉音是這個世界最好的舞者。

魔兵擋住了我們的隊伍。靈川看了修一眼，要他不要說話。

魔兵比之前更像人形了，除了那黝黑得像是皮革般的皮膚，五官已與人類無異，耳朵稍尖，有了紅色的頭髮，手腳和人類相同，也穿上了衣服和鞋子。

魔兵正在進化，是不是在預示魔王的力量也因為得到了肉身而進化？

就在這時，一個看似首領的魔兵騎在一頭魔獸上，朝我們而來，魔兵紛紛散開。他身穿黑色盔甲，戴著黑色的皮質手套，頭戴黑色頭盔，只是看不清模樣。

他摘下了頭盔，我心中一驚——居然是明洋！

更讓我驚訝的，是他的改變。

曾經溫和的鄰家大哥哥形象已不復存在，取而代之的是滿臉的自負和冷傲。

他坐在魔獸上，抬頭看著靈川和修：「我等你們很久了，你們怎麼現在才來？」語氣宛如他現在才是這個世界的王，地位在靈川和修之上。

他冷笑看了看靈川和修：「錯過今天，你們就不能再通過聖光之門了！」

「你別得意！」修忍無可忍地朝明洋大吼：「我現在就可以把你捏死！」說話間，花藤已經從修手中的仙人球中刺出！

「啊！」玉都的百姓驚慌地四散逃散。

「住手，修！」

靈川立刻揚手阻止修，渾身寒氣驟然凝結成寒霧，瀰漫四周。魔族有些不適地退開，他們誕生自火山的魔火，懼怕寒氣。

靈川冷冷看明洋：「魔王已不在你身上，我們隨時都可以殺你！」

明洋的面色緊繃。他之前之所以能那麼張狂，是因為魔王在他身上，他和魔王相依相存，魔王借給他魔力，讓他使用。

然而現在魔王得到肉身了，明洋自然再次變成普通人。

寒霧散去，靈川和修傲然從不甘的明洋身邊走過。我緩緩跟在川和修之後，明洋不甘咬牙的神情我都盡收眼底。

就在這時，林茵遠遠而來，她依然是一身白裙，長髮比之前更長了。她與我擦肩而過，身上是幽幽的香氣。

我看了她一眼，清晰地看到她脖子上粉紅色的花紋。林茵還是被同化了，是因為明洋吧。

「明洋！」她開心地跑向明洋，裙襬飛揚：「我們去逛逛吧，玉都很美。」

明洋冷淡地瞥了她一眼：「我沒空，我要帶眾王去宮殿。」他驅使魔獸後轉。

林茵臉上的笑容漸漸凝固，臉上布滿了失落之情。玉都的風捲著一縷黃沙，掠過她的裙邊，她哀傷地低下頭。

明洋看都不看她一眼，驅使魔獸走到靈川面前，帶領眾人前進。我回頭看著孤獨佇立的林茵……愛一個人沒有錯，有時候只是愛錯了人。

林茵低著臉抹了抹眼淚，抬起臉，與我的視線不期而遇地撞在了一起，她一怔。

我回頭不再看她。我不會同情她的……嗯，不會！

明洋迎接我們走上熟悉的台階，宮門旁的侍者和宮女恭敬相迎，在魔獸與魔兵之間，他們的臉上只剩下惶惶之色。魔王的到來奪去了玉都原有的奔放與快樂，讓原本沉浸在歌舞之中的玉都變得死氣沉沉，宛如漸漸死去。

守衛在門口的巨型魔獸在看到小黑時紛紛齜牙咧嘴，小黑也露出凶狠的模樣予以還擊。魔兵忽然匆匆跪下，面露敬畏的同時又目露懷疑，小黑雪白的毛髮似乎讓他們深感不解。看到他們的模樣，我開始隱隱有些擔心和不安。

就在這時，宮殿深處大步走來黑色的身影，即使他沒有靠近，我依然看到了他身上散發出金紅光芒。

一頭金紅長髮覆蓋在黑色的緊身皮衣上，隨著他的腳步而飛揚。當他越來越近、容貌漸漸清晰之時，我驚呆了——他居然完全變成了尉遲法的模樣！

宛如尉遲法就在我的眼前，他沒有沉睡在神宮裡，而是落到凡間，穿上緊身的黑色皮衣，統治這個世界！

如果不是他頭上那對黑色的犄角和金紅的雙眸，我會產生尉遲法只是改變了髮色的錯覺……不，他就是尉遲法，只是是另一個尉遲法。

他腳步如風地朝靈川走來，狹長的眼中是對人王們的鄙夷。

靈川拉住修退到一旁，修不服氣地瞪視魔王。魔王只是瞥了他們一眼，繼續向前，宮女和侍者們匆匆下跪，不敢仰視。

忽然，魔王頓住了腳步，轉回頭看向小黑。小黑陷入戒備，豎起尾巴狠狠瞪視他，喉嚨裡發出「咕嚕嚕」的聲音。白白也效法小黑躍到牠身上，做出同樣的姿勢。

魔王盯著小黑片刻，金紅的眸中劃過一絲喜悅，嘴角上揚，轉身仰天大笑：「哈哈哈哈哈哈哈！」

他甩起手臂，披風飛揚，一邊大笑，一邊繼續大步向前，笑聲在這死氣沉沉的宮殿內迴響。

台階下，明洋匆匆迎上，魔獸牽來，竟是一頭和小黑一模一樣的魔獸，但牠依然凶惡。我終於明白之前那些魔兵為何看見小黑會面露敬畏，原來他們誤以為牠是魔王的坐騎。

「兩位王這邊請。」侍女顫顫地說著，魔族把玉都的百姓給嚇壞了：「其他王都已經到了。」

我心中一喜，好想問伊森在不在，卻無法開口。

「精靈王子伊森呢？」沒想到靈川幫我問出了口，果然知我者莫若靈川也。

侍女一愣，難過地低下頭：「伊森殿下現在成了魔王陛下的寵物，關在一個金色的鳥籠裡。」

什麼？怎麼會這樣？我的伊森竟然像鳥一樣被關在鳥籠裡！

我的情緒激動不已。一隻冰涼的手忽然握住了我的手——是靈川！他希望我能平復情緒。可是那是我的伊森，那個雖然聒譟，卻視我為全部的精靈王子！

我絕不能讓伊森成為魔王的玩物！

「帶我們去我們的房間。」

靈川淡淡吩咐。修站到我身旁，用他和靈川的身體把我圍住。

我們走在熟悉的走廊裡。如舞孃般美豔的宮女曾經穿梭在走廊內，傳來陣陣歡快的笑聲。然而現在，長長的走廊看不到其他宮人的身影，變得冷冷清清、物是人非。

「二位王，你們的房間到了，還是原來的房間。」宮女小聲說完後，匆匆退開。

面前依舊是濃濃波斯風格的房間。還記得當初我也是這裡的住客，雖然我不喜歡八王，但我很喜歡玉都人歡歌笑舞的生活。

那時凱西無微不至地照顧昏迷的我，非常辛苦，整個玉都只有她對我很好，儘管也是因為八王的命令，但我始終無法忘記她對我的恩情。

然而現在也看不到她的身影了，我感到一絲安心，沒有留在宮裡未嘗不是件好事。

靈川和修並沒有進入房間，他們似乎感覺到了什麼，看向走廊更深處的房間，相視點頭，然後朝那裡走去。

我跟了上去，漸漸可以聽到話聲。

「涅梵，你真的把那瀾綁好了嗎？」

安歌的聲音傳來，我忽然感到激動不已。

「綁好了，沒問題。」涅梵的話語依然簡潔深沉。

「你確定？那女人可聰明得很！」緊接著是伏色魔耶的聲音。

「那瀾是一切的關鍵，不能再讓她落入魔王的手中。」這是玉音的聲音。

看來大家都在！

「不錯，我們要保護好那瀾。」

當鄯善的聲音響起時，我的眼眶濕潤了。大家……大家都在！

「哼！我可不相信光憑一根繩子就能綁住我的小那那～～」

神似安羽的聲音突然出現，我吃驚地頓住腳步。難道安羽復活了？這不可能！

靈川和修也微露驚訝，越發加快了腳步。我跑過了靈川和修，衝入那間談話聲不斷的房間，話音登時因為我的闖入而停止，我看到了所有人王，所有人王也看向了我！

涅梵從位子上站起來，詫異看我。

我看到了安歌的身影，雖然是安歌的容顏、安歌的眼睛、安歌的嘴唇，唇角上的壞壞邪笑卻是安羽的！而他們身上那糾纏的黑白神紋，讓安歌的身上布滿了安羽的氣息。

我情不自禁地跑向呆呆看我的安羽，撲上去抱緊他：「安羽……」

整個房間因我而陷入靜謐，安羽僵滯在我的懷抱之中，耳邊傳來涅梵憤怒的話語：「是誰把妳給放了？」

我緊緊抱住安羽，鼻子發酸：「安羽，你沒事真是太好了！」

他伸出雙手，緊緊回抱我，巨大的力量像是他與安歌一起擁抱我。

「梵，去我房間說。」靈川淡淡地表示，涅梵沉悶地離開。

玉音走到我身邊：「喂喂喂，不一起擁抱一下嗎～～～」

他嫵媚地張開雙臂，我笑中帶淚地看著他、鄯善和伏色魔耶。

鄯善面露安心：「看到妳沒事，我很高興，感謝佛祖保佑。」

「謝謝。」

我伸手與他擁抱，他向我行了一個佛禮。

「妳真是怎麼也打不死，是個戰士！」

伏色魔耶伸出右手。我有些驚訝，他的這個動作只會與自己承認的兄弟做。

我揚起手，拍上他的手，他以強而有力又滾燙的手握住我，我的小手幾乎都要看不見了。他笑了笑，看向我的胸部：「妳的這具身體可比原來的更性感。」

「看哪兒呢你？」

「伏色魔耶！」

「你這個色魔，不許你再看我的女王大人——」

「咳咳。」安羽、靈川、修和涅梵紛紛喊了起來。伏色魔耶忽然把我往他身前一拽，我立刻撞上他厚實的胸膛：「歡迎妳回來！那瀾！」他拍了拍我的後背，放開我，仰天大笑：「哈哈哈哈哈！瞧你們緊張的。」伏色魔耶轉身笑著朝靈川他們走去。

靈川沉下了臉，露出生氣的神情；涅梵一臉陰沉地看伏色魔耶；修則是沉下臉：「即使你是我最好的兄弟，也不能看我的女人一眼！」

「知道了知道了～」

伏色魔耶上前抱住他，修生氣地推開。

「還有我呢～」玉音軟若無骨，風騷無限地站在我身邊：「我可是第一個排隊的～」

我笑了：「對不起，玉音。」我朝他抱去，腰卻被人忽然圈住，不讓我再向前靠去，身後傳來安羽壞壞的聲音：「別想占我們兄弟女人的便宜。」

「哼～」玉音懶懶地瞥了他們一眼，和滿是笑意的鄯善一起走向門外。

靈川淡淡看向我身後，目露一分認真：「只許敘舊。」

「知道了～」安羽的話裡帶著壞壞的笑意：「我可不想用我哥哥的身體，去上一個也待在別的身體的女人。」

「嗯。」

靈川輕輕點頭，與失落的涅梵轉身離去。修還想說些什麼，卻也被川直接拽走，房間一下子變得空空蕩蕩，只剩下我與安歌的身體，裡頭是安羽的靈魂。

「現在只剩我們了。」安羽越發圈緊了我的腰：「我可不想敘舊，我想做點別的事情。」他忽然直接將我攔腰抱起，我吃驚看著他，他把我扔在了精美雕花的貴妃榻上。當我想起身時，他俯身而下，一手撐在椅背上，一手撐在我身邊，壞壞看我，舔了舔唇：「想我還是更想我哥？」

一想到他的死，我心裡只有痛和內疚，我難過而充滿歉意地看著他。他漸漸斂起笑容，面露不悅：「不要用這種目光看我，我不理妳了！哥，你出來，那瀾的目光讓我覺得無趣。」

他瞥向一邊，宛如一旁真的有安歌，片刻後目光轉回，裡頭已是安歌溫柔深情的視線。

我驚訝無比：「你們現在還能變來變去？」真的好神奇！我一直以為安羽的靈魂會深埋在安歌身體裡，沒想到他們兩個可以自由互換。

安歌的眼中是更濃更熱的情意，一抹痛劃過他的銀瞳，他立刻俯身緊緊抱住我，哽咽地說：「那瀾，妳能活過來真是太好了！天神保佑！」他緊緊抱住我，肩膀開始輕顫。

安歌一直不像安羽那麼堅強，很多時候，他其實很依賴安羽，讓安羽更像個哥哥般默默守護他。

我緩緩起身，回抱安歌，等他慢慢平靜。

好一陣子後，安歌放開我，開心地凝視我：「妳沒變，一點都沒變。」

我對他挑挑眉：「真的嗎？你覺得這張臉也不錯？」

「不不不，當然還是原來的好。」安歌急急解釋，臉微微發紅：「對了，我再給妳一個驚喜。」

說罷，他站起身。只聽見「啪擦」一聲，一對翅膀從他身後展開，擋住了窗外明亮的陽光。

我驚訝地自臥榻上緩緩站起，那對在金色陽光中閃耀的翅膀既不是白色，也不是黑色，而是一黑一白，左邊的是黑色，右邊的是白色。無論是黑色的翅膀還是白色的翅膀，都被鍍上了一圈陽光的金色，讓人無法移開目光。

「怎麼會這樣？」

我驚訝地撫上那對翅膀，它們溫順地飄飛到我手中，帶著安歌和安羽的體溫。

「我和弟弟合體後就能這樣了。」安歌也伸手摸上這屬於安羽的翅膀：「原先只能變出白色的或是黑色的。我一直很羨慕弟弟有翅膀，能夠飛翔——」

安歌摸著翅膀，溫柔得像是在撫摸自己的弟弟安羽。

「所以你當初才會想跟安羽交換身體嗎？」我打趣地笑問，對他眨眨眼。他有些靦腆地笑了，不再偽裝自己的任何表情：「是的。」

我也撫上眼前溫暖的翅膀，光滑的羽毛令人愛不釋手：「其實飛翔才是自由的感覺。安羽，闍梨香給了你最自由的神力，你也該讓自己的心獲得自由了。」

「我已經自由了，那瀾。」面前忽然再次傳來安羽壞壞的聲音。當我看向他時，白色與黑色的翅膀倏然將我包覆住，輕輕把我推到他面前。他臉上的壞笑漸漸退去，深深的情意從雙眸之中流出：「我可不會像我哥哥那麼溫柔，所以我決定不會再放過妳，更不會再離開妳。」

他俯下臉，鄭重地吻在我的唇上，複雜的心情讓我更珍惜眼前這個活生生的他。我也不會再讓我所在乎的任何一個人離我而去！

他緩緩離開，又恢復壞壞的笑意：「所以，我想要拿回自己的身體。我可不能用我哥哥的身體跟妳——」他舔舔唇，朝我曖昧地眨眨眼：「妳懂的吧？妳跟我哥哥的那一晚，我也想要。」

我登時臉紅起來，扭頭咬唇：「安歌！」

「我、我不是有意的。」面前已經換回了安歌：「他進入我的身體，看到了我們全部的記憶。」安歌說得相當尷尬和委屈，翅膀內的溫度悶熱起來。他似乎也察覺到這點，撤去了翅膀，大口呼吸了幾下，扯了扯衣領。

忽然，門外再次傳來腳步聲，在我和安歌看過去時，靈川他們已經再次站在了門口，面色嚴肅而正經。

「安歌，走了。」靈川簡潔地說完，對我直接揚起手：「不要亂走。」說完，他和其他人對視一眼，轉身離開，氣度凜然。現在的靈川不再是那個凡事都與自己無關、不和旁人交流的冷漠人王。當時我尚未感覺到他那強大的氣勢與王者的氣魄，直到他愛上我。

他們每個人在這段時間裡，都發生了巨大的改變。

安歌按住我的肩膀：「聽靈川的話，別亂走。」他也認真囑咐我，十七歲少年的臉上露出了異常嚴肅的神情，然後轉身和靈川他們一起離開。

整個房間……不，是整條宮殿的走廊，只剩下我一個人，我站在門口一直目送靈川他們離開，望著深長而幽靜、不再有宮女們穿梭和歡笑聲的走廊，我知道自己不能留在這裡。

我走過一間又一間空蕩蕩的房間，來到那間我曾經住過的房內，裡面的擺設一如往昔，沒有任何變化，和其他房間一樣，即使無人居住，也被人精心打掃和布置，一如這座宮殿的主人——愛美的玉音王。

這座宮殿就像是玉音的孩子，他悉心照顧它，追求最高的完美。而現在，他的孩子被人奪走，怎不憤怒？

「是不是很懷念？」身後突然傳來熟悉的魔王聲音，我吃了一驚，身體瞬間被人從身後緊緊圈住，如同套鎖般牢牢把我箝在他的身前。一隻火熱的手也從我身後一把伸出，扣住了我的臉：「我知道妳回來了，我能感覺到——」他貼上我的臉，面頰滾燙得像是要燒穿我的臉。「我很高興妳回來了。」他粗啞地在我耳邊吼著：「我正好缺個魔后！」

「魔后？我不要做什麼魔后，你把我的身體還給我！」我冷冷地說，也不掙扎，因為掙扎是沒用的。「你不是就想要一具沒有神紋的身體嗎？我現在這具也沒有，我們換回來！別用我的身體去碰別人讓我噁心！」

「嗯？」他發出野獸似的哼氣聲：「我不信！」

他掐住我脖子的手緩緩往下，粗糙的手讓我感覺像是一個厚厚的肉墊擦過我的脖子，而他頭上那堅硬的角頂在我的腦側，讓我很不舒服。

他長而堅硬的指甲嵌進我的脖子，忽然「嘶啦！」一聲，竟然直接扯開了我的衣領，我憤怒地說：「你就不能好好拉開嗎？你撕破了我的衣服！」

他倏然一怔，緩緩摸上我被撕開的衣領下的後背：「妳沒有騙我……真的沒有！」

他激動起來，抓住我的衣服，又是一撕。我的後背一陣發涼，驚然轉身用力推上他的胸膛，可是他硬如城牆的胸膛根本無法推動！

他伸出雙手握住我的肩膀，金紅的雙眸中布滿興奮：「讓我看看——讓我再看看——」

「看什麼看？我們把身體換了，你可以看個夠！」

他瞇起了眼睛，似乎在思考。

他又慢慢睜開眼睛，忽然直接抱起我，我的雙手立刻撐在他火熱而結實的肩膀上：「你要幹什麼？」

「跟妳換身體！」他猛地躍起，如同怪獸般把我直接壓在了床上，被他撕碎的衣服從肩膀滑落。

我立刻抓緊，憤怒看他：「你覺得這樣真的好嗎？」

他瞇了瞇金紅的眼睛，金紅的長髮和魔紋已經覆蓋他的全身，身後的尾巴也開始高高翹起。他火

辣辣地掃過我的身體：「我還沒跟女人交配過，我想試試！」

「交、交配？」

他還真沒把自己當人看！若是從前，我肯定又會被嚇哭，或是心驚膽戰，亂成一團，只會哀求，或是等人來救。但是，我那瀾是被變態的修、邪惡的安羽訓練出來的，還有什麼可怕的？而跟魔王交手最多的正是我！那瀾！

「來吧——」

他在我身上大吼一聲，灼熱的口氣噴吐在我臉上。這哪是求歡？更像是宣戰！

我直接伸出手抓住了他頭上的犄角，雙腳也蹬上他的胸膛，這根本不是在交配，而是鬥牛！

我忽然發現其實魔王很單純，因為他只想用武力稱霸天下而變得單純。

「你覺得這樣真的好嗎？你現在上了這具身體，然後再跟我交換？」

他在我上方一怔，扭開臉微微思索片刻，尾巴從身後緩緩垂落，目光也恢復了平靜：「妳說得對，這樣很噁心。」

我放開了他的犄角，但他依然壓在我的上方，灼灼看我：「但是，妳要做我的魔后！只有我們兩個人聯手，我們才能離開這個世界！我要去妳的世界——」

他的眸光又興奮起來，我因他的話心裡也掠過一絲喜悅！

他說什麼？他要離開這個世界？他要去我的世界？

原來真的可以離開這裡！而他知道方法！

他似乎在發現無法與我共融時改變了策略，改成與我合作的模式，所以，他要我做他的王后！這樣才能讓彼此有更深的信任關係。

如果能帶他離開這裡，去我的世界……為什麼我感覺很高興、很興奮？

我這到底是什麼心態？難道我也淪為變態了？居然很高興能放出一隻魔王去我的世界？

因為我的世界妖魔鬼怪更多！

不錯！只要把他帶離這個世界，靈川他們就自由了，至於我的世界管他呢！反正也已經夠亂了！什麼妖魔鬼怪沒有？或許那個神魔亂舞的世界能夠改變魔王呢！甚至還可以帶給他驚喜！

而且，他到我的世界之後能不能施展魔力，也是未知數啊！

我的世界——一個不存在魔力和神力的地方，是完全不同的另一個空間，他的魔力未必能用。

先不說魔力不能用，就算能用，只要他一動用，魔紋布滿全身，太陽瞬間就把他給秒殺了！

嗯！魔王現在被野心沖昏了頭腦，這難道就是一縷恨念的智商？不過能變成人形已經很不錯了。

對，這個方法值得一試！

「好！我同意跟你合作，但我有條件。」

我決定再跟魔王做交易。有了之前的經驗，這次我會小心。

「什麼條件？」他瞇起了眼睛，萬分小心。他緩緩離開我的身體，跪坐在床上，緊緊盯著我。

我也坐起來，緊緊盯著他：「首先，你得把身體換回來。」

「同意！」他沒有露出半分猶豫：「而且到妳的世界後，我就能找一具男人的身體！」他金紅的雙瞳中閃耀出興奮的光芒，可見他也很在意自己用了一具女人的身體。

他看看自己的身體：「雖然我可以改變身體外形，但是妳的身體太弱了！」他嫌棄地看我兩眼，

舉起手臂甩了甩：「根本不結實！」

「沒問題。」我揚唇壞笑：「到我的世界有得是猛男，你隨便挑。你要是找不到，我幫你勾一個過來！」

「好！」他激動起來，熊熊燃燒的眼睛裡宛如已經看到一具壯碩的身體等著他占有。

魔王想稱霸地球的野心讓我開始占了上風，我可以透過這點與他談條件，因為他說只有我們合作，才能離開。

我可以不回去，但他想出去！

這就像急於得到自由的困獸，他對自由的欲求已經強烈到遠遠超過我想回家的願望。

「現在我要說出我真正的條件——復活安羽！」

我一字一頓地說出，緊盯魔王的眼睛，不放過他任何表情上的變化。

他的金瞳中掠過一抹不屑，似乎是覺得我的條件過於簡單，對他完全沒有難度。他看看我，揚唇一笑：「可以。」

「好，成交。」我伸出手。

他看著我的手愣了一會兒，才伸出手和我握在一起。我對他一笑：「歡迎到我的世界。」

忽然間，一抹戒備掠過他的金瞳，他狐疑地看著我的笑容：「妳……在對我笑？」

我繼續明媚地笑著，身上的衣服被他撕成了露背裝：「不錯，我在對你笑。」

他立刻收回手，開始琢磨，他總算開始用他的腦袋思考，而且是很認真地思考：「上面的世界難道有比我更厲害的魔王？」他開始自言自語：「不對，上面的世界沒有魔王，也沒有神王，這女人為什麼笑？」他再次朝我看來，我聳聳肩：「因為你稱霸了上面，下面這座古城是不是可以給我？我想和我的男人們在一起。」

聽到我這麼說，魔王才露出安心和得意的神情，雙手放在膝蓋上，揚唇笑看我：「這才是妳的條件啊？下面的世界給妳！」

魔王以為這才是我的條件。原來在他心裡，這才算是個條件。

既然他這麼說，我順其自然地點頭：「不錯，所以我要你復活安羽，我的男人一個都不能少！」

說完，我昂首看他，我要讓他知道，現在我和他才是這個世界勢均力敵的兩個人。

他眯了眯金紅的眼睛，揚起唇，霸氣凜然地笑了：「來人，給魔后換上新衣！」

什麼？還要我做他的魔后？

只見宮女手托金盤進入，上面是豔麗的金衣和金銀首飾，和當初八王抽籤的景象何其相像！

魔王起身下床，黑色的尾巴揚了揚，對我彎腰一禮：「我親愛的魔后，我會在大殿等妳到來。」

說罷，他轉身大步而去，身後的尾巴搖搖擺擺，和他的腳步一樣透出一絲快意。

我是不可能做魔王的王后的，但現在最重要的目的是穩住他，然後帶他去我的世界！如果他硬要跟我滾床單，為了我男人們的自由，也只能咬牙上了！只是這算不算人獸？

我立刻搖頭，我在胡思亂想什麼？怎麼每到緊張時刻，腦子裡總是短路？可能正因為我太緊張，又太激動，才會胡思亂想，讓自己忘記將要面對的恐懼。

我的心跳在換上金色的華裙時加速。今天就要解決魔王，我真的是一刻也等不下去了！

把他帶出這個世界，還靈川他們自由，我相信自己一定能和靈川他們重逢！是的，一定可以！

宮女們又開始精心地裝扮我，為我蓋上金色的頭紗，金鍊垂滿全身，重得我幾乎抬不起手。

就在這時，一個宮女又手托一個托盤進入，托盤裡似乎是個高高的鳥籠，被蓋在一塊金色的織錦之下，我的心立刻浮起不好的預感。

「魔后，魔王大人怕妳悶，說給妳一隻寵物解悶。」

小宮女把托盤放到我面前。窗外金沙的流雲遮起了陽光，整個天空開始染上傍晚的霞光。

「叮鈴——」織錦下傳來一聲清脆悅耳的鈴鐺聲，卻敲碎了我的心。

宮女們一一退去，我一鼓作氣地掀掉簾子。迷人的金色映入眼簾，我的呼吸也不禁亂了起來，右手捂住顫抖的唇，發不出任何聲音。

「妳是誰？我是不會做妳的寵物的，我是瘋女人的！」

他激動地在籠子裡大喊，接著飛起，小手緊緊抓住籠子的欄杆，腳上的鈴鐺發出清脆悅耳的聲音。

「魔王！我發誓，我一定會讓你在這個世界消失！」我憤怒地擰緊雙拳，重重打籠子旁的托盤上，震得讓籠子也輕輕抖了一下，雙拳因為用力撞擊而疼痛不已，卻又怎麼能比得上伊森被魔王羞辱的痛？

我憤怒地瞪向伊森金色不屈的眼睛：「你白痴啊？這點破籠子也逃不出嗎？你為什麼要留在那魔王身邊？」

伊森在我的怒吼中怔住了，小小的身體緩緩從籠子上飛落，破敗的白色長袍下是他依然赤裸的雙腳，但在透著金光的雙腳上繫著一個小小的銀色鈴鐺。

「瘋、瘋女人！」伊森驚詫地瞪大金瞳，直接拉開鳥籠的門撲向了我的臉。他抱住我的臉時，我只感覺一陣濕濡，他抱住我的臉開始大聲哭泣：「瘋女人！我的瘋女人，妳怎麼又活過來了？妳怎麼不早說啊，妳早說我就不會待在這裡了！」

「還說我？你這是怎麼回事？鳥籠門都沒鎖！」我費力地把他從臉上扒下，他難過地擦著眼淚：「因為我不想離開妳……嗚……因為魔王的身體是妳的……妳死了……我每天即使看著妳的身體也開心……」他滿是淚水的臉被自己的雙手擦紅。

我怔怔看他，原來他之所以留在魔王身邊，心甘情願地做一隻寵物，是因為魔王的身體是我的？

「伊森……」

「妳現在活過來了，真好！我的愛，我的瘋女人！」

他深情地飛到我面前，小小的手在空氣中漸漸變大。金光閃耀之時，他已經俯身吻住了我的唇，帶著一絲甜味的液體滑入我的口中，是他的淚水。

我還記得他第一次哭，是在那個巢穴裡，金色的淚水化作了淚石嵌在巢穴，成為以後夜晚伴我入眠的柔柔暖光，那像是從天上摘下來的星星，陪伴我度過了一個又一個孤獨而想家的夜晚。

「嗯……我的瘋女人……」

他的呼吸變得灼烈，整個身體都貼上我，火熱的手攀上我的胸部，圈住我的腰，一下子把我按在了身前。

「唔！伊森！」

我在他越來越灼熱激動的吻中無法言語。他大口大口吮吻我的臉，以及我掛滿金鍊的脖子。身後

的金翅震顫起來，我的雙腳緩緩離地。

「伊森！」

「不行，我不能等了，我太想妳了！我的瘋女人！」

他圈緊我的腰直接抱起，當我高過他的頭頂時，他也埋入了我的胸口，隔著剛剛穿好的抹胸，開始大口大口啃咬我的聳立。

「啊！伊森！」我推上他的肩膀：「馬上就會有人來了！」

「很快的！我真的一刻也忍耐不了。」他伸手拉下了我的抹胸，被裹緊的雙乳立刻彈跳出來，雪白粉嫩的玉兔讓我羞於再看他潮紅的臉：「妳死的時候，我真的想跟妳一起去。」他輕輕吻上我的雪乳：「但是妳的身體仍在，我要繼續守護它，因為我知道妳一定還活著，我能感覺到。」他滾燙的臉蹭上了我的雪乳：「現在看到了妳，我真的好想要妳，我的瘋女人。嗯……」

他一口含住了我的茱萸，大口大口吮吸起來，全身的火焰瞬間被點燃，我的身體也開始在他的吮吸和那渴望的低吟中漸漸酥麻。

「嗯……嗯……」

他越來越激動，舌尖捲過敏感的蓓蕊，我的腦中瞬間電閃雷鳴。我情不自禁地抱緊他的頭、揪住他的金髮，把他想要的芬芳更深地送入他的火熱的口中。

叮鈴！叮鈴！房內響起他腳上清脆的鈴鐺聲，他火熱的手撫上我裙下的大腿，直接勾開了我的褲沿，撫上我的密區，密區的刺痛讓我瞬間清醒：「伊、伊森，這具身體是處女！」

伊森頓時僵住了。我喘息地俯身看他，明顯感覺到他下身的緊繃。

伊森金瞳裡的水光泛著一絲粉色，他的翅膀也變成了金粉色。他僵滯地看了我一會兒，低頭看下身：「那我該怎麼辦？我可不想對另一具身體負責。妳等我一會兒。」

他默默放下我轉身，偷偷回頭紅著耳根看我：「妳可不許偷看。」

我捂住被他拉開的衣襟，臉紅地別開臉：「我才不會呢！」

「不然……妳幫幫我吧？」他痴痴地看向我的紅唇，我腦中一炸，立刻轉身：「想都別想！」

「……好吧。」

叮鈴！他消失在了房中。我轉身時，只看到他已經縮小，飛出窗戶的身影。伊森，對不起，害你要自己解決了。

我匆匆整理好衣服，如果這具身體給伊森破了處，而這具身體又給了魔王，這樣豈不是變成伊森對魔王——

「噗嗤！」我忍不住笑了。

就在這時，又有兩個宮女進來，恭敬地對我一禮：「魔后準備好了嗎？」

「嗯。」我點點頭，深吸一口氣，再次整理一下衣衫，看看窗外。伊森尚未回來，他可真夠久！我的臉不由一紅，轉頭調整一下心態，戴起面紗提裙昂首向前。

一頂金色的小轎和上次一樣停放在殿門前的花園裡，只是抬轎的不是赤膊的大漢，而是肌肉壯碩的魔兵，黝黑的皮膚和尖尖的耳朵，一雙紅眼睛在漸漸暗沉的夜色中如同地獄裡來的迎親隊伍。

一縷金光掠過空氣，停落我的肩膀，和從前一樣拉住了我的長髮，坐在我的肩膀上。

「瘋女人，妳真的要嫁給魔王嗎？」他難過地問。

我搖搖頭。

「太好了！」他抱住我的臉：「可是，妳、妳為什麼要這樣做？是不是又是為了我們？」他更加擔心地問。

我轉臉微笑看他：「放心，這次一定會解決的。」

他金色的瞳仁中閃出了信任的目光，忽然趴到我耳邊小聲說：「我相信妳一定能回來，所以我一直幫妳盯著魔王，看住妳的身體。而摩恩說妳的靈魂一定到了他那裡，還說回去找到妳之後就不再讓妳回來。現在，我等到妳了，摩恩那傢伙肯定在精靈界後悔死了！」

伊森像是在幸災樂禍，我笑看他，他也燦燦地回以一笑。他跟摩恩總是在較勁，我也該感謝摩恩，不知道這次他會不會來？

一盞盞精美的油燈已在花園裡點亮，整個宮殿的天空也再次響起歡樂的音樂聲，腳戴鈴鐺的宮女們整齊地端著精美的金盆走過花園，久違的熱鬧讓我宛如再次回到一切開始的那個夜晚。

那個晚上，我也是這樣被人抬上轎子，如同最後一道佳肴，供人王們抽籤取樂。

現在，我再次坐上金色的軟轎。

上一次，我是狼狽的，身上滿是傷，手還骨折，眼睛也蒙著眼罩。

這一次，我是傲然的，身上是魔王為我準備的精美裙衫和首飾，為了討好我，還把伊森還給了我。

上一次，我是被動的，我被人王們挑選、抽籤，供他們娛樂，來打發長生不老的無聊時光。

這一次，我是主動的，魔王有求於我，而我也將找回主控權，打算用自己的力量來救出我的男人們、救出樓蘭！

靈川，我知道你們看見我一定會生氣，但我相信這次一定是神的安排。沒想到魔王剛好想去上面的世界，想找一個導遊。

而明洋和林茵已經被同化，不可能再回到上面的世界，只有我可以！哼，魔王，希望你會喜歡我們世界的規則，一定會讓你驚喜連連。

隨著轎子的前行，樂曲聲也越來越響亮。

伊森坐在我的肩膀上，輕輕拉著我的長髮。

今晚，我那瀾不再是那個被挑選的人，而是去挑選男人的波斯女王！我絕不能在氣勢上輸給魔王，讓我的男人們為我擔心。

我要用行動和霸氣告訴他們，我那瀾成長了，已經可以站起來了！不用再依靠任何一個男人，躲在他們的羽翼下尋求庇護。相反的，我要為我心愛的人們勇敢戰鬥，用我的力量幫他們擺脫枷鎖，重獲自由！

走過那條熟悉的通道後，我被抬入那扇仍舊精美的拱門，眼前的一切是那麼地熟悉，依然是精緻的小隔間，依然是精美的珠簾。然而這次坐在正前方的不是玉音，而是魔王。

魔王右側的第一個隔間裡，正是明洋與林茵。

面前的舞孃立刻退去，我的轎子被放到了正中央，兩邊隔間裡的人王們登時驚立，明洋和林茵也投來疑惑和好奇的目光。

「哈哈哈哈哈！」魔王大笑地走下席位，站到我面前：「我的魔后，妳終於來了！」

他朝我俯身伸手，我遞出了右手，立時，兩邊人王們齊齊掀簾而出，殺氣也隨之而起！

就在這時，明洋對面的隔間裡也立刻走出了一個深紫色的身影，不是別人，正是摩恩！

他驚疑地看向這裡，看到伊森坐在我的肩膀上時，突然怔立原地！

魔王扶起了我，我站在了魔王身邊，四周殺氣開始凝聚，魔王冷笑輕鄙地掃視四周。我看向靈川和修他們，在他們擔憂和憤怒的目光中緩緩揭下面紗。那一刻，靈川、修、安歌和涅梵立刻朝我而來。

倏然，魔王揚起手，「呼！」一聲，魔鞭已在手中。

「住手！」我高聲大喝，魔王側臉看我，靈川等人也頓住了腳步。

我看向靈川他們：「魔王決定征戰上面的世界，我決定幫他。」

「那瀾……妳！」涅梵急急地說，卻被靈川立刻攔住。靈川對他搖搖頭，涅梵深沉的目光中掠過一抹焦急，但在靈川的阻止中，只能隱忍下去。

「女王大人，妳決定回上面的世界？」修也急了起來。明洋和林茵聞言吃驚起身：「那瀾？」

「不錯，是我。」我輕鄙地掃過他們：「我沒死讓你們很失望吧。」

林茵心虛地別開臉，明洋激動而急切地看我：「我沒有！」

「哼。」我懶得理他，收回目光看向眾人：「我的王已經跟我談好了條件。是吧，我的王？」我抬眸一笑。

魔王高抬下巴點了點頭。

我走向魔王的席位，金紗掀開，坐在至尊的王位上：「第一，我們將會交換身體。」

靈川的目光重歸平靜，涅梵和安歌不約而同地看向他，見他變得平靜，反而露出一抹安心的微笑。

修有些急躁地看著我，伏色魔耶用他巨大的手掌努力按住修。玉音和涅梵對視一眼，嫵媚一笑。而鄯善也雙手合十，露出了一抹淡淡的喜色。

能換回我的身體，讓這些男人們為我而高興。

摩恩雙手環胸揚唇而笑，針尖的瞳仁掃過我的男人們，目露一絲複雜的感慨。

我繼續說道：「第二，魔王答應我復活安羽。」

安歌立刻激動地朝我看來，靈川微微一驚後露出一抹擔憂，涅梵也陷入沉思。我知道，他們在擔心我又被魔王騙了。

「太好了！」修高興地看向安歌，伏色魔耶、玉音和鄯善也朝安歌投以祝賀的目光。

我看向靈川和涅梵：「川、涅梵，你們放心，這件事不會有差池的。是不是，我的王？」我的聲聲呼喚讓魔王心情大好，他朝我大步走來，尾巴也在身後愜意地搖擺。

他在我身邊坐下，金紅的瞳仁笑看我的臉龐：「不錯，我的魔后。」

我看看他，沉下臉：「那你還在等什麼？我現在就要看安羽活過來，讓我見識見識你的本事！」

「好！」魔王果然爽快，與其說爽快，不如說他單純。

眾人見狀，紛紛面露驚訝。

安歌立刻站出：「我現在就把小羽的身體帶來！」說完，他迫不及待地往前跑了幾步，緊接著展開身後羽翼，直接飛出了打開的窗戶，衝入高空！

魔王看向眾人：「坐啊！你們都站著幹嘛？怎麼，還以為那瀾是你們的女人嗎？現在，她是我的魔后！你們必須尊敬她，都跪下行禮！」

我行我素的魔王顯得有些孩子氣，不過我反而覺得這樣的他，比之前只知道亂砍亂殺的他理智了許多。

難道是因為他擁有了肉身，學會了思考，擁有了更多他自己也不知道的人性？而不是像之前因為心中只有憤怒，只想把這股憤怒宣洩出來，所以只知道摧毀！摧毀！摧毀！

還記得之前他所過之處無不焦土，寸草不生，可是在我第一次與他交談後，他便減少了破壞。雖然在抓我那次又破壞了一些，聖光之門間的廣場應該幾乎成了廢墟，但這次我經過時已經全部修復。

所以，魔王是通人性和人情的。只是我們之前用錯方法了，只知道硬碰硬。

既然他是一頭猛獸，我們要做的是想辦法讓他平靜下來，然後慢慢安撫他。

靈川等人在魔王命令的目光中，整齊地站到了我的身前。我看著他們，他們第一次對著我垂下臉，單膝下跪，齊齊喊道：「拜見魔后。」

不知為何，雖然他們是為了保護我而被迫聽從魔王的命令，我心裡卻莫名地開心！

靈川平靜的目光忽然朝我看來，宛如瞬間看穿我的心思般，露出一抹無奈的淡笑。我立刻心虛地眨眨眼：「都起來坐吧。」

「謝魔后。」

靈川等人起身，紛紛回到自己席位入座。

摩恩也對我行了一禮，忽然化身小精靈朝我飛來，伊森立刻迎上去：「別想靠近我的瘋女人！」

摩恩好笑地看他：「你攔得住我嗎？」

伊森想回嘴，我立刻阻止：「伊森，現在不是你們吵架的時候。」

伊森瞇起眼睛，飛回我的臉邊。摩恩對他挑挑眉：「聽見沒，魔后發話了～要我們安靜～」

摩恩也飛到另一邊，坐在我的肩膀上，在我臉上輕輕一啄：「恭喜回來。」

我微微一笑，看向魔王，他正在看人王們：「在我和魔后前往上面的世界後，你們別想反抗！你們身上的魔印依然存在，明洋會在這裡替我掌管一切！」

「謝魔王！」

明洋激動地坐下。林茵擔心地瞄了他一眼，又朝我羨慕地看來，目光之中是一種回家的渴望，但

她已無機會。

魔王用輕鄙的視線掃過所有人王，舉起了酒杯：「還不祝賀我和魔后！」或許在魔王的腦子裡，可能還不知道魔后到底意味著什麼吧。

靈川他們似乎也沒把魔后這個稱呼當一回事，配合地舉起酒杯。我想靈川應該已經知道我的想法，才會如此配合。

而眾人也跟著他一起配合。

大家端起酒杯，共飲杯中酒。魔王認真地命令道：「今後你們全是魔后的男人！」

「噗！」酒從各個人王口中噴出，連一向平靜的靈川也不例外，修立刻朝我和魔王看來。魔王繼續說道：「魔后選誰侍寢就是誰，誰也不准搶！」

瞬間，整個大殿都安靜了。

男人們一一對視，似乎不解魔王為何會有這種想法，訂下了這種規定。

摩恩差點從我肩膀上掉下來，立刻飛到我另一邊勾走了伊森。

「放開我！」伊森掙扎。摩恩繼續把他勾走：「跟我來一下。」

摩恩把伊森勾到我面前的桌子上，兩隻小精靈站在大大的果盤旁咬耳朵。

我看著魔王毫不在意的臉，也有些納悶，不由心虛道：「我的王，你的意思是我最大？」

「當然！」魔王單手放在大腿上，昂首看我：「妳是母體，自然要負責多生孩子！」

我瞬間恍然大悟：「所以我算是蟻后和蜂后？」我明白了魔王的邏輯，也理解了他剛才為何會說出那番話。

靈川他們同樣恍然大悟地點點頭，卻依然沒把魔王的話當真。

伊森臉紅朝我看來：「……以後能不能多分我一點？」

我無語看他，只有這白痴當真了！

摩恩在一旁偷笑，我看了他一眼：「把伊森帶走。」

「遵命！」摩恩壞壞地勾住伊森的脖子，拖走了。

魔王的話再次證明他沒把自己當人！他現在的理解能力跟昆蟲或是低等的爬行動物差不多，才會有那種想法。

在蜜蜂與螞蟻的世界裡，只有一位尊貴的女性，便是皇后，整個族系裡，只有她一位女性，剩下的全是男性。而這些男性中有負責勞動的工蜂、工蟻，也有負責跟皇后交配的。現在看來，魔王應該是覺得這些人王不錯。

很好，我們大家都陪他玩玩吧。

「明天我與魔后會打開另一個世界的通道，本王要征服另一個世界！」魔王自信滿滿地說，高舉酒杯：「乾杯！」

人王們再次舉起酒杯，紛紛看了我一眼，飲下杯中酒，目光中依然是滿滿的憂慮。我知道他們還不清楚我的想法，卻也不敢在這個時候輕舉妄動，連累了我。

就在這時，安歌從空中收攏翅膀落下，單膝跪地：「求魔王復活臣的弟弟！」

安歌把安羽的肉身帶來了！

我立時激動起身：「人呢？」

安歌看向我：「已放入房間。」

我點點頭，俯身傲然看魔王：「該履行你的承諾了。」

他抬頭，傲然地勾起唇角，緩緩起身，龐大的身軀很快超過了我，尾巴在身後揚起：「復活安羽後，我要和妳把身體交換回來！然後到上面找一具男人的身體，好好跟妳交配，早日生下魔子！哈哈哈哈哈哈哈！」他揮動披風，轉身而去。

整個大殿的氣氛有些僵，男人們神情怪異。靈川看向我，我默默點點頭，對，魔王只知道交配。

「交配？」修不可思議地搖搖頭，看向伏色魔耶：「我一直以為你是這個世界最蠢的人，現在不是了。」

伏色魔耶的臉色立時一沉。

我也轉身跟著魔王走，看著他搖擺的尾巴，好想一把抓住狠狠摔打。但這是不可能的，只能存於我的腦海中。

這個世界只有神王尉遲法能夠復活別人，魔王是尉遲法的倒影，所以理應可以。

安羽的冰棺已靜靜擺放在華麗的圓床上，他像是一位美麗的睡王子。

我靜靜站在床邊看著安羽，在靈果中看到的一切浮現眼前。他的前生因為嫉妒而染滿了闍梨香愛人們的鮮血，她心痛欲絕地殺了他，也因為他而不再愛上任何一個男人，不再與任何一個男人成婚。

安羽，你才是闍梨香最放不下的那個男人。

魔王站在我的對面，人王們被送回了房間，偌大的房內只有我、安歌和魔王。

魔王看了冰棺一會兒，金紅的眼睛裡沒有任何其他的感情。他閉上了眼睛，氣流開始在這個房間旋轉起來，越來越猛烈，捲滅了房內的燭火，讓整個房間變得陰森不已。

「呼呼呼！」巨大的風也捲起了安羽的冰棺，冰棺在如同鋼刀的風中一層層被削去，化作冰花隨風迴旋，在月光下閃耀迷人的星光。

安羽……

忽然，魔王身上金紅的魔光亮了起來，它們浮出魔王的身體，如同一條條金紅的絲線環繞在他身上。金紅的絲線猛地從魔王身上竄出一條，我吃驚看著它衝向無法看見詛咒之紋、依然凝視著安羽的安歌。

倏然，魔紋猛地刺入安歌的胸口，我疾呼出口：「安歌！」

「啊——」安歌痛苦地大喊，整個身體也弓了起來。我清晰地看見安歌和安羽的身體被颶風一起捲起，衣衫在裡面被撕碎，安羽的黑色神紋被那金紅的魔紋硬生生從安歌心口拽出，上面還纏繞著安歌的白色神紋！

我無法想像那有多麼地疼！當初我只是捏住安羽的一點點神紋，他便已經痛得昏迷。而現在是硬生生扯出，如同要把一個活生生的靈魂一撕為二！

魔王，正是那麼做的！

安羽的神紋慢慢從安歌身上剝離，安歌在颶風中已經完全昏迷，再也聽不到他痛苦的喊聲。金紅的魔紋拽住那條黑色的神紋，猛地刺入安羽的心口，黑色的神紋頓時如同扎根般迅速依附在安羽的心口。

颶風在魔王的魔紋收回時漸漸停止，安歌和安羽的身體緩緩落在床上，上身的衣服已經被撕碎，一模一樣的身體在月光下瑩瑩閃耀銀白色的光芒。

「現在該我們了。」魔王忽然這麼說，隔著床勾著唇角看我，臉上出現了一絲疲態。

我巴不得他趕快進行：「該怎麼做？」

他昂首俯看我：「和上次一樣。」

和上次一樣？我立刻摸上自己的嘴唇，所以我還要跟他接吻嗎？

嘔……還沒吻，我已經想吐了。但為了拿回自己的身體，我決定咬牙熬過去，就當跟豬親了！

他繞過床緩緩朝我走來，高大的身軀站在我面前，幾乎遮住了我面前的月光，一種無形而強烈的壓迫感讓我透不過氣，像是一堵漆黑的高牆豎在我面前。

他伸手扣住了我的下巴，緩緩朝我俯來，在他將要靠近我的唇時，我已經感覺到那灼熱的氣息。

我立刻抬手推上他的胸膛：「真的只有這個方法？」

他挑挑眉，和尉遲法一樣俊美，被邪氣覆蓋的臉上浮現一抹輕笑：「妳認為呢？嘴是肉身唯一的門戶，靈魂可以出入。」

「好吧。」我深吸一口氣。他皺起眉頭，似乎因為我的拖延而有些不悅。

「妳到底換不換？」

「換，當然換！」

我睜開眼睛揚起臉，他立刻俯身而下。當那如同岩漿般高溫的唇落在我的唇上時，我恍惚有種輕飄飄、被什麼東西吸走的感覺，雙目一陣發黑，轉瞬間清晰的視野裡，竟然看到自己正在親吻那個漢族女孩的身體。

但是這俯視的角度稍縱即逝，我明顯感覺到自己的身體開始縮小，面前的女孩的頭上長出那對熟悉的犄角，五官也在我眼前瞬息萬變。她開始拔高，變得壯碩，身上的衣裙被瞬間撐破，寂靜的房間裡響起「嘶啦嘶啦」布料破裂的聲音。

最後，他推開我，趔趄地後退了一步，扶住自己的胸口：「本王有點累了，明日再來找妳。」說罷，他有些跌跌撞撞地走了，身上還穿著我之前穿的金色女裙，抹胸已被撐裂，露出赤裸的上身，下身的裙子還倖存，模樣看起來真是說不出地滑稽，走起路來還叮鈴噹啷地亂響。靈魂互換讓他顯得疲憊不堪，似乎消耗了巨大的魔力。

我倒是沒有任何感覺。不過還記得重生於新的身體時，我一開始也是十分虛弱，手腳不聽使喚，用不上力氣，最後適應了好久才勉強站起來。

這次我之所以沒有感覺，難道是因為我順利拿回了自己的身體？我趕緊跑到房間的鏡子前，當自己的臉映入雙眸時，我激動得撲上去狠狠親吻鏡子。

身上還是魔王那件緊身黑皮衣，給我穿卻顯得鬆垮垮的，鞋子直接鬆脫，褲子長得拖地，褲腰也很寬，我提了提，提到胸口才到他的襠部。襠部前面有個開口，後面也有個開口，應該是尾巴用的。

褲子實在太長，直接脫了，上面的衣服正好到大腿，魔王的緊身衣在我身上變成了一件黑色的皮短裙。

……就是內褲有點大。

咦～～感覺好噁心！我直接脫了，扔掉扔掉！接著開始在房間找內褲。

「妳在找什麼？」

忽然，安羽的聲音從身後而來，我一陣僵硬，往旁邊看去，發現一個修長的黑影落在我面前的衣櫃上。

「嗯？」

他的一隻手撐到了我的身旁，另一手順著我裙下赤裸的大腿，如同彈琴般躍動而上。我立刻扣住他的手轉身，看見安羽嘴角那壞壞的笑意，激動地撲上去，緊緊抱住他：「安羽，你能回來真是太好了！」

他的心跳加劇，忽然拉開我，俯身而下，狠狠吻住了我的唇，我被他壓在身後的衣櫃上，他的一條腿已經擠入了我的雙腿之間。

「咦？」

我驚訝看他。他緊閉的雙睫在月光之中不停顫動，像是剛剛復活的殭屍般拚命汲取我嘴裡的空氣。

「嗯！」

我推上他的胸膛，他的雙手卻隔著皮衣，一把握緊了我的臀部，我嚇得全身僵硬。

忽然，他像是察覺到了什麼，扣住我的身體，猛地一拉櫥門，將我推了進去！

在我還沒反應過來時，他已經把我壓在衣櫃深處。

櫥門在旁邊緊緊關閉。幽暗的空間裡，我抵在一堆衣服之間，接收到他火熱的鼻氣。我想說話，他卻再次吻上我的唇，火熱的舌捲過我的唇，開始慢慢吮吸。

一隻火熱的手掌撫上我因為衣領寬鬆而裸露的肩膀，緩緩向下，按在我半露在黑色皮衣領口外的雪乳上，頓時一把握緊，我輕吟出口：「嗯！」

「噓……」他鬆開我的唇，我吃驚地看著他。「我哥哥快醒了，如果妳想讓他看見我們現在這個樣子的話，妳就喊吧。」

我一驚，立刻看向門縫，月光自縫中透入，隱約可見床上緩緩坐起一個人——安歌醒了！

滾燙的硬物瞬間擠入了我的腿間，我吃驚地看向面前黑暗中的人影，一隻火熱的手已經強行探入我的裙下，輕鬆伸入我的兩腿之間。

我的心跳立刻加快，他的臉已經埋入我的臉邊。

「明天妳是不是就要走了？」他輕輕低語，我微微點頭。

「小羽！」外面傳來安歌焦急的呼喚：「小羽，你在哪裡？」

我緊張地看向門縫。熱鐵毫不猶豫地進入了我的下身，我差點呻吟出口，火熱的唇已經再次堵上了我的唇。

我輕聲喘息，下身的熱鐵鼓漲而灼熱，許久未經開墾的禁區因被強行侵入而收縮不已。他湊到我耳邊，喘著粗氣：「果然好緊。」

我登時臉紅地扭開頭，他火熱的舌緩緩舔上了我的頸項。「妳要走了。」他的聲音細若蚊吟：「我更不能放過妳了……妳跟我哥哥是不是也是這樣？」

他一邊說著，一邊開始輕動，那刻意而不想讓人發現的緩慢動作，摩擦著我的每一寸敏感，使我幾乎無法站立。

我咬唇忍住呻吟，伸手圈住了他的脖子，好依靠他讓自己勉強站穩。他的身上汗水淋漓，密閉的

衣櫃裡充斥著我們身上的灼熱氣息，悶熱不堪，他火熱的呼吸燃燒著我面前的每一處空氣，也讓我香汗滿溢。

「小羽！小羽！」

安歌著急地在外面徘徊，身影時不時掠過櫥門的門縫。而安羽偏偏在他靠近時每每用力挺身，宛如想讓我叫出口，好讓安歌發現我們藏在這深深的大櫥之內。

這種如同偷情般的刺激讓安羽顯得越發興奮，身體裡的硬物也隨之變得更加巨大。此時他卻故意停了下來，用力拽落我皮衣的衣領，雙手托住隨之跳出的雪乳，開始啃咬。他不停地舔弄我雪乳上的花蕊，刺激它們綻放挺立，我咬緊下唇，幾乎快咬出血來。

倏然，他猛地重重一吸，吸痛了我的蓓蕊，我一把抓緊了他濕淋淋的赤裸肩膀，忍住呻吟。

他緩緩鬆開了口，用他火熱的舌輕柔地捲弄了片刻，雙手托住我的身體，緩緩吮吻而下，熱鐵也隨他而下，抽離了我的下身。他掀起我的皮裙，吻上我的腹部，灼熱的雙手撫落我的大腿，忽地抬起它們，埋入了我的腿間，柔軟的異物忽然再次侵入。我登時揪緊他的銀髮，無法呼吸。

「小羽！」當安歌跑出房間的那一刻，我終於受不了地輕吟出聲：「嗯……出……出去……」脫力的呻吟隨我的喘息而出。

「妳確定？」

他在我的身下抬起頭，帶勾的眼角流出嫵媚的神情，軟舌舔過嫣紅的雙唇，邪魅得讓人為之痴狂！

他緩緩起身，再次到我面前，銀瞳裡毫不掩飾他的濃濃情欲。他抬起了我的腿，凝視著我的眼睛，用力一挺。當熱鐵再次進入時，我也撞上了他的胸膛。

「那瀾，我愛妳，想跟妳永遠在一起——」

倏然，他渾身閃耀光芒，全身神紋在那一刻往同一個地方彙聚——他的胸口！他卻渾然未覺地俯下臉再次吻住了我的唇，我情不自禁地回應他，回應他的愛、他的吻和他的進入。

安羽，我的心底早已有了你，無論那是闍梨香的牽掛，還是我的，我都愛著你和安歌，已經無法再逃避。

沉重的櫃子沒有因為安羽的律動而搖擺，穩穩地見證我與他燃燒的激情。

「妳是愛我多一點，還是愛我哥哥多一點？」

「一樣……」

「不行，妳要愛我多一點，不然我明天就告訴哥哥我們做了什麼！」

「你！」

「哼！妳快說，是愛我多一點，還是我哥哥多一點……」

「………」我真的不想回答！

當我疲倦地躺在安羽身邊時，安歌回來了。我身穿睡衣，睡在安羽身邊，不敢面對回來的安歌。

「小羽！」

「噓！」

「那瀾？原來你們在一起。」安歌刻意放低了聲音。

安羽輕撫我的臉龐：「今晚，她是我們的。」

「是啊……」安歌輕輕地躺在我身邊：「我……想跟那瀾在一起。小羽，你也留下好嗎？我們三個人一起好嗎？」

安歌的話裡透出焦急，他最放不下的就是安羽。

「好啊。」

聞言，又一陣耀眼的光芒綻放，卻是從身後而來。我縮在安羽的胸口，揚起唇角，鼻頭不由泛酸。安歌也解除詛咒了，你終於徹底地放下了那個心結。

安歌、安羽，你們自由了！

早晨醒來時，我嚇了一跳，因為我的男人們都睡在我身邊！

晨光灑滿了大大的圓床，左側是相互依偎的安歌、安羽，右側是不知何時過來的靈川和修，身上還壓著什麼。我抬頭看了看，臉頰登時一紅——是伊森。他正趴在我的胸口，仗著他身體小，舒服地貼在我柔軟的胸脯邊，還流了一片口水，沾濕了我胸口的衣服。

我僵硬地躺回他們之間，發現自己正枕在靈川的手臂上，晨光暖暖地灑在我們身上。

我忽然覺得自己很幸福。

此時此刻，什麼都不要想，讓我靜靜享受他們寵溺我、圍繞我的幸福感覺吧。

靈川在晨光中緩緩醒來，銀髮在陽光中染上了金色，長而捲的睫毛輕輕顫了顫。他緩緩睜開雙眼，那初醒的眼睛美得像是星子，萬分迷人。

「醒了？」

我輕輕地說，雙手枕在臉下，與他鼻尖碰鼻尖。伊森因為我轉身而滾落，掉到我和靈川身體之間，繼續熟睡。

靈川抬手撫上我的臉，深情的目光如同眉筆描過我的每一處輪廓：「妳真的決定了？」

我點點頭：「川，不用擔心，上面是我的世界，魔王動不了我的。」

靈川還是擔心地看著我，繼續輕撫我的臉龐。

我笑了，對他眨眨眼：「魔王這笨蛋，還沒想到他上去可能使用不了魔力呢！如果上面的世界能用，為什麼我從沒見過神仙？」

靈川一怔，想了想，也覺得有些奇怪：「是啊，或許兩個世界並不一樣，妳的世界可能被一種更強大的神祕力量限制了。」

我頻頻點頭：「或許是怕神魔大戰毀了我的世界呢！傳說因為水火大戰，把天打了個大窟窿，女媧娘娘才會忙著修補啊。」

靈川在我的話中徹底放心，溫柔地繼續撫摸我換回來的臉，深情的眸光中隱隱出現熱意：「瀾兒，我是擔心妳回不來。」

「怎麼會？別忘了，我可是掉到你們這個世界的，進得來卻出不去，現在魔王找到出去的方法，我當然能回來。我才捨不得離開你們呢！」我伸手緊抱他，貼在他溫熱的胸口上：「川，我捨不得你們。上面的女人可不能同時跟多個男朋友在一起，我要回來做女王，翻你們的牌子！」

「唉……」

靈川重重一嘆，這聲嘆息似乎包含了好多訊息？

我在他的輕撫中壞壞一笑。

「一大早就看見你們抱在一起親熱，真受不了～」身後傳來安羽不滿的聲音：「我也要～」

他撒嬌地撲了上來，一下子抱住了我和靈川。

「還有我！」

「女王大人我來啦～」

大家頓時抱在一起，只有伊森那白痴被我們擠壓在身體之間，依然熟睡著。

我被大家團團抱在最中間。我一定會為這些男人們回來的！

眾人知道我的計畫後，雖然覺得可行，也是現在唯一的方法，對我的擔心卻依然不減。

我與他們約定，我會在原本的世界除掉魔王，他們在這個世界剷除魔族，然後等我回來！

「瀾兒，帶上這些。」靈川把我的包拿來，裡面有乾糧和水，還有我的手機和其他物品。

「女王大人。」修緊緊抱住我：「妳一定要回來！」

「我一定會的，修。」我也緊緊抱住他。他從懷裡拿出了亞夫仙人球，我一驚：「它還活著？」

修把仙人球放到我面前：「你帶上它吧，它會保護妳。」

「不不不。」我連連推開。那可是亞夫啊，怎麼會保護我，是會殺了我吧？

「好吧。」修有些委屈地收回亞夫仙人球，再次抱住我：「女王大人，妳可要回來啊，我還想跟妳生好多小修，他們一定很可愛——」

生！好！多！小！修！

我……還是考慮一下要不要回來吧。

靈川忽然沉下臉：「修，不要嚇瀾兒。」

「對～你看她嚇得都不敢回來了～」

安羽不悅地拉開修。安歌站到修的面前，笑著攔住他，不再讓他靠近我。

修的綠瞳燃燒著憤怒的火焰：「你們這兩個男寵，給我滾開！」

「你才是呢！」伊森飛過修的面前，落到我的肩膀上：「我才是瘋女人的第一個男人，你們全是後來的！」

我抽了抽眉。大敵當前，他們卻在爭誰先誰後？

靈川再次擰眉，直接甩頭：「出發了！」看起來是不想跟這群人廢話了。

靈川還沒走到門口，玉音嫵媚的身影已經靠在了門邊，緊接著，涅梵、伏色魔耶和鄯善也一一進入。一抹暗光劃過，摩恩飛到了我面前，勾唇邪魅而笑：「妳這是真的要做魔后了？」

「川，你真的要讓她去？」涅梵著急地走到靈川面前。

靈川認真點點頭：「稍後再說。你們要相信那瀾。」

我環視眾人。涅梵、玉音、伏色魔耶和鄯善彼此相視；修拉住了我的手；安羽抬手環過我的肩膀。男人們站在我的身旁，和我一起沐浴在陽光下，我們的心是相連的，他們對我的愛，將會是我最重要的能量。

走出去時，魔王已站在皇宮門口。他休息了一晚，精神煥發，身穿一襲黑皮衣，已經整裝待發！

渾身的魔紋像翻騰的岩漿般閃耀，宛如已經為打開通道注滿了能量！

「妳終於來了！」

他扠腰站在神紋中央，身邊的魔獸噴吐火熱的氣息。

我坐在小黑身上，俯看他：「說吧，要怎麼做！」

他的視線掃過我身旁的人王們，輕輕一笑，白白立刻躍到小黑面前，一臉戒備。

「他們不用跟去！妳跟我來！」魔王對我一指，翻身騎上魔獸，器宇軒昂，魔氣凜然。

我點點頭，摸了摸白白的頭：「白白，聽川的話。」

白白轉身擔憂地看了我一眼，躍到靈川身上。我回頭看向我的男人們，他們佇立在陽光之下，威嚴英武，無畏無懼！他們可以為我去死，但是這一次，我要他們好好活著，等候他們的女王——我那瀾回來！

我對他們點點頭，在他們肅穆和信賴的目光中轉身而去。

魔王，就讓我們開始這趟異世界之旅吧！

我跟隨魔王，再次來到環繞著聖光之門的中央廣場上，依舊站在上次那個神祕的圖騰上。這裡曾經打開了前往神界的通路，我見到尉遲法，知道魔王就是他的真相。

也是在這裡，魔王進入我的身體，我卻被彈出了自己的身體，重生在涅梵的梵都，看到因為我的死而消沉的他，知道了他對我隱忍已久的愛。

這個圖騰是個神奇的圖紋，它總能帶來一些神奇而未知的事情。

魔王下了魔獸，看向我：「妳就是打開通道的鑰匙。」

我狐疑地看著他。他指向圖騰的中央：「去那裡站好！」用的都是命令的語氣。

我抓起我的包，離開小黑，牠眨著眼睛。我走到圖騰最中心的位置，看向牠：「快回去吧。」

「呼！」

牠在圖騰邊來來回回跑了許久，才扭頭跑回玉都大門，還一步三回頭。

遠遠的，我看見明洋和林茵來了，他們也是騎在一頭魔獸身上，林茵坐在明洋身後。

明洋匆匆扶林茵下來拜見魔王：「王！」

「有什麼事快說！」

明洋看看我，神情複雜地起身：「那瀾，請替我看望一下我媽。」

「你還會想到你媽？」

我忍不住生氣起來。明洋跟林茵不同，他是鐵了心要留在這裡的。

明洋在我的反問中帶著一絲羞愧地低下頭，看了看身邊的林茵：「小茵，妳不是也有話要讓那瀾帶去？」說完，他微微一退。

林茵神情複雜地看向我：「那瀾……我……」她看起來有些難堪：「以前的事……對不起。請妳回去看看我的爸媽，告訴他們，我在這裡很好，我已經把我想說的話錄在妳的手機裡了。」

我點點頭：「好，我會帶到。」

「謝、謝謝……」林茵低下了頭，身上粉色的花紋讓她再也無法離開這個世界。

魔王站到圖騰邊，渾身魔光開始閃耀。

明洋看著我，拉起林茵一步步後退。這個我曾經以為像是鄰家大哥哥般溫和的男人，心裡卻藏著

那麼巨大的陰暗。他仇恨上面的世界，對上頭感到強烈不滿，甘願留在這裡，不願回去。

當理想與現實反差太大，會讓人產生逃避的欲望。明洋的想法，我或多或少能夠理解，也尊重他的選擇，畢竟那是他的人生，不是我那瀾的。

而我那瀾的就在眼前。

魔王身上的魔光再次帶起了猛烈的颶風，明洋把林茵拉得更遠。

「啊——」

魔王展開雙手，颶風炸開，他身上的魔光流入我腳下的圖紋，每一條花紋都像擁有了魔王的血液，快速在我腳下旋轉、彙聚！

忽然，我感到雙腳無法離地，一股強烈的吸力把我牢牢吸在圖騰中央，緊接著，一股巨大無比的衝力衝入了我的腳心，瞬間貫穿了我的身體，我還來不及呼痛，靈魂已經受到猛烈撞擊，陷入一種毫無知覺的奇異感覺！

我像是存在的，又像是不存在的，像是融入空氣的每一個分子中，又像是被世界拋棄在外，落入無邊無境的宇宙。

面前的世界開始扭曲，一束光從我的心口而出，在我的正前方出現了一扇波光粼粼的門。

我癱軟下去，整個人像是從遙遠的世界墜落，又像是分裂後又被凝聚，全身虛脫無力。

「哈哈哈哈哈哈！」魔王的大笑迴盪在整個天地。他激動地跑向了那扇光門，腳步像昨晚那般趔趄：「打開了！打開了！哈哈哈——那瀾，妳來自於那個世界，是聯繫兩個世界的關鍵！妳就是那把鑰匙！」

我吃力地起身，明洋和林茵在遠處驚訝地看著我。我找了那麼久的鑰匙，原來就是我自己！我自己就是回到原本世界的關鍵，是連通兩個世界的介質！

「還在等什麼？快走吧！」

我抓起包，跑向那扇門，巴不得快把這魔鬼帶離這個世界！

忽然，魔王抓住了我的手，我困惑地看著他，他狂妄地說：「只有和妳一起，我才能離開這個世界！」

原來是這樣！哼，我也想牢牢拉住你，不讓你逃回自己的世界！

他緊抓我不放，我看向那扇光門，光門之後是模糊的沙漠景象。我毫不猶豫地拉住魔王的手，跨過了光門。

瞬間，熟悉的灼熱空氣環繞在四周，眼前已是漫天的沙漠。我一陣狂喜，我終於回來了！

「哈哈哈哈哈哈！」我激動地跪落地面，捧起熱燙的沙子，撒向天空：「哈哈哈哈哈哈！」

「哈哈哈！」忽然，更響的狂笑覆蓋了我的聲音，我立刻看向一旁，光門已經消失，魔王正激動地笑著：「我要征服這個世界！人呢？人呢？你們這裡誰說了算？我要讓他們臣服於我！」

我緩緩站起來，斜睨他：「白痴！這裡是沙漠，哪來的人？」

他停止了狂笑，傲然看我：「妳去取馬來，我要征戰妳的世界！」

我更加好笑看他：「騎馬？騎馬你一年都到不了！」

他的臉色陰沉下來：「胡說！難道你們這裡沒有聖光之門嗎？」

「沒有，倒是可以坐飛機！」

「飛機是什麼？」

我指了指天空，正好有架飛機從我們上空掠過，魔王仰頭呆呆地看了會兒，低頭看我：「原來是大鳥。」

我噗嗤笑了。魔王每次出現都是被消滅的角色，從未好好學習一下文化。儘管人王的知識跟不上這個世界的科技，但也有所瞭解，知道飛機是什麼。但魔王是半點也不知道！

「想坐飛機，首先要想辦法離開這見鬼的沙漠，不然我們都會被曬死在這裡！」

我可不是探險家，哪裡分得清東南西北？即使能分清，這可是沙漠啊！我在這裡的生存力幾乎為零。

不過，既然當初進入樓蘭是離樓蘭古城不遠，這裡應該離古城不遠，若是運氣好，說不定會遇到考古隊。

我拿出手機。魔王好奇看來：「那是什麼？」

「手機。」我隨口說了一聲，看了看，果然沒信號，心一沉。完了，好不容易回來，不會要在這裡曬成人乾了吧？我想到了魔王，看向他：「想辦法走出沙漠啊。」

「哼，這有何難？」他撇撇嘴，舉起雙手，我頓時看到他身上的魔光開始閃耀。就在他的魔光要浮出皮膚之時，他的角突然冒煙了！

滿布魔紋的犄角在猛烈的陽光中，從尖端開始化作灰燼！

「啊——」

魔王痛苦地抱住自己的犄角，全身魔紋開始消退，他痛苦地跪在沙漠之中。

「哈哈哈哈！」

果然如此！我狂笑不止，他跪在沙漠中，全身無力，像是剛才那片刻間的融化已讓他痛得筋疲力盡。

我大步走向他，站到面色蒼白的他面前，直接一拳揮在他的臉上。

砰！他被我一拳打倒在地！

地下城裡耀武揚威，人人畏懼的魔王，卻在我的世界，只是被太陽曬了一秒便弱不禁風，被我一拳撂倒，怎能不爽！

他倒在地上狠狠瞪我，我扠腰而笑：「歡迎你來到我的世界，白痴魔王！」

「啊──」

他立刻憤怒地朝我撲來，我被他撲倒，兩個人在沙漠中翻滾。我也豁出去了，扔掉自己文青少女外加裝出來的淑女形象，和他扭打起來。

他頭髮長，我一把抓在手中，他痛得哇哇叫。

女人打架，不外乎是抓臉、撕衣、揪頭髮，可想而知我打得有多麼地剽悍。

我跨騎在他後背上，一手狠狠揪他頭髮，一手死死抓住他的尾巴：「讓你害我的男人！讓你狂！讓你跩！你敢用魔力就燒死你！」

「啊──啊──」

他憤怒地在我身下大吼、掙扎。在那一曬後，他的等級似乎秒降到零，果然水土不服會害死人啊！

「滴滴。」忽然，我聽到了車喇叭聲，立刻起身站在魔王的後背上，他半個身體已經被埋到黃沙之中！

我看見了熟悉的越野車，激動得揮舞紗巾：「喂——這裡——救命——救命——」

福星高照的我，在沙漠裡搭上了車！這是何等地幸運！果然是自己的地盤，受到命運之神眷顧。

「你們是coser吧？」救我們的人把我們當做了coser，因為我身上穿的明顯不像是能在沙漠中探險的。魔王更是如此，頭上還剩半隻角，雖然被我海扁了一頓，但依然不老實，狠狠地瞪著我。

「你們這樣太危險了，如果不是我們經過，你們就會死在那兒了。等等到了營地，趕緊用我們的衛星電話跟家人聯繫一下吧。」

「謝謝謝謝，太感謝了！」

魔王一直戒備地看著我們世界的人，也好奇地打量越野車，探出了頭。風吹起他金紅色的長髮，他一驚，又縮回了頭，緊張地環顧四周。

到了營地，我沒有跟任何人聯繫，我不想成為被研究的對象，面對永無止盡的採訪，甚至可能還會被迫做精神鑒定！

我可不想在精神病院裡度過餘生，於是請營地的人送我們回鎮上，打算迅速訂好機票回家，片刻不停！

問題是，魔王沒身分證，要怎麼買機票，怎麼通過安檢？

我帶著魔王，先到鎮上旅館住下。

服務員古怪地看著我們，好在近年來這裡拍攝照片的coser不少，他並沒有因為我們身著奇裝異服而報警。

我打開門，魔王皺起臉：「這麼破，我不住！」

他轉身就要走。

我斜睨他：「好啊，你走吧！現在的你不能使用魔力，只會死在外面。」

他臉一黑，進了房，氣呼呼地坐在床上。

我拿起遙控器打開電視，他頓時驚得跳起，大喊：「什麼魔物？」還抓起枕頭擋在身前，像是怕那魔物吸了他。

我懶懶看他一眼：「這叫電視機，給人解悶用的～不是什麼魔物。」

魔王縮在枕頭後，小心翼翼地觀察。他的身高將近一百九十公分，又那麼魁梧健碩，現在卻躲在一個小小的枕頭後方，真滑稽，不知魔兵看到此刻的他會作何感想？

我直接拿出手機，拍下留念！這樣的景象可不能錯過。

電視裡正在播放「喜羊羊與灰太狼」。魔王漸漸不再害怕，坐在床上好奇地看著。

「你老老實實在這裡看，我去買衣服。」說完，我離開了旅館。

太陽是魔王的剋星，但晚上該怎麼辦？我得去買些裝備防身！

我忽然感覺自己像是吸血鬼獵人，準備獵殺吸血鬼。

魔王被太陽一曬就化的特點不正像吸血鬼嗎？或許傳說中的吸血鬼，也是被神烙下了神印的人。

不管怎麼說，我和魔王在這個世界的鬥爭才剛剛開始。

小鎮上東西比較齊全。我先買了碗泡麵，好久沒吃，想死我了！結帳時，我看到了一旁的保險套，不由想起了靈川他們。才剛跟他們分開，我已經開始想念他們了。想著想著，我忽然想到一條很重要的線索——我們世界的東西在樓蘭古國是神器！

也就是說，我們世界的利器對魔王是有作用的！

嗯！我毫不猶豫地買了把水果刀。雖然不能帶上飛機，但現在好歹可以防一下身。

付錢時，我又看到了紫外線驗鈔機。我看著那紫色的光，開始恍神，一個念頭忽然閃過腦間，我想到對付魔王的辦法了！

我在鎮裡找了好久，終於找到一家賣紫外線手電筒的，全買下了，總共六個。我用膠帶把它們捆在一起，功率應該夠大！對了，太陽光裡應該也有紅外線，我也買一支備著。回到自己的世界，我的武器升級了！

回到旅館時已是晚上，魔王抱著枕頭還在看喜羊羊與灰太狼，他好像也不會餓，這樣很好養。

我走到電視機前，他煩躁地朝我揮手：「滾開！喜羊羊要救美羊羊了！」

我無語地看他。這位揚言要統治全宇宙的魔王才剛到我的世界，就被電視給俘獲了嗎？而且還是幼兒動畫片？

我白了他一眼，把買來的衣服丟到床上：「我們怎麼再回去？」

他似是想起什麼，立刻看向我，嘴角勾起冷笑：「幫我征服了妳的世界，我自然會讓妳回去！」

「哈！你連魔力都不能用，還想征服世界？別搞笑了！」我毫不給他面子地大聲嘲笑他。

他登時從床上站了起來，尾巴高高揚起，高大的身影如一堵牆在電視機閃耀的光裡矗立。他先冷冷看了一眼窗外，笑了，回頭看向我：「誰說我不能用魔力？」魔紋開始在他身上燃燒，瞬間修復了他被燒毀的犄角，還加長了一分，黑色的尾巴也纏繞上了魔紋。他雙手緩緩舉起，整張床立刻隨他一起浮起！

晚上的月光果然對他沒用！

「哈哈哈哈哈哈！這個世界將是我的了，哈哈哈！」他站立在飄浮的床上，仰天大笑，那張床宛如成了一艘白色戰艦！

我立刻掏出我的新武器，對準他：「去死吧！」當開關一個個打開，紫外線和紅外線一起射在他的身上，紫色的光芒如同聖光般映照！

雖然並不刺眼，但射中他後，他的身體立刻像是被太陽射到一樣，化作灰燼！

「啊——啊——」耳邊傳來他痛苦憤怒的嚎叫：「那瀾——我要妳死——」他凶狠地朝我瞪來，張牙五爪，尾巴化作長鞭要來抽我，我立刻用燈光照他的尾巴。沒想到這一照，他更加痛苦地大喊起來，幾乎是撕心裂肺的嚎叫：「啊——啊——」

他的尾巴在空氣中亂舞，躲避我的燈光，那好像是他的致命點，他像是變得更加虛弱地跪在了床上，身體不斷地化作灰燼，點點飄飛在空氣中，再慢慢消失。

他的身體開始不斷縮小。砰！整張床掉落在地，發出巨響的同時，他也徹底消失在了床上。

我眨眨眼，拿著紫外線燈。不、不會吧？魔王就這麼被我秒殺了？不行啊啊啊！我還要回去啊啊啊！魔王你可不能死啊啊啊！

忽然，一條黑色的小蛇快速掠過我的視角，我尚未看清就傳來重重的敲門聲。

砰砰砰！我轉身開門，是服務員。她板著臉探頭看了看，以一種極為嫌棄的目光看我：「不要太

大聲，大家會投訴的！」說完，她白了我一眼：「現在的人真是越來越變態了。」說完，她轉身走了，我僵立在門口。

她、她以為我在幹嘛？不過，魔王那傢伙確實喊得太響了！

我轉身鎖好門，我有預感，那傢伙還沒死，還在這房間裡！

我握好我的神器，走到床邊，一掀被子，只剩一些殘破的黑衣服，是魔王的！

窸窸窣窣……我聽到了動靜，立刻轉身，赫然看見一個極小的小人光著屁股，翹著尾巴，正爬窗要逃！

「魔王！」

我驚呼。他轉過頭，小小的臉上可以看到金紅的眼睛，和兩個小小的犄角。

我目瞪口呆地看著他，他也僵滯地回看我。

他光著身子，單腿抬起要爬窗，下面的小丁丁掛在風中。

他、他、他居然變得像個玩偶那麼大！好可愛！

我的臉瞬間紅了！

「別過來！」

他飛快跳上窗台，一手遮住自己的小丁丁，一手揚起，胖嘟嘟的臉上兩坨酡紅。大大的眼睛讓他更像娃娃了！

「噗！哈哈哈哈哈！哈哈哈！」我笑得前仰後合。

「不准笑！本王命妳不准笑！」透著稚氣的聲音也是軟糯的小孩音。

「哈哈哈！哈哈哈！咳咳咳……」我笑倒在床上。

「我要殺了妳——」忽然，他小小的身體躍起，落到我身上，用小手掐住了我的脖子，力量奇大！但是手不夠大！

我立刻拿起手電筒，他害怕地跳開，一晃眼鑽進床上的被子裡，鑽出小小的腦袋，憤恨地看著我：「妳、妳那個到底是什麼神器？」

我揚唇一笑：「這是陽光儲存器，可以把早上的陽光儲存在裡面，晚上可以對付你！」我對準他，他立刻揚手，目光變得害怕：「別、別、別這樣，很痛的！」

他低下頭，金紅的長髮遮住了他胖嘟嘟的臉，只露出兩個犄角，細細的尾巴也像是徹底失去了霸氣，軟綿綿地垂在白花花的小屁股後。

他小小的手摸上自己的雙臂，抬起臉淚光閃閃看我：「真的很痛……的……」他哽咽的話音和那雙水盈盈的金瞳瞬間打動了我的心，我抱歉看他：「對不起，我真的不知道那很痛。」

「能不痛嗎？」眼淚滑落他胖嘟嘟的臉龐，他抬起手堅強地擦掉：「整個身體灰飛煙滅……能不痛嗎……」

我坐到他的身邊，抬手輕輕摸上他的頭：「對不起，我也不想這麼做的，誰叫你要征服我的世界？」

啪！他小小的手拍開我，轉身背對我：「我想一個人靜靜，我居然在一個女人面前變成了這個樣子。」

他難過地鑽到了枕頭下，白色的小屁屁在外面路燈的光芒中滾圓粉嫩，小小的尾巴現在死氣沉沉

拖在他的屁股後方。鑽進枕頭下後，他用手把自己的尾巴拉進了枕頭。

我忽然覺得心情有些複雜，早已看慣美男子的我，卻對萌物毫無免疫能力。看到魔王變成這樣，我於心不忍，想到那慘烈的痛嚎，總覺得很內疚。

看看那剩下的衣服碎片，我拿起來，找到針線剪刀，重新進行剪裁。

晨光灑入之時，床頭的一堆枕頭動了動，一頭金紅的頭髮從枕頭之間鑽了出來，然後定住了身體。他眨著水汪汪的眼睛，看著我擺放在枕頭前的小皮衣和小皮褲。

「穿上吧，你不能光著身子。」我看著他泛紅的臉。

他飛速抓起黑色的小皮衣套上，拿起小皮褲時看了看，別開臉遞到我面前，臉紅得像顆蘋果：「後面沒洞。」

我一愣，呆滯三秒，立刻接過來在後面開了個洞，還給他：「這下行了吧？」

他看了看，從枕頭後面出來，小丁丁甩在兩腿之間，蛻化的小丁丁也像是小孩的，不會讓人感覺害臊。

他穿上小屁股，從後面的洞洞拉出自己的尾巴，擺動了一下，點點頭：「正好。」

我微笑看他：「那我們回家了。」

他抬起臉，在我溫柔的微笑中愣住了，金紅的眼睛像是玻璃珠般不真實。他忽然撇開臉：「別以為這樣我就會感謝妳，是妳把我害成這個樣子的！」他生氣地盤腿坐下，看著自己的身體：「現在還怎麼交配？」

「你怎麼整天只想生孩子？」我伸手點上他的小腦袋。

他倒了倒，坐好：「當然！只有我的孩子才能繼承我的魔力，才能幫我征服更大的世界！」

原來他生孩子是為搶地盤，真像昆蟲。

我起身，開始收拾東西：「走了，我家還有更好玩的東西，這個世界可比你的世界好玩多了，你會捨不得毀滅的。」說完，我收好背包看他。

他煩躁得看看我，再看看電視機，站起：「我這個樣子怎麼出去！」

我笑了，伸手直接把他抱起，他一愣。我把他抱在懷中：「你就乖乖做個娃娃吧，哈哈。」說完，我背上背包，抱起這個把地下樓蘭城鬧得天翻地覆的魔王。

「從此以後你就叫小魔了，有人的時候別亂動。」

「哼！」他撇開臉，肉嘟嘟的臉擦過我的胸部。他一愣，轉頭盯著我的胸部，小爪子忽然摸上了我的胸部：「好軟。」

「別亂摸！」我生氣地一把抓住他的衣服，把他拉開。他半吊在空中，朝我乾瞪眼。看到他那副可愛的小模樣，我又不忍心怪他了，一把把他塞進背包：「老實待在裡面，別亂動！」

哈哈，魔王成了玩偶了，這件事如果讓靈川他們知道，一定會和我一樣笑得東倒西歪的。

小魔王被曬成了玩偶，魔力也驟降，不但不能作怪，也不能帶我們回樓蘭古國。他現在心性未變，帶回去還會是那個魔王。

我暫時不知道該怎麼改變他，但看到他喜歡上了這個世界的電視機，我忽然覺得魔王是可以改變的。

過安檢的時候，小魔王從角落裡溜進去，沒人發現。我和他會合，他順著我的腿爬上我的身體，我再次把他抱在懷中，他真的一動不動，只用那雙金紅的眼睛好奇地看著眼前的一切。

「你們世界的衣服真醜。」

他嫌棄地看來看去，但如果是性感女人的低領，他的目光立刻會被吸引過去。

「哇～～這個人偶好萌啊！」

很多美女圍了上來，彎腰看，低低的領口立刻露出一片春光。小魔王的視線一動不動地看進去。

「哪兒買的呀？」

我笑了：「我自己做的。」忽然感覺手上濕濕的。我低頭一看，天啊！這傢伙居然流口水了！我趕緊跑開。

但是小魔王的魅力實在很大，不停地被人抱去拍照，於是他幸福地穿梭在各式各樣的酥胸之間，被美女們抱在胸前拍照，他的手自然而然地放在美女們的胸部上，金紅的眼睛裡是閃閃的淫光。

我無語地白了他好幾眼，連連搖頭。好色果然是男人本性。

終於等到上飛機，他呆呆地看著飛機：「這大鳥不像活的啊。」

「本來就不是活的，跟你來的時候坐的汽車一樣，全是這個世界造出來的。」我低聲說，以免別人把我當神經病。

為了不讓人察覺，我還訂了頭等艙。不是節慶假日，坐頭等艙的人其實很少。

進入頭等艙，果然只有我一個人。我把他往舒服的沙發上一扔：「這裡沒人，但你也別亂跑。」

他站在沙發上蹦了蹦：「好舒服。」他坐了下來，忽然看到面前的螢幕，激動起來：「電視機！遙控器、遙控器在哪裡？」

空姐忽然進來，我立刻坐到他身邊，一把按住他：「有人來了！」

空姐開始解說逃生步驟。我繫上安全帶，把他也拴在一起。

空姐看見了他，立刻嬌聲驚呼：「這個娃娃好可愛啊！」

魔王變小後，反而變得人見人愛了！

「嘻嘻。」我對空姐笑笑。

空姐走後，小魔王從我身前爬出，躍上椅背看空姐，尾巴搖擺：「嗯！我一定要征服這個世界，這裡的女人真棒！我要和她們交配，讓我的魔子遍布世界！」

我無語白眼，真是隻種豬！

飛機開始慢慢前行，他一下子緊張起來：「動了！動了！」他跳到窗邊，趴在窗口看了一會兒，覺得有些失望：「怎麼還在地上啊。」

嗚！飛機平地而起，趴在窗口的他一下子被甩到椅子上：「啊——怎麼回事？怎麼回事？啊！耳朵好難受！」

他捂住耳朵。我抓起他放到窗邊：「別叫了，起飛了。」

他再次趴上窗戶，呆呆地看著：「這大鳥的速度比我的魔獸還快。」

飛機變得平穩。我放開他，他繼續趴在窗戶上看著：「飛得比我的魔獸還高……」

空姐再次前來，面帶微笑：「小姐您沒事吧？剛才起飛時我聽到一些聲音。」

糟了，小魔王喊太響了。

「喔，沒事沒事，我的娃娃會叫。」我一把抓回小魔王，狠狠掐了他一把，他立時僵硬地張嘴：「啊——」

空姐更開心了，但職業禮儀讓她不能表現出來，只能微笑問我：「請問我能跟您的娃娃合影嗎？」

「沒問題，妳拿去吧。」

「謝謝！」她接過後喜愛地抱在懷中，回到空姐的服務區。我探頭一看，看到她對著手機親小魔王的臉自拍，小魔王的小尾巴慢慢翹起。瞧他得意的！

回來後，空姐捨不得還給我，看了他好幾眼才離開。他雙手環胸坐在位置上，像是在想一件很重要的事。忽然，他一點頭：「嗯！我決定了，要讓剛才的女人做魔后，妳做魔妃。」

我好笑地咳起嗽來。

之後，空姐給我送來了午餐，結果被小魔王搶去吃了。他像是從沒吃過好東西，直喊好吃。我無語地看著他，飛機餐可是世上僅次於學校營養午餐的食物好不好！

結果他還吃了好幾份，害我被空姐奇怪地看了好久。

此刻，他單腿交疊，一手環在胸前，一手握著和他的臉差不多大的紅酒杯，王子風範十足地看著窗外的雲海，一臉享受的神情：「我一定要征服這個世界……啊……這裡的女人真奔放……」

他感嘆地喝下杯中的紅酒，小小的身體坐在餐板上。

忽然，飛機顛簸了一下，紅酒灑滿他全身，緊接著，飛機震顫起來。他驚恐地抱緊手裡的酒杯：「發生什麼事了？」

我鎮定地繫好安全帶：「沒事，可能只是遇到氣流了。虧你還是魔王，怕什麼？」

他的臉立刻黑了。忽然飛機又顛簸了一下，他瞬間跳下沙發，鑽到我的安全帶裡，牢牢抓緊安全帶。

顛簸了一陣後，飛機再次回復平穩。他鬆了口氣：「你們的飛機太可怕了，我再也不要坐飛機了。」

我看著他一臉驚恐的模樣，壞壞一笑。哼，小魔王，你在這個世界的歷險才剛剛開始呢！

因為紅酒灑到身上，我帶他到洗手間清洗，冰冷的水沖到他身上，又是一陣哇哇亂叫。洗乾淨的衣服沒辦法一下子乾，他只能用紙巾擋住自己的小丁丁，滿臉鬱悶。

實在不能讓他一直光著屁股。我忽然想到上飛機時好像有小寶寶，於是到機艙跟那位媽媽借了片紙尿布，回來給小魔王穿上，沒想到剛剛好。

他看著自己的紙尿布，感覺還挺愜意，紙尿布上有漂亮的花紋和清新的香味。

「這是什麼東西？挺香的，穿著也很舒服。」他拉著褲沿摸來摸去。

我懶懶說道：「簡易內褲。」

他歡喜地看來看去，這副模樣又讓空姐開心得一臉鼻血，抱住他再度跑回服務艙自拍去了。赤裸

裸的小人、粉嫩嫩的皮膚、金紅的長頭髮、頭上兩個小犄角，還穿著尿布，這能不讓人心動嗎？小魔王的紙尿布讓他的人氣直接爆表，受到空姐們的極度喜愛。

末了，她們還想跟我買他，我只能連連說不行，害她們傷心了好久，下飛機時一個個跑過來又抱又親。

「小魔，拜拜～～下次一定還要坐姊姊們的飛機喔～～麼麼麼麼。」小魔王的臉上和身上瞬間全是紅唇印。

小魔王被親得許久沒有回神，呆呆坐在我的背包裡，然後，慢慢地流出了鼻血。

「如果本王恢復！本王一定要好好寵幸她們！」在洗手間裡，他一邊擦鼻血，一邊信誓旦旦地說：「本王要讓她們一起服侍本王，哈哈哈哈！」他兩個鼻孔塞著紙巾，扠腰大笑，赤身裸體，只穿著一片尿布。

我洗洗手，把他抓起塞回背包：「還是等你恢復再說吧，魔王大人～～」

「哼，本王一定會恢復的！本王不要妳了！本王要她們！」他狠狠地說，像是故意要刺激我。

哼！我那瀾還不稀罕呢！

飛機落地的那一刻，我差點再次跪地親吻地面。我終於到家了！到家了！

我背起背包，直衝家門。地下城的時間和這裡是平行的，所以，我整整離開了將近半年，好想念我的床啊～～～

當我打開家門的時候，迎接我的是鋪天蓋地的灰塵。

雖然離開時門窗緊閉，但灰塵還是悄然進入，落在我家的地面和桌子上。

「這就是妳的窩？太小了，嘖嘖，太小了。」

小魔王一邊搖頭，一邊進入，在地上踩出一個個小小的腳印。

我俯看他：「喂，幫我打掃乾淨。」

小魔王怔住了，轉身傲然揚起臉瞪我：「妳居然要我替妳打掃！」

我從包裡默默地拿出紫外線手電筒，他的臉色立時變成了菜色。我拿來了吸塵器，他好奇地打量，我一按開關，噪音立刻嚇得他緊貼牆壁：「這是什麼魔獸？」

「是吸塵器，你看。」我教他怎麼用，他漸漸覺得好玩起來，坐在吸塵器上開始打掃房間，而我則是上網打開電腦查看郵件，信箱早就被上千封郵件給炸了！

最初是遊戲公司詢問我進度的郵件，然後是氣急敗壞說我毀約的郵件，最後是知道我失蹤，發了一封像是給死人的祭奠郵件。

我猶豫了很久，還是沒有回。既然案件已經由別人接手，我也別再去嚇唬他們了。我可是失蹤了半年，這一個小小的回覆會瞬間激起千層浪，引來更多的圍觀！

現在的我還是低調比較好。

「嗡——嗡——」客廳裡是吸塵器的嗡嗚聲，小魔王表現得很好。

我從通訊錄裡翻出了林茵父親的電話，開始猶豫……我該怎麼說呢？說真話，人家未必會信；說假話，人家說不定已經接受林茵的死了。還有明洋的母親，我真的不知道該怎麼說。

我開始醞釀勇氣，在樓蘭地下古城不畏懼大蚊子的我，現在卻在害怕打這通電話。

「我要看電視！」

就在我好不容易鼓起勇氣時，客廳裡傳來小魔王的大喊聲。

我放下手機，他正騎在吸塵器上，手拿遙控器指著電視，如同指揮千軍萬馬的架勢：「快給本王開電視！」

「嗨～～嗨～～」

我替他打開電視，他金紅的眼睛立刻發亮，騎著吸塵器，開始一邊打掃一邊看電視。

我走上了陽台，陽台上的植物已經全部枯死了。我再次拿起手機，猶豫了很久才撥通。

「嘟——嘟——喂？」

我的心跳開始加速，好緊張。

「那個……是林伯伯嗎？我是半年前跟林茵一起去樓蘭的那瀾。」

對面一片沉寂。

「喂？林伯伯？」

「喔……妳好……」手機裡的聲音立刻變得低落。

我也因為那低落的聲音，再次陷入猶豫和尷尬。

「什麼？妳是那瀾！」對面的林伯伯突然像是回神似的驚呼起來：「妳、妳不是跟小茵，還有明洋一起失蹤了嗎？妳、妳、妳到底是誰？」

林伯伯終於發現事情不對勁了，這也讓我輕鬆不少。

我認真說道：「林伯伯，很多事手機裡也說不清，能不能請您和伯母出來一趟？也請您不要告訴任何人，因為我要跟您說的事，可能會引來很大的麻煩。」

「好好好！我不說不說，誰都不說。那妳告訴我小茵她……」

我沉默了片刻，認真說出了三個字：「還活著。」

「吧嗒。」手機裡像是有什麼掉落到地上的聲音，緊接著傳來了林伯伯嚎啕的哭聲。

「小茵還活著——小茵還活著——」哭聲之中又傳出了笑聲。

「什麼？你說小茵還活著？」

對面一下子混亂起來，還傳來了應該是林伯母的聲音。

「孩子她媽！孩子她媽！對不起，孩子她媽昏過去了，我叫一下救護車，稍後聯繫妳！」林伯伯掛斷了手機。我看了一會兒手機，再次拿起，打給明洋的母親。

雖然明洋不想回這個世界，但是，這個世界依然有他的親人，他的母親。

既然命運安排我回到這個世界，那麼我就要做好所有的善後，有責任告訴林茵和明洋的親人真相。

明洋的母親在接到我的電話時也顯得很驚訝，和林茵的父親一樣激動得哭了起來，為了說話隱蔽和方便，我把她和林茵的父母一起約在我家。在他們來之前，我需要把家裡的灰塵清理乾淨！

「嗚——」客廳裡，小魔已經徹底忘了自己的責任，只顧著看電視。

我生氣地站到他面前：「把房子打掃乾淨再看！」

他怨恨地朝我看來，看看照入房子的陽光，往暗處挪了挪，隨即一對黑色的小翅膀竟然從他身後破衣而出。他飛到了半空，黑色的小尾巴揚起，全身金紅的魔紋登時再現。下一刻，驚悚的事情發生了，我家裡的灰塵開始一點點聚集起來，然後變成了一個巨大得和我的房子一樣高大的灰塵怪！

「啊～～」

小魔在空中大吼，巨大的灰塵怪走向陽台，然後從陽台上一躍而下。砰！消失在猛烈的陽光之中。那一刻，我有一種莫名的傷感。

我看得目瞪口呆。小魔王拍拍手：「哼，別再煩我看電視！」說完，他「啪啦啦」飛到客廳小小的沙發上，往抱枕堆裡一窩，舒舒服服地看起電視來。

我僵硬得站在客廳裡眨眼睛。我的房子是單身公寓，所以並不大，一室一廳一廚一衛，光是這樣都有那麼大的灰塵怪，灰塵真的好恐怖！

頃刻間窗明几淨，小魔王這技能太讚了！我決定獎賞他一下。

我打開冰箱，可樂還沒過期，我於是拿了一罐到小魔王面前：「給你。」

「這是……」他挑眉看看，似乎想起了什麼，看向電視，然後再看我手裡的可樂：「本王知道，這是你們世界的一種飲料，還不打開給本王嘗嘗？」

喲！小小魔王還敢跟我擺架子？

啪！我打開給他喝，他拿過「咕咚咕咚」喝了好幾口，登時定格了，猛地張開嘴，一個驚天動地的響嗝像是狂風般迎面撲來。

「嗝～～」

一股帶著可樂味的風吹在我的臉上，掀起了我凌亂的長髮，也讓我的心情複雜無比。與此同時，他也被自己的嗝震飛，往後撞在沙發背上，緩緩滑落，臉上像是藥吃多了嗨過頭的表情。

「我還要～～～」

他眼睛不對稱地說著，非常不對勁！我沒想到一瓶可樂就能俘虜一個魔王，早知道我就帶可樂下去征服樓蘭古城了！

從下飛機到家的一整個下午，魔王一點正經事都沒做，完全忘記他要征服世界的目的，躺在沙發上看電視，喝可樂吃洋芋片，徹底變成了我們宅男宅女在家增肥的狀態。完了，一個好好的魔王，被電視徹底毀了，而且還是被秒殺。

我也懶洋洋地躺在一旁。半個月沒看電視了，這一看根本停不下來，尤其是又出了很多笑死人的真人秀。

「喂，我們到底怎麼回去啊？」我用腳踢踢魔王。

小魔王懶洋洋地摳了摳腳：「等我魔力恢復，我們才能回去。」

「那你的魔力什麼時候恢復？」

他又挖了挖鼻：「我的魔力來自於怨氣，我靠吸收怨恨來恢復魔力。」

我用眼角餘光偷偷看他，心裡不由得笑了：「原來是這樣。行，我知道了，休息兩天，我再幫你恢復。」

「嗯。」他看著電視，隨意地應著，然後抓了抓小屁屁，著急起來：「我要拉屎，妳快幫我按暫停！快！」

我無語地按了暫停，我們的魔王大人正在看綜藝節目。

他飛了起來，「啪啦啦」飛快飛到廁所。在旅館裡，我已經教他怎麼用抽水馬桶，他因為個子小，只能蹲在一邊。在他拉屎的時候，門鈴響了。

我立刻替他關上門。來者是一個中年男人和兩個中年女人。

「你們是……」

「妳是那瀾吧？」中年男人開了口，兩個中年女人有些激動地握住了我的手：「那瀾小姐，我是林茵的媽媽。」

「我是明洋的媽媽。我們在一起工作，所以一起來了。妳快告訴我們，明洋和林茵到底怎麼了？」

原來是他們啊。

我把他們請入客廳。我的客廳很小，勉強能坐下他們三個，我只能自己搬張小矮凳。我拿出手機，複雜地看著神情憂急的父母們。

「接下來，我所說的話可能很匪夷所思，你們……不會暈倒吧？」我擔心地看著林茵的媽媽，畢竟之前在手機裡聽到她暈倒了。

「不會了不會了，我帶了藥來。」林茵媽媽立刻從包裡翻出了藥。林茵爸爸著急看我：「妳快說吧，我們承受得住！」

我點點頭：「是這樣的，我們並不是失蹤，而是進入了樓蘭地下古城。」

「什麼？」三位父母一起驚呼起來，臉上是更大的不解和困惑。

我翻出了照片：「這就是樓蘭地下古城，世人一直以為它消失，其實它是受到了某種神祕的力量影響，被埋在了下面。」

我把手機放到他們面前，他們看得目瞪口呆。

「也就是說，我們進入了另一個空間。現在明洋和林茵在那裡已經定居、結婚。對了，這是他們要給你們的影片。」

我點開影片，當林茵的聲音出現時，客廳裡只剩下了哭聲。

許久之後，三位父母才漸漸恢復平靜。

我也認真地看著他們：「所以，我回來的事也希望你們不要說出去，因為我不想被人關注。」

「這點我們明白。」林茵爸爸表現出了理解：「但為什麼妳回來了，小茵他們不肯回來？」

「因為明洋在那裡成了一位了不起的人。」我實在不忍心看明洋母親傷心，決定撒謊：「所以他留在了那裡，林茵也就留在那裡。對了，明洋媽媽，我在那個世界還找到了明洋的父親——」

明洋媽媽立刻朝我看來，但她隨即猜到了些什麼，低下頭：「明洋爸爸的死，我早已接受，只是明洋的失蹤，我一直沒辦法接受。那瀾，謝謝妳為我帶來他的消息，現在我終於安心了。」她擦了擦眼淚。

林茵媽媽也撫上她的肩膀，表示安慰。

明洋媽媽再次抬起頭：「現在我在這裡真的什麼牽掛都沒了，我可以去那個世界找明洋嗎？」

「咦？」我被明洋媽媽的話驚到了，但這似乎又在情理之中。

「嘩——」

沖水的聲音打破了客廳裡的寂靜，緊接著有人轉動洗手間的門鎖，推開了門。當那個小小的身影從裡面飛出時，客廳裡的三位老人徹底呆若木雞。

小魔王甩著手上的水，悠悠飛回，看到林茵爸媽坐在他的王位上，非常不滿地俯看他們：「讓

開！」

林茵爸媽立刻讓開，他飛上沙發坐下，拿起遙控器，熟練地再次讓電視播放。

我僵硬地笑看三位老人：「這位是樓蘭地下古城的魔王大人，他有辦法打開那裡的門，不過要在特殊的時機……啊！等門開了，我會再通知你們，隨時都歡迎你們去地下古城探望林茵和明洋。」我扶起呆看著小魔王的他們，匆匆把他們推出門：「路上小心，再見！有新消息我會立刻聯繫你們，拜拜～～～」

我迅速關上門，扶額搖頭，小魔王出現更加證實了我的話。他們的所學都跟歷史和考古有關，不知道今天他們回去後，還能不能睡著？

我再次看向客廳裡的小魔王，他真的好愛看電視啊！

我泡了一碗泡麵，正想享受之時，小魔王緩緩飛落我面前，金紅的眼睛直勾勾地盯著我的泡麵：「這是什麼？」

「泡麵？要吃嗎？」

「嗯！」他連連點頭。

我給了他一支叉子，自己再去泡一碗，客廳立刻響起「刺溜刺溜」吸泡麵的聲音。

「啊——好吃！好吃！」他開始狼吞虎嚥，含著麵對我說：「我征服這個世界後，一定要天天吃這道美食！」

我忽然想，泡麵屬於垃圾食品，而我們世界的東西對地下城的人的影響更大，所以是不是可以將它視作一種慢性毒藥？如果讓他天天吃，身體會不會越來越虛弱？

我在心裡陰險一笑，這個方法值得一試！

吃飽喝足後，絕對要來泡個泡泡浴！躺在浴缸裡的我舒服得快要睡著。

忽然「刷」的一聲，浴室的門被人打開，我立刻躲在泡泡裡，戒備地看著飛進來的小魔王。他懶洋洋地飛到抽水馬桶邊，屁股對著我，站在馬桶邊旁若無人地開始……噓……

我徹底僵硬。

嘩啦！他又鎮定地沖了馬桶，然後飛到我的浴缸邊，背對我在空中脫了身上的黑色小皮衣，然後彎腰脫掉小皮褲，胖嘟嘟的雪白屁屁像兩個大饅頭在我面前。

我驚然回神：「你想幹什麼？」

「泡澡啊～～」他懶洋洋地說，然後一頭扎進我的浴缸尾部，從泡泡中浮了出來，懶洋洋地看著我：「我現在這種身體還能幹什麼？而且我已經對妳沒興趣了，我看中了那個空姐，想封她做我的魔后。」

「隨你。」我懶得看他。

「然後把妳的男人全賜給她——」

「什麼？你敢！」我狠狠瞪他。他輕鄙地看著我：「我是魔王，誰敢違抗我的命令？男人是屬於魔后的！」

「你這什麼邏輯！你可以為你的魔后找別的男人！」

「只有人王身上有神力！」

我無語看他，拿起浴巾憤然而出！小魔王冷哼一聲，躺在泡泡之中，舒服地享受著。

我裹著浴巾，直接走出浴室，取出了紫外線手電筒一一拆開，再找來一個紙箱，綁了上去，讓手電筒的光在紙箱上彙聚。

然後，我怒氣沖沖地走回浴室，一把把小魔王從水裡抓了出來。

我在他的大叫中把他直接扔進紙箱，然後打開了紫外線手電筒。

「妳幹什麼？妳大膽！」

「妳幹什麼？」他光著身子扠腰，憤怒看我。

我也狠狠看他：「你被禁足了！」說完，我甩頭走人。

「那瀾——我要殺了妳——」他在裡面大喊。

「再喊！再喊我讓你連這點身體都沒有！」我也朝紙箱放話。

終於，裡面沒了聲音。

「那妳好歹也給我一件衣服啊！」他發出了最後的抗議。

我把毛毯往紙箱裡一扔，回房睡覺。

「能不能讓我看電視——」

我不理他。

「喂——喂——」

漸漸的，他沒了聲音，客廳裡陷入夜的寧靜。

我輕輕起身，到紙箱邊，看到了蜷縮在毛毯裡的小小身影，小屁屁露在毛毯外，黑色的小尾巴垂在一旁。

此時此刻的他又可愛得讓人心疼。我是不是真的對他太壞了？

我再次從衣櫃裡翻出了牛仔褲和T恤，裁剪起來。

第二天清晨，我關掉了紫外線手電筒，把做好的新衣服扔進紙箱，蓋在他的身上。他一下子驚醒，拿起身上的衣服，但我沒能從他臉上看到像伊森一樣興奮的神情，而是滿臉嫌棄：「這衣服真醜。」

我登時沉臉：「你說什麼？」

他身體一僵，默默地轉身，開始穿了起來。

「哼。」我冷哼一聲：「穿好衣服，我就帶你出去看看我的世界。」

「嗯。」他悶悶回應，開始了魔王繁華都市之行！

白天是最安全的時候，只要他不動用魔力，就可以在太陽下到處走。

氣勢恢宏的大商場、精品服裝店、川流不息的人群，以及四處可見的美食，都讓小魔王目瞪口呆。

我站在十字路口，到處都是參天高樓，到處都是人、人、人！

當然，在他的眼裡還有胸部、胸部、胸部！

穿T恤的胸部、穿裙子的胸部、穿套裝的胸部、內衣外穿的胸部！琳琅滿目的胸部讓他眼花繚

亂，目瞪口呆。

我不明白，明明在樓蘭古國裡也有很多胸部，為何他到了我的世界會格外喜歡這裡的女人？

我們坐在冰店的座位上，他的面前是一杯大大的冰沙，需要站起來才能吃到。但他的眼睛還是跟著女人的胸部走。

「不要盯著別人的胸部！」我嚴厲提醒。

他冷冷白我一眼：「本王看本王的，干妳什麼事？」

「樓蘭古國裡的女人胸部更大，你怎麼不看？」

「沒你們這裡大。」他說。

我疑惑了一會兒，恍然大悟：「難道是因為你變小了？」

他一怔，抽了抽眉：「是因為你們這裡的女人看上去很有魅力！」

「那倒是。我們這裡男女平等，女人可以恣意展現她們的風采，職場的白領和宮廷裡宮女的感覺肯定是不同的，那是由內而外散發出來的特殊魅力，是一種古代女人無法擁有的獨特氣質。」

「還有就是你們這裡的女人胸很挺。」他在自己胸前做了個動作。

這就是內衣的重要性。樓蘭古國女人的胸部再大，也不夠挺翹，有的還下垂。

忽然，小魔王維持那個動作不動了，正疑惑間，只聽見女生尖叫：「啊～～好可愛啊～～」

小魔王金紅的雙眸裡頓時劃過一抹壞壞的暗光，得意的模樣已然表露在臉上。嘖！我就在想他怎麼突然不動了，敢情是忙著裝可愛？

看見女人們衝過來。我雙手抱頭，又來了～～

小魔王的魅力實在可怕，居然勾來了一票有錢的女孩，強烈要求我把小魔王賣給她們，無論多少錢，甚至把她跑車的鑰匙拍在我桌上。我目瞪口呆地看著她，有錢人果然任性！

她還跟我交換了微信，要和我長期保持聯繫，甚至在我發怔時開通了小魔的微博，成為小魔的鐵粉！

有人迷明星、有人迷玩偶，如此狂熱。

起先，我並不把小魔的微博當一回事，然而當我偶爾上微博時，赫然發現他的粉絲居然過萬，還有了自己的粉絲團！

我看得目瞪口呆！

「小魔，你真的很受歡迎啊。」我指向他的微博。他啃著洋芋片，瞇起眼，忽然撲到了電腦螢幕上：「這是什麼？這又是什麼？」

「這是電腦，這叫微博。看，這裡是粉絲數量，也就是有多少人喜歡你。」

「喔～～這個很有意思。」

當他學會上網後，很快就拋棄了電視，所看的東西範圍也越來越廣。電影、電視劇……無論是國內還是國外的全看。

他學東西非常快！因為現在的電視劇下方都有字幕，所以他很快就認識字，又學會了英語、韓語、日語，驚人的學習能力只能歸功於——他不是人！

「這是哪裡？」他忽然在電腦螢幕前大呼小叫。

我瞥了一眼：「那是抗日劇。」

「我要去！」他著急地飛來飛去，像是恨不得一頭鑽入電腦：「只有戰爭可以給我提供更多的能量——」

看他那副樣子，我就生氣：「那是我們最慘痛的回憶好不好！你別想了，都結束半世紀了，現在只能看電視劇了。」

他登時面露失望，趴在螢幕上緩緩滑落，發出「嘰——」的聲音，最後癱在電腦螢幕前，屁股翹起，雙膝跪地，臉貼在螢幕：「那我怎麼恢復啊……」他痛苦得緊閉雙眸，連連捶打電腦螢幕。

看到他那個樣子，我又開始心軟：「總有機會的，不如你試試能不能把正能量變成你的能量？」我再次勸化他。

他橫眉朝我睨來：「妳不想回去見妳男人了嗎？哼！」

他冷冷哼完，從電腦螢幕前站了起來，繼續看抗日劇，一邊看一邊嘆氣，顯得相當失落。

魔王的能量來自於世界的負能量，所以戰爭像是他的主食，饑荒像是他的甜點，小吵小鬧是他的棒棒糖。在沒有發掘他的善念前，我絕對不能讓他接觸到這些，即使一丁點也不能！

我發現小魔王還是比較虛榮的，所以我開始經營他的微博。

而不知道怎麼回事，小魔粉絲團的人居然搜尋到我的手機，要求我每天更新小魔的照片。更誇張的是，我的地址也不知道怎麼洩露了出去，無數娃娃的訂製衣服寄了過來，還有人給小魔寄來了女娃娃，說要給他作伴！

天啊，為什麼全天下的有錢人都喜歡一個娃娃，不喜歡我——

讓我好嫉妒！

於是我每天的工作就是給他換上新衣服、拍照。隨著小魔人氣飆升，居然還有微博行銷找我發廣告，給我錢！

我瞬間發現了一條生財之道！

正好最近我也沒出去工作，就靠小魔來養我吧。

西裝、休閒、漢服、唐裝、和服……我每天替小魔換上各式各樣的衣服，然後拍照，上傳微博。

有人還寄來了娃娃的眼睛！

我只好說小魔的眼睛是不可卸的，結果他們寄來了假髮。

黑髮、黃髮、白髮、各式各樣的衣服、五花八門的配件，我一下子墜入了娃娃的世界。小翅膀、犄角、角色扮演服……小小的書房徹底變成了小魔的更衣室。而小魔的鐵粉千金女還替他訂做了一輛迷你跑車，是真的會跑的！

小魔王每天開著他的跑車在我家四處竄，像玩具車一樣。

「嗯，今天搭配得很不錯！」他今天穿著一身日本陰陽師的服裝，戴著黑色長假髮，手拿一把金色的小摺扇。

魔王不再是魔王了，而是一個專業的模特兒。

「你有沒有覺得這樣的日子也不錯？」我開始蠱惑他，削弱他的魔性。

他隨意看我一眼，繼續照鏡子：「是挺不錯的。」

我笑了，開始給他拍照，他今天格外配合。

「晚上你別把我放在盒子裡了，我現在的魔力傷不了妳。」他說。

我看看那個紙箱，也覺得他有點可憐。正好有人給他寄了小床來，我於是大方地說：「好，但你晚上不要出去亂走。」

「嗯。」他應了一聲。

晚上，我替他鋪好小床，朝他喊：「小魔，睡覺了。」

他黑色的身影忽然飛快掠過房門前，我疑惑地上前，卻看見他身上已經魔紋滿布，我吃驚看他：「小魔！」

「我受夠了——」他霍然揚起身後的尾巴，細細的尾巴在魔紋中拉長，剎那間變成一條魔鞭，狠狠抽過他原來的牢籠和那些紫外線手電筒。紙箱瞬間被切成兩半，手電筒也全數崩裂。

我心驚看他，原來他一直以來的慵懶只是為了讓我放鬆警惕！

魔王始終是魔王，死性不改！

「哈哈哈哈！」他撐開雙臂，仰天大笑，收回尾巴狠狠看我：「現在還有誰能阻止我？我要去吸收魔力！」說罷，他直接衝出了陽台。

「小魔！」我追出陽台，他已經徹底消失在黑夜之中，我的一顆心懸起。我到底做了什麼？我怎麼可以心軟！

那瀾，妳真是蠢透了！妳怎麼這麼禁不住誘惑？妳沒用，妳真沒用！

我抱住了頭。真應該在他身上裝個ＧＰＳ的，至少還能追蹤到他，現在他去了哪兒，我也不知道了。

難道我要在這裡等待世界末日降臨？

不行！既然魔王是我帶來的，我就要負責把他消滅！

我抓起包，拿起提款卡，買裝備去！

等我扛著裝備回來，卻看見小魔王失落地坐在餐桌上，一刻不停地吃著冰淇淋。他抱著和他身體一樣大的冰淇淋，不停地、不停地，囫圇吞棗般的吃著冰淇淋，整個房間被一種異常壓抑和悲傷的氣氛填滿。

我放下裝備，默默走到他身邊坐下：「怎麼了？」

他停下了勺子，金紅的眼睛裡漸漸泛出委屈的淚光：「為什麼……為什麼明明在網路上有那麼多人不滿，我出去後卻絲毫吸不到半點怨氣！這是為什麼——」

他舉起勺子憤怒地狂吼，積蓄了太多的憤懣與哀怨、不甘和委屈，宛如是對自己命運多舛的吶喊。

他是樓蘭古國裡最強大的魔王，可以毀天滅地，傾覆世界。

但到了我的世界後，他不僅僅被我縮成了一個娃娃，還受制於我，畏懼我的紫外線神器，這種鬱悶感，我想是無人能體會的。

猶如虎落平陽被犬欺，又像是強龍壓不過地頭蛇，再厲害的魔神也出現了水土不服的尷尬。

我不知道該用什麼言語安慰他，只能默默坐在他身邊，伸手輕拍他的後背。他埋頭再次吃起冰淇淋，一行眼淚默默地滑落。

我曾經恨他恨得要死，可是現在看到他淪落至此，早已無心再恨他。

「小魔，我們的世界現在分成現實世界和網路世界。人們在現實世界裡的怨恨憤怒或是不甘委屈，徹底發洩在網路虛擬的世界裡，也就是你看到的那些不負責任的謾罵和怨言，我們稱之為網路暴力。正因為他們在網路世界裡發洩了，在現實世界裡，他們的怒氣還能剩多少？那些在網路裡罵得最凶的人，說不定在現實世界裡是個徹底的懦夫。小魔，在我的世界好好生活吧，你看有那麼多人喜歡你，這也算是一種征服，征服了他們的愛，你已經成功了。」

他在冰淇淋桶裡別開臉：「妳滾，我不想看見妳！」

「好吧。」

我起身關上門窗，現在也不需要把他關起來了，因為他已經知道我的世界裡怨氣太少。

接下來的許多天裡，小魔總是坐在陽台上對天發呆。他自從來到我的世界，開始有了更多表情。以前的魔王臉上除了狂妄之外，什麼都沒有。

但是現在的他會難過、會深思、會發呆，還會哭泣。

看著他發呆的神情，我不由自主地聯想起最初掉到樓蘭古國的自己，那時我也常常坐在窗邊發呆，覺得迷茫、苦悶……和傷心。

我靜靜走到他身邊，拿出了一張他粉絲寄來的迪士尼門票：「你的粉絲請你去迪士尼玩，去不去？」

他呆呆地轉頭，兩眼無神，嚇了我一跳。

「……迪士尼是什麼？」

「是一個讓人可以忘記煩惱的地方。」

他一下子站起：「好，我要去！」

當然，粉絲不會白出門票，目的還是要我多多替他拍攝照片。

一出機場，尖叫聲立刻響起：「啊～～小魔～～小魔——」

不會吧？這也太瘋狂了！

女生們的尖叫讓周圍的人好奇起來，還以為是什麼明星來了。

原先我把小魔王塞在自己包裡，避免讓人看見，不然會有麻煩的！

現在我打開包，小心翼翼地拿出小魔托在手心裡，執起他的小手跟他的香港粉絲們揮手。

「大家好，大家好，小魔很高興你們能來接機。」

「啊～～小魔！」女生們激動地跳了起來。一個比較鎮定的女粉絲突然上前：「我是香港粉絲團的代表，我們已經為小魔準備好了車和酒店。」

什麼？連這都準備好了？

可惡啊啊啊啊啊！我太嫉妒了！

「我感覺到了妳的嫉妒。」耳邊響起小魔的聲音。我看著他，他依然一動不動：「很好，再強烈一點！我要，我還要！」

我一驚，立刻做了個深呼吸，微笑看著粉絲們：「真是太謝謝你們了。這樣吧，今晚就和小魔一起吃飯吧。」

「啊～～太謝謝了！小魔～～～你好可愛～～～」

我真的不明白為什麼小魔的魅力會這麼大。我也看過別人養娃娃，也有很多粉絲，但絕對不是這樣的。小魔的粉絲像是完全把他當成了活物，成了一個真正的明星。難道……因為小魔是魔王，所以有某種連他自己也不知道的吸引力存在？

沒想到迎接小魔的車是麥拉倫……我真的完完全全醉了。

我沾了小魔的光，才有高級跑車接送、能夠入住五星級酒店。

這個世界到底怎麼了？我覺得小魔王已經做到了，他已經征服了這個世界！

我忽然在想，如果我的男人們也來到這個世界，會不會也跟小魔一樣，全世界都有他們的女粉絲？

不！我絕對不要！

他們是我那瀾一個人的，我才不要跟別的女人分享！

嗯，我絕對不能讓他們來我的世界，嗯！

可愛的米奇、米妮、白雪公主、小矮人……當一個個動畫人物活生生走過我們面前時，孩子們開心了，四處都可以聽見歡樂的尖叫聲。

迪士尼總是那麼熱鬧，無論大人小孩都能在這裡獲得歡樂，忘卻煩惱。

陪伴我們兒時的童話人物也在這裡活靈活現，和遊客擁抱拍照。

我的任務是拍下小魔的迪士尼二日遊，並佐以文字。

唉，越來越覺得自己是小魔王的經紀人。

「吵死了！」小魔王在我懷裡煩躁地喊，滿園的孩子讓他非常煩躁：「為什麼會有孩子這種可怕的東西？」正抗議，一個七、八歲的小女孩跑過我面前，忽然摔了一跤，頓時痛得哭了起來：「啊～啊～～」

我趕緊上前要扶，她自己爬了起來，但真是摔疼了，還在哭，她爸媽也不知道哪兒去了。

我立刻拿出小魔王：「不哭不哭喔。」

小女孩看到小魔王，愣住了，隨即笑了：「姊姊姊姊，能給我抱抱嗎？」

「不要！」小魔王抗議的聲音傳到我耳朵裡：「我不要被孩子抱！她手上全是骯髒的眼淚——」

我揚起壞笑，直接把小魔王塞給小女孩：「拿去。」

「謝謝姊姊！哈哈哈——哈哈哈——」小女孩撐起小魔王轉圈：「姊姊姊姊，我們一起玩好不好？」

「妳爸媽呢？」

她拿起手機：「爸爸媽媽年紀大了，說玩不了，要我自己去玩，他們對我可放心了。妳陪我去玩好嗎？」

「好啊！」我一口答應。

於是，我和她一起帶著小魔王衝向樂園。

小女孩名叫慧慧，別看她只有八歲，相當懂事。

我們三個一起坐在垂直升降機上，她有點緊張，小魔王繼續保持不動。在升降機開始上升時，小魔王的眼珠往下移動，發現自己越來越高，目露疑惑。

忽的，升降機停住，小魔王挑了挑眉瞥向我，似乎在說無聊。就在這時，升降機驟然下降，所有人瞬間尖叫：「啊！」

小魔王的眼睛登時瞪大，金色的紅髮往上飛揚。直到停下時，他還是目瞪口呆，頭髮向上。

「啊——」他忽然叫了起來，拍拍翅膀飛起：「太可怕了！太可怕了！」

慧慧和周圍的人驚呆了，我立刻一把拽下他，拉起慧慧就跑。

「啊——」

「別叫了！」

我捂住小魔王的嘴，他的翅膀在身後直扇。

慧慧驚呆地看他：「他……是活的？」

「噓！」我立刻示意：「如果妳肯保密，我答應把他借給妳玩一天。」

「真的啊！」慧慧激動起來。

「不要！」小魔王立刻抓住我的衣服，我拉住他，他拽得更緊：「我不要！」

「去玩吧！」我也用力拉他。但他把我的衣領都拉大了：「小孩就該跟小孩一起玩！」

「不要！」他忽然一把抓住了我的胸部，我抽了抽眉，直接揪住他的尾巴，他頓時沒了聲音，我把他從身上扒下，放到慧慧面前：「拿去玩吧。」

「謝謝姊姊！」

於是，小魔王和小女孩童話世界的一天，開始了。

隨著我相機的「喀嚓」聲，小魔王和小女孩玩在一起的畫面不斷被記下。冥冥之中，我有種特殊的感覺，所有的一切都起於一個小女孩，或許可以讓另一個小女孩去改變魔王。

「你喜歡吃什麼呀？」慧慧拿起小勺子餵小魔王：「從現在開始，你就是王子殿下，因為受到了巫婆的詛咒，變成了一個布娃娃。」

在迪士尼飯店裡，慧慧玩起了扮家家酒。我們在這裡休息，等待慧慧的父母前來。

「而我是公主，我可以用我的吻來讓你變回王子殿下。」說著，慧慧作勢要去親小魔王，小魔王立刻揚起手：「不要親本王——」

我毫不客氣地抓起他的身體，把他的臉貼上了慧慧的嘴，小魔王的臉頓時一片慘白，沒了神采。

「不要拒絕一位可愛女孩的吻，你懂不懂？」我放下小魔王，慧慧可憐地看著他：「瀾瀾姊姊，小魔到底怎麼了？他怎麼會變成這個樣子？」

「跟妳剛才說的差不多，只是能解除他詛咒的不是吻。」

「那是什麼？」慧慧好奇地問。小魔王急急用餐巾紙擦自己的臉。

我想了想：「大概是眼淚吧。」

「眼淚？」慧慧想了想，忽然哭了起來：「嗚！嗚！」

小魔王心煩地看著她，他最怕小孩子哭。

我著急起來：「慧慧，妳哭什麼？」

慧慧一邊使勁哭，一邊說：「姊姊不是說解除小魔的詛咒是眼淚嗎……嗚……嗚……」

忽然，時間像是靜止了，小魔王怔怔看著這個為他哭泣的女孩，世界變得異常寧靜，只有慧慧的淚水滴落心湖的聲音。

我恍惚看到了希望，改變魔王的希望。

滴答！小魔王金紅的眸光在慧慧的淚水中微微顫動。

「慧慧！」驚呼聲傳來，跑來了一男一女，慌張地看她：「妳沒事吧？是不是身體哪裡不舒服？」

慧慧搖搖頭：「沒有。」

我尷尬地看著她：「慧慧，別哭了，沒用的。」

慧慧擦乾了眼淚，看著小魔：「小魔，我要走了，對不起，不能幫你解除詛咒。」

小魔一動不動地呆呆看她。

慧慧朝我揮揮手，戀戀不捨地看著小魔，隨自己的父母遠去。

小魔王仍然不動，即使四下無人也是。

我抬手拍在他的頭上。他低下頭：「小孩真討厭！我討厭他們的純真善良，他們整天到底在開心什麼？他們在哪裡，哪裡就有快樂，大人的怨恨和煩惱也會越來越少，讓我無處汲取能量！我不要在這個鬼地方看到笑臉！」

我抿抿唇：「那……摩天輪還要不要玩啊？」

「要！」

他立刻跳起，雙眸閃閃發亮，完全沒了剛才的陰沉，只有像孩子一樣的期盼。

前一刻，他還在抱怨不要待在這個鬼地方，下一刻卻又立刻吵著鬧著要去玩那些刺激的遊戲。呵呵，小魔王越來越像個小孩子了。

晚上回到房間，我和他都徹底癱在大大的床上。

「小魔，其實你真的已經征服這個世界了。」我再次蠱惑他：「你看，征服世界不一定要用武力的。」

他瞥眸看看我：「妳說的……好像有點道理。」

「那就說定了，你別再鬧了啊。」

我笑著去浴室，放上滿滿一浴缸的熱水，終於可以好好放鬆一下。

可衣服剛脫到一半，就聽見「撲通」一聲，立刻濺了我一身泡泡，然後就看見一團圓滾滾的小屁股浮出水面，舒服地上下浮沉。

我眨了眨眼，毫不猶豫地拿出相機「喀嚓喀嚓」。

他也極為配合地浮出水面，擺出各種風騷的姿勢。

「記得把泡沫修一下，不要擋住本王的臉！」他還認真交代：「本王要征服更多人來崇拜。哈哈哈——哈哈哈哈哈——」整個浴室都是他誇張的大笑聲。

結束迪士尼之行後，小魔王的沐浴照果然讓他的人氣暴增，從幾十萬粉絲增加到上百萬。他抬手戳泡泡的照片更是被轉貼幾十萬次，瞬間被電視台關注，竟然發來要採訪小魔的邀請函！

我吃驚地看著邀請函，這可是國內知名娛樂電視台的黃金檔娛樂節目！小魔真是太強了！邀請函上面還說請我儘快與他們電話聯繫，好確定結果以及行程。

我把邀請函點給小魔王看，激動地問：「小魔，電視台要採訪你，你去不去？」

小魔王無聊地喝著可樂，打了個嗝：「嗝～～採訪是什麼啊？」

我立刻打開這個台的娛樂節目：「就是這個，到時會有更多人看到你，關注你，崇拜你！」

當聽到崇拜兩字，小魔王金紅的眼睛立刻閃了閃，小小的身體飛到空中，單手扠腰，右手揮舞向前：「很好！我要征服全人類！」

「沒錯！」

我在他的大吼中也激動起來，看著他在空中信誓旦旦的小小身體，喊著征服全人類的宣言，我發覺他身上的魔性正在慢慢減少，那是一種感覺，我們的魔王正變得懶散而頹廢，並被明星的光環漸漸侵蝕。如果是常人，這肯定不是好事情，但是在魔王身上，恰好成了一種中和劑，中和了他身上的魔性，把他從嗜血好戰之中遷移到一種對虛名的渴望。

正像我說的，你粉絲的增加也是一種征服的方式。我的蠱惑起到了作用，一個追求虛名的魔王，總好過一個想要破壞世界、毀滅世界的魔王。

我很快和電視台的製片人取得聯繫，沒想到對方也是個腐女，還是小魔的粉絲，所以相談甚歡，很快就確定了行程安排，我只要帶著小魔和他的幾套衣服去就可以。她對小魔能參加節目表達出極大的歡迎。

因為這次推出的主題是人形娃娃，娃娃的主人可以不露面，我選擇戴面具。這個節目在大陸非常有影響力，我擔心熟人認出我，失蹤的那瀾又回來了！這會變得很麻煩，既然我在這個世界已經死去，就不希望打破屬於我的一點寧靜。

在後台，大家都在梳理自己的娃娃，非常地專業，小心翼翼地呵護。不像我，把小魔王帶來帶去，都是隨意地往包裡一塞！

他們有專為娃娃訂做的盒子，像是琴盒一樣小心翼翼地保護著自己心愛的娃娃。而他們看娃娃的眼神真的像對待自己的孩子，充滿了珍愛。

娃娃的主人甚至還有男生！

他們認真仔細、一絲不苟地開始給自己的娃娃上妝、畫指甲、梳頭髮，感覺真的好詭異！不知為何，我全身都起雞皮疙瘩了！

看著這些娃娃主人那麼珍愛自己的娃娃，我都不好意思把小魔王從包裡拿出來了，他們一定會用嫌棄的目光看我的。

我拖著小魔王的服裝箱，偷偷躲進廁所裡，這才把小魔王拿了出來。

「我快悶死了！」他一出來就強烈抗議：「這什麼鬼地方？啊，這是女廁！妳怎麼把我帶進女廁了？真噁心！」

「別吵！再吵就把你塞進馬桶裡！」我凶狠地說。

「妳敢！」小魔王身上金紅的魔紋立刻閃現，現在在室內，他不怕了。

我也不敢大意，掏出紫外線手電筒。他一愣，以一種近乎想死的表情扶額：「妳怎麼連這個都不離身啊！」

我白了他一眼：「雖然你現在一直很乖，但我怎麼知道你是不是裝的？」

他身上的魔紋漸漸褪去，一邊揉著太陽穴，一邊咬牙切齒地說：「我恨妳！」

我笑了：「不錯啊，知道恨是什麼感覺啦！你自從來到這個世界後，情感越來越豐富了，今晚也要好好表現喔～」我抬手捏他的臉。

「不准妳碰我！」他憤怒地把我的手打開，飛到半空：「今晚我就要宣告天下！我要征服這個世界——」

忽然，我聽到高跟鞋聲，立刻抓住小魔王小小的腳，一把扯落。

「妳……！」

「噓！」我捂住他的嘴，從門縫裡看到了高跟鞋，歡笑聲也隨即傳來。

「今天的節目真讓人期待！」

「是啊，小魔來了，真讓人好激動！」

「妳喜歡小魔什麼？」

「什麼都喜歡！」

我放開了小魔王的嘴，他洋洋得意。

「小魔就像真的，不像其他娃娃，無論做得再真，還是感覺得出是假的。」

「是啊是啊！你看了粉絲後援團裡的報告了沒？上次接小魔的香港粉絲代表，說跟小魔合影時，明顯感覺到小魔是有體溫的！」

我一愣，這點我倒真沒留意。

「啊～～好羨慕她們啊。」

「羨慕什麼？今晚我們也能摸到了，別忘了，我們可是工作人員。」

「哈哈哈～～真的好期待啊，就要見到我的小魔了。」

兩個工作人員漸漸離開，我從門裡走出，看了看，把小魔放到鏡子前：「看，大家真的很喜歡你。」

「哼，那是當然！」小魔揚起自己的尾巴：「本王英俊瀟灑、魅力非凡！哈哈哈！」

我受不了地搖搖頭，真是個臭美的魔王。

「走吧，馬上要開始了，記住，別說話，不然會嚇到你的粉絲的。你希望她們看你的目光是像樓蘭古國裡的人一樣害怕嗎？」

小魔王看著鏡子裡的我，怔住了。他金紅色的瞳仁閃了閃，緩緩收起身後的小翅膀，摸了摸下巴，點點頭：「嗯，看來我還是不要嚇壞她們比較好。」

我看著鏡子裡的他而笑，魔王變得成熟了。

當音樂響起，我和其他娃娃玩家一起站在入場處，他們也戴著面具，讓他們的娃娃成為今天的主角。

每個娃娃今天都精心打扮，有的身穿漢服、有的身穿西裝、有的白衣飄飄、有的性感妖豔。

小魔王今天穿的是一件黑色皮風衣，配上那頭金紅的長髮，酷勁十足！再加上身後的小翅膀，讓他更像是吸血鬼王重生！

「下面有請我們的娃娃們！」

立時，外面尖叫聲起，面前的ＬＥＤ門緩緩打開，大家依序而出，每一次都能引起尖叫聲。

終於，輪到我們了。

我看向小魔：「小魔，輪到我們了。記住，不能動。」

「煩死了！」他白了我一眼，我抱起他，踏上台階，整個攝影棚頓時響起了尖叫聲。

「啊———小魔！小魔！小魔！小魔！」

小魔王在斑斕閃爍的舞台燈中發怔。我輕輕笑道：「被人喜歡和被人恐懼，你喜歡哪個？」或者應該說，被人愛和被人恨，魔王你更喜歡哪個？

我們在音樂聲中踏出腳步。帥氣的主持人連連驚呼，打趣道：「今晚我們似乎被人搶盡鋒頭了。」

大家笑了起來。

「小魔！小魔！小魔！」一直到音樂停止，四周的呼喊聲依然不斷，主持人們立刻揚手，大喊：「噓———」

大家終於安靜下來，但還是不停給小魔拍照。

主持人好奇地看著我：「據我所知，小魔現在應該是個最有人氣的娃娃，妳能告訴我，他到底跟別的娃娃有何不同之處嗎？」

「首先，他很真實。你們看，他是沒有關節的。」

我抬起小魔的小手，主持人們圍了上來，嘆為觀止。

「咦？他真的沒關節耶！」

「小六，你看，他的皮膚比你還好！」

「喔！請問小魔，你用的是什麼保養品？」

「哈哈哈……」

大家大笑起來。

「大家好，我是小魔。」小魔忽然說話了，我登時全身僵硬！

與此同時，主持人和在場的每個人都目瞪口呆！

整個攝影棚像是時間凍結，全體定格！

眾人不知呆了多久才逐漸回神。

主持人抹抹汗，乾笑：「他、他還會說話？」

我也不知道該露出什麼表情，只好僵硬地笑道：「如果我說我會腹語，你們信不信？」

主持人定格三秒，登時笑了。

「腹語啊，早說嘛！」

「不對啊！妳的腹語怎麼是個男人的聲音？」

我笑了起來：「其實小魔安裝了智慧語音系統，所以他不僅僅是個娃娃，更是一件高科技產品！」

我把小魔高高舉起，小魔的翅膀也動了起來，我繼續保持笑容：「看！他的翅膀也是會動的！」

全場登時沸騰了。

「啊——小魔！小魔！小魔！」

呼……我終於鬆了口氣，算是用高科技唬弄過去了。但是由此可見，魔王的表現欲正在膨脹。後來，整個錄製總算順利完成，還真是有驚無險。娃娃玩家們想到後台與我交流，我只好找了個理由匆匆離開。太危險了！如果真的被人發現小魔的祕密，後果不堪設想！

回到飯店，我終於忍不住大喝：「你知道剛才有多危險嗎？」

小魔王飛上大床，百無聊賴地白了我一眼：「能有多危險？本王可是魔王！」

「但你現在沒有魔力了！」我的這聲大喝讓他一怔。我著急看他：「如果你被人抓去研究、解剖該怎麼辦？」

我擔憂地望著他，他坐在床上愣了一會兒，金紅的眼睛忽然顯得有些憤怒：「哼！妳是擔心我死了不能回去見妳的男人們吧？」

「是，我想回去！但這段日子你不開心嗎？你不喜歡被人這樣愛著、疼著、崇拜著的感覺嗎？我原以為我們或許能漸漸成為朋友，我知道自己沒有能力改變你，但我希望能借用她們對你的愛來感化你。現在你真的還想毀滅這個世界，連同那些愛著你的粉絲一起毀滅嗎？」

他在我的反問中再次愣怔，金紅的眼睛睜到最大，裡面是顫顫的眸光。雪亮通透的眼睛像是世界上最美的貓眼寶石。

我真摯而焦灼地看著他：「難道你真的更喜歡被人用恐懼的目光看著，看見你就害怕得到處躲藏嗎？難道你真的一點也不痴迷於那些性感女人歡喜地抱著你的那種感覺嗎？難道真的是我那濫太天真了，自以為可以改變你嗎？」

我難過地說完後，坐在床邊陷入沉默，整個房間因此變得安靜無比。

我嘆了口氣：「即便你留戀女人的大胸，也好過你想毀滅這個世界……」

我已經做了自己所能做的一切，難道真的是我太天真了？魔王是無法改變的，只能被消滅嗎？但他已經成了我生活的一部分，我無法狠心消滅他。

他喜歡拍照、喜歡臭美、喜歡黑色、喜歡ＸＢＯＸ、喜歡大胸、喜歡泡泡浴、喜歡《魔戒》、喜歡冰淇淋、喜歡可樂，凡是垃圾食品他都喜歡。我不知道是不是我最初想用垃圾食品來讓他慢性中毒的計畫成功了，至少他現在的魔性確實比之前少了很多。

那是一種說不上來的感覺，肉眼也無法辨視，但我真的感覺到了。

「我喜歡大胸。」他忽然說。

我一怔，他慢慢飛到我面前，貼在了我柔軟的胸部上，我頓時全身僵硬。

「嗯，妳的不夠大，我不喜歡。」說完，他離開我身前，我白了他一眼：「去死吧！」

他雙手放到腦後，開始在空氣裡滾來滾去：「有沒有粉絲見面會啊～～我想摸大胸～～女人的大胸啊～～～」

我愣愣看他，終於笑了。

他停了下來，懸停在空中：「妳如果想回去，還是得讓我吸取人類的怨氣，恢復魔力。」

我看著他忽然認真的神情，心裡開始矛盾。此刻的他到底有沒有改變？如果他恢復魔力，又要摧毀世界怎麼辦？

我可不希望自己和他變成超人力霸王與怪獸一樣，把這個世界打得七零八落。

就在我猶豫時，手機忽然響了，是一個陌生的號碼。

最近陌生號碼多，我也習慣了。

我接起手機，小魔開始臭美地甩頭髮：「如果是採訪必須要是大網站，小記者我一律不見。」一副明星的派頭。

「喂，是那瀾小姐嗎？」對面傳來有些疲憊的聲音，讓我有些發愣：「是，我是。您是……」

「您好，還記得上次跟您在迪士尼一起玩的慧慧嗎？」

「啊！記得記得。您是……」

「我是慧慧的媽媽。」

我開心起來：「妳好！慧慧好嗎？」

「慧慧她……」她的語氣變得十分低落：「那瀾小姐，我有個請求，能請您和小魔來看看慧慧嗎？慧慧她快不行了……」哽咽的聲音開始顫抖，那一刻，我的大腦也變得一片空白。

「怎麼會？我們在迪士尼時，慧慧不是……」

「那時慧慧其實已經病重了——」慧慧的母親深吸一口氣，似乎讓自己平靜，但聲音還是不自主地顫抖：「醫生說她最多只能活一個月，我和她爸爸只想滿足孩子的心願，去一趟迪士尼，順便到香港看看有沒有救她的希望。可是……」

手機那邊再次傳來哽咽的聲音，對面陷入一片安靜，那是一種宛如整個世界都被吸走似的寂靜，我在這片讓人心痛的靜默中也開始落淚。

為什麼會這樣？上天為什麼要這樣對待一個那麼善良的孩子？

「怎麼啦？」小魔王看見我落淚，不由一愣，伸手接下我眼角的淚水，呆呆注視。

「對不起。」沉寂許久之後，對面再次傳來哽咽的聲音：「我知道這個要求有點過分。」

「不，不，一點都不過分！我們明天就過去！」

「謝謝！真的謝謝……」

耳邊是一位母親痛哭的聲音，我的心也在那無助的哭聲中變得沉重無比。

我無法接受一個曾經和我們一起玩耍，笑得那樣天真燦爛，只因我說解除小魔詛咒的關鍵是眼淚，就會單純哭泣的女孩，正在遭受病痛的折磨，不久人世。

小魔王緩緩飛落我的雙腿，抬起胖嘟嘟的臉看我：「到底是怎麼了？」

我沉重地看著他像是小孩般懵懂無知的臉，說：「慧慧生病了，我們要去看她。」

「不去！」小魔王心煩地揮揮手：「我見到小孩就煩。要去妳去，我不去！」

他飛到櫥櫃上，拿出了一包洋芋片。

我氣到極點，但他還是魔王，怎麼可能知道傷心難過是什麼感覺？

我拿起平板，找出了他和慧慧的照片，狠狠放到他面前：「你看看！你好好看看！」

啪！我把平板擺在一旁的桌子上，開始播放他與慧慧一起玩耍的照片，我將那些照片做成了MV，他們一起玩海盜船、一起尖叫、一起趴在摩天輪的玻璃上，好奇地看著這個世界，一起吃冰淇淋、啃熱狗。天意使然，我居然把和他們相處的每一點每一滴記錄在相機裡。

小魔王愣愣看著，螢幕的光芒在他臉上閃耀。

我躺倒在床上，整個房間變得安靜無比，沒有小魔王吃洋芋片的聲音，只有那一閃一閃的螢幕。

第二天，有人一直拍我的臉。

「醒醒！快醒醒！」

我緩緩醒來，眼前懸浮著小魔。

「起來了！不是說要去看那個小姑娘嗎？」

我一愣，他從我眼前飛離，我立刻起身，他已經提起了我的包，飛在空中。那一刻，我笑了，立刻背起包，和小魔前往慧慧的城市。

經過長途的跋涉後，我們終於站在了醫院的門口，還沒進去就傳來了爭吵聲。

「你們護士態度怎麼那麼差！一問三不知還做什麼護士？」一個女人氣急敗壞地喊，櫃檯裡的護士躲在醫生身後，一聲不吭。

「吸——」忽然，小魔王在我懷抱裡深深一吸，我的心頓時開始發沉。「好地方，好地方啊！哈哈哈！悲傷、憤怒、怨恨和委屈，我感受了極大的能量！」

我立刻抱起他：「還是先去看看慧慧吧。」我抱起他就跑。我會不會做錯了？不應該帶他來這裡的。

一直以來，我總是小心謹慎地選擇讓他去的地方，就怕被他聞到一丁點的負能量。雖然到處都會有些零星的爭吵，但因為畢竟是少數，他根本提不起精神。然而這裡是醫院，雖然有人能好起來，但

更多的人心情是煩躁的，只要一丁點的火花就能引發口角。

我匆匆帶他離開吵架之處，來到了安靜的ＩＣＵ病房。我怎麼也想不到，時光流逝，我再見慧慧時，她卻躺在ＩＣＵ裡。

慧慧的爸媽看到我，面露感激和吃驚。

「謝謝妳，那瀾小姐，謝謝妳能來看慧慧。」慧慧的媽媽比我上次看到時更加消瘦了。

小魔隔著玻璃窗看著裡面的慧慧，不發一語。

「醫生說，慧慧可能熬不過今晚了。」

我難過地看著慧慧：「我想進去。」

我換上消毒過的衣服，戴上帽子和口罩，把小魔放在外衣的口袋裡，緩緩進入了安靜的ＩＣＵ。

病床上的慧慧戴著氧氣罩，虛弱地呼吸著，小小的生命正在一點一點逝去。鼻子開始發酸，眼淚已經流出了眼睛。

「慧慧，小魔來看妳了。」我握住了慧慧冰涼無力的小手：「小魔，妳也跟慧慧告別一下。」我把小魔拿出，放在慧慧的臉邊，慧慧的父母隔著玻璃，再次落淚。

小魔靜靜看著慧慧，面色嚴肅而緊繃，忽然直接飛了起來。我吃驚地看著他，慧慧的爸媽也呆立原地。

「小魔，你幹嘛？」我想拉住他的腿，他立時飛高，瞪圓了金紅的眼睛，似乎極其憤怒：「妳為什麼不早點帶我來這裡？」他憤怒地朝我大吼：「我明白了，妳是故意的！妳知道這裡有我的能量，不想讓我恢復！」

我也憤然起身：「你真的忍心嗎？你真的好意思吸取像慧慧這樣無數孩子的家人的哀傷和悲痛嗎？你真的忍心嗎？魔王！」

他在我哽咽的質問中瞇緊眸光，突然轉身飛了出去，我趕緊追了上去！

他飛過驚呆的慧慧父母的身邊。我抓起包，取出手電筒立刻緊追。他的速度極快！一下子飛進安全梯，盤旋而上！

我在後面一路急追，跑上一層一層樓梯，但依然沒有他飛得快。在我追到十二樓時，上方倏然落下耀眼的金紅光芒，我的心頓時一緊。趕緊跑了上去。

眼前的魔王在天台門口，渾身的魔光開始滾動，猛烈的颶風在他身旁捲起，讓我無法靠近。黑色的氣體不斷從四周而來，朝他而去，掠過我的身體，彷彿一股陰冷的寒風。那一刻，我聽到了刺耳的痛苦聲響。

「老婆……我還不想死……」

「醫生……求求你救救我的孩子……」

「你們醫生怎麼看病的！你們怎麼把人給看死了！快把人還給我！還給我──」

「媽──媽──啊──」

「那個孩子血管真的很細，我真的看不清楚……他們怎麼打我……我真的好委屈……」

「我再也不想做醫生了！醫好了是應該，醫不好就被人罵、被人打！我們是醫生！不是神──」

黑氣化作巨大的黑暗將小魔王吞沒，我朝他漸漸消失的身體伸去：「魔王！不要！」

倏然，黑暗的力量被巨大的吸力吸走，他再次出現，撐開雙臂不斷吸入那黑暗的力量，全身金紅

的魔紋如同岩漿一般滾動！

我知道為時已晚，立刻拿出手電筒，倏然一條黑色的物體飛速而來，捲住了我的手電筒——是他的尾巴！

我吃驚之時，他那條有力的尾巴狠狠捲起我的手電筒甩了出去。然後，他黑色的身影就極快地掠過我身旁又朝下疾飛而去。

「魔王！」我立刻再追了下去！

我又追了他十幾樓，他飛出了樓梯，我追了出去，看見他黑色的身影直衝慧慧的ＩＣＵ病房。

他不會還要吸靈魂吧？

我心驚地追回ＩＣＵ，慧慧的爸媽仍目瞪口呆地站著。

我推開ＩＣＵ的門衝了進去，金紅的魔光忽然爆發，我一時睜不開眼睛。

我來不及多想，立刻運起身體裡的神力，手中金光立時開始閃耀。在我準備推出時，卻看見一縷可怖的，噁心的由無數黑色細小顆粒形成的物體正從慧慧口中而出，進入小魔王的口中。

我呆立在病床邊，手中的金光也漸漸收回。

慧慧的臉上開始浮現生氣，旁邊的儀器也開始跳動，現出了正常人的體徵。

我吃驚地看著小魔王，他的身體卻在慢慢剝落。

為什麼？

明明這裡沒有陽光，他的身體仍不停地剝落，白金色的光從他不斷剝落的身體裡透出，將他小小的身體刺出了一個又一個洞。

「小魔！」

我的心痛了起來，我知道那不是正常的現象！

黑色可怖的物體從慧慧口中徹底離開，慧慧緩緩睜開了眼睛。看見小魔的那一刻，她開心地坐起：「小魔！你怎麼來了？咦？你怎麼全身冒光？真好看。」她好奇地看他。

小魔王平靜地看她：「因為我的詛咒解除了。再見了，慧慧。」

「不要！」我朝小魔王撲去，抓住他的小手，他卻徹底破碎在我的手中，化作點點金光，消失在了空氣之中。

我的心……很疼。

我明明曾經那麼討厭他、憎恨他。可是在此刻，我真的為他的消失感到心痛，眼淚從眼角落下，心情難以言喻。

「那瀾姊姊，妳別哭，小魔的詛咒解除了，我們應該為他高興。」慧慧開心地說著。我擦去眼淚，揚起微笑，抱住了她。

小魔，原來你吸取力量是為了救慧慧。

謝謝你……小魔。

「慧慧！」

伴隨著驚呼聲，慧慧的父母衝了進來，激動地抱住慧慧，相擁而泣。

這一天，這個醫院發生了奇怪的現象。

吵架的病人忽然不吵了，病床上痛苦的病人忽然都痊癒了。

小魔吸走了這間醫院所有的戾氣、怨氣、悲傷和痛苦，帶走了所有的病痛，成為這家醫院最神奇的一件事。

我帶著一身疲憊，再次回到家裡，一切回歸了正常。房內再也沒有小魔飛來飛去的身影，沙發上也沒了那個整天吃著洋芋片、喝著可樂、看著電視的小人。

桌上還有著堆積如山、還沒吃的泡麵，書房裡是所有他穿過和沒穿過的衣服。

我的心變得空蕩蕩的。失去了小魔，我該怎麼回去？

「用妳的心。」耳邊忽然傳來尉遲法空靈的聲音，我吃驚站起，看向四周：「尉遲法！」

「那瀾，妳就是鑰匙，打開任意一扇門回來——」

我吃驚地站了一會兒，看到緊緊關閉的房門，於是緩緩走向它，握住了門把，閉上眼睛：「樓蘭神祕的力量啊，我現在想回到你的懷抱裡，請讓我回去吧……」

手中傳來熟悉的刺痛，我睜開眼睛，看到樓蘭的神紋正迅速地攀上我的手臂，一朵朵白金色的蓮花綻放在我的手臂上，卻沒有遍及我的全身，而是在抵達我的肩膀後便停住了！

我恍然明白了什麼，緩緩轉動眼前的門把，輕輕推開，刺目的光芒立刻朝我撲來，我漸漸看清了眼前的景象——居然是神殿！

我吃驚地走進去，關上了門，門在身後消失不見。我的心裡又驚又喜，看向布滿神紋的手臂，終於找到了力量真正的用處。我布滿花紋的手臂，不正像一把精美的鑰匙嗎？

「神力用得可適應嗎？」尉遲法的聲音從我身後傳來。我驚喜轉身，他俊美的容顏差點閃瞎我的眼睛！

我立刻點頭：「還好！」

他微笑點頭，容貌和魔王一模一樣，但慈善的目光和溫柔的微笑令人心醉。被神光籠罩、如同染上日月光芒色澤的長髮，在他身後輕輕飛揚。

「謝謝妳喚醒了我。」他溫柔地注視我，暖暖的目光讓我罕見地臉紅心跳起來。

我立刻問他：「那魔王呢？」

他緩緩抬起手，指向心裡：「還在這裡。」說著，他輕輕從心口抽出了一縷黑氣，放開時，黑氣驟然變成了小魔王。

他雙手環胸飛在空中，鼓著臉看我：「我恨妳！」

我呆呆看他，再看尉遲法：「他不是你的怨氣嗎？」

尉遲法微笑點頭：「原先是的。但妳給了他生命，讓他有了情感，他已經是一個完整的靈魂了，他現在就像是我的孩子。」尉遲法伸出單手，小魔王落在他的手心裡：「父親，我想去那瀾的世界。我現在是那裡的明星，我走了，我的粉絲會想念我的。」

我抽了抽眉，這小子果然還是放不下那裡的一切啊。

尉遲法溫柔而笑：「嗯，去吧，去做你想做的事。」

「謝謝父親！」小魔王壞壞地笑了起來，他居然笑了！

尉遲法再次落眸看我：「那瀾，謝謝妳讓我看到了外面的世界，是我太過執著善惡了。但樓蘭人民不能去妳的世界，他們就像籠中鳥，已經習慣了這個世界，而且……妳的世界空氣似乎很差喔。」

「那倒是，說到環境保護，還是你的世界好。」

他笑了，我的誇讚讓他身上的神光越發閃亮：「我不能打亂兩個世界的平衡和秩序，會給大天神添麻煩的。小魔就麻煩妳看管了，別讓他在妳的世界亂來。」

他放落手心，小魔從他手心裡飛起，飛到我面前，忽然壞壞一笑，然後落到我的懷抱裡。

我忍不住問：「神王，我到底是不是闍梨香？」

他凝眸注視我好久好久，宛如看了我整整幾個世界那麼悠長。

「是。」他說。

我變得不解：「那為何我來自外面？」

他的眸光變得哀傷：「香兒死後依然很痛苦，因為她是被自己曾經愛過的男人們所殺死，所以不想再留在這個世界，我便送她離開。之後，我陷入了沉睡。」

果然魔王是從那個時候孕育誕生的。

被自己的愛人所殺，我可以體會闍梨香的痛苦。

幸好我轉世了，什麼都不記得了。痛苦也隨之抹去，讓我可以重新和靈川他們相愛。

「去和他們團聚吧，他們已經在等妳了……」

話音從他口中而出，神光徹底吞沒了我，刺目的神光之中，我隱約看到了幾個身影。

「不能讓他們看到我這個樣子，太丟人了！」

懷抱中的小魔越發縮小，然後鑽入了我衣服的帽子裡，躲了起來。

神光漸漸淡去，我看清了那些身影——是他們，是我的男人們！

「那瀾！」

「瀾兒！」

「瘋女人！」

「女王大人！」

當一聲聲熟悉呼喚傳來時，他們一起跑向了我，我們緊緊相擁在聖光之門廣場中心的圖騰上。

「結束了，一切都結束了。」

我在他們的懷抱中說著，他們笑了起來，和我繼續緊緊團抱，誰都沒有放開誰，一直抱了很久很久。

而在他們之外，我看到了玉音、鄯善、伏色魔耶，以及深深注視我的涅梵。

我和他們又會怎樣呢？

或許，時間會告訴我們答案。

「快把我的美瞳拿來！」

小魔王大聲命令我。我狠狠地白了他一眼，他現在真的做了明星！是真正的明星！

在某一天，他突然在小魔的微博裡放出自己的真人照，並說明小魔是按他的原形來做的！整個世界瞬間轟動了，簡直像是原子彈爆炸！

唉，怎能不轟動？這個以貌取人的世界。

他開始在小魔和原本的姿態間來回變身，成了真正的明星！還想徹底霸占我的時間，做他的經紀人……怎麼可能？

首先，我的男人們就不同意。

但小魔不知道的是，他做明星其實是有錢的！

這些錢自然而然地流入了我的荷包，嘿嘿嘿嘿。

說起來，其實我還真是有點不厚道，用小魔賺來的錢養我和我的男人們。

不過小魔還是需要助理和經紀人的，於是我給他找了兩個助理——明洋和林茵。

因為他們和我一樣來自另一個世界，當他們離開樓蘭古城、回到自己的世界時，會發生逆同化現象，我稱之為兩棲。

然而只要回到樓蘭古城，詛咒之紋又會出現。

明洋和自己的母親相見後，羞愧難當，也察覺到自己的幼稚。他變得成熟起來，把自己的母親接回了樓蘭古城，因為那裡很美。

靈川把明洋父親的屍體從冰川中取出。沒想到當冰川融化時，明洋的父親居然活了！原來靈都的冰川冷凍了明洋的父親，把他的時間徹底定格在那一刻。

明洋一家終於團聚，明洋也再次變回我最初認識的那個溫和的鄰家大哥哥。

林茵的父母也搬入樓蘭古城，一直生長在大都市裡的人是無法抗拒另一個神奇世界的吸引的。

同理，靈川他們也同時對我的世界充滿好奇。可是我不能讓他們幾個人同時去，我看不住啊，場面會很混亂的！

於是，嘿嘿嘿嘿……

我穿著一身女皇的華服，高傲地坐在王椅之上，下面是等著去我世界探險的靈川、修、安歌、安羽和伊森。

靈川的神情一如往常地平靜，但從他分外平靜的眸光中，我可以感覺到他今天志在必得！

安歌和安羽依然貼在一起，如同一面鏡子放在他們之間，安歌右唇角、安羽左唇角揚起，瞥向眾人時，銀瞳裡殺氣四射。

修陰沉地抱緊亞夫仙人球，同樣陰沉地看向其他三人，宛如在說第一肯定是我的。

只有伊森一如往常地激動，在空中飛來飛去：「開始了嗎？開始了嗎？」

玉音、伏色魔耶和涅梵非常焦躁和嫉妒地看著他們，因為他們身上的神紋還沒有消除，即使我帶

他們去，也不能離開房間。

鄀善微笑地看著充滿怨氣的三人，抿唇偷笑。

「把罐子拿來。」

我一聲命令，摩恩壞笑地飛落，放落一個陶罐，當初他們就是讓我在這種陶罐裡抽籤，那可是我這輩子的奇恥大辱！

靈川他們看到陶罐，頓時一怔。與此同時，涅梵他們反而露出了幸災樂禍的笑意。

「那瀾，這……不好吧。」安歌溫柔地笑看我，安羽挑眉看陶罐，滿眼鬱悶。

「我覺得很好啊。抽籤，看你們自己運氣。」我踐踐地用手點點陶罐：「別不滿，還有人去不成呢。」

涅梵立刻沉下臉。

「就是～～別身在福中不知福～～」玉音也酸溜溜地白了他們幾眼。

「嗯，真是讓人火大！」

伏色魔耶雙手放在膝蓋上，火紅的頭髮都快燒了起來。他灼灼盯著我，像是在憤怒自己到底怎樣才能愛上我，然後解除詛咒。

喂喂喂，你還有塞月呢！我男人夠多了，擠不下。

「抽吧。」鄀善微笑地說：「記得給我帶禮物回來。」

「我先來。」靈川做了決定，手伸入陶罐。

「我來！」修也湊過來，和靈川一起拿出了兩粒金豆。

安歌和安羽彼此看了一眼，也紛紛上前，各自取出一顆金豆。

伊森飛落罐沿：「最後一顆是我的，你們快看看是多少？」

四個男人相視一眼，紛紛打開。

靈川平靜的眸中立時掠過一抹喜色：「我是1。」隨即補了一刀：「以後家中輩分也按此來排。」

「什麼？靈川，你太狡猾了！」安羽第一個不服：「你因為抽到了1才這麼說，太過分了！」

安歌立刻攔住安羽：「小羽，算了，就當讓讓老年人。」

靈川沉靜的眸中頓時劃過一抹寒光。

「噗。」我忍不住噴笑，卻馬上感到森森的寒意從靈川那裡而來，於是趕緊收住笑容看向別處，正好看到玉音嫵媚的笑容：「那瀾親愛的～～妳以後可怎麼端平這碗水啊～～」

是啊……唉……

「我是3。」安歌打開了手中的金豆，看向安羽，安羽也取出金豆：「我是4。」

一旁修的神色已然不悅：「我是5。」

「我是2！」伊森開心地飛起：「我是2！」

你的確夠白痴，連抽籤都能抽到2。

我沉了沉臉：「好，那我就按這順序依次帶你們上去，其他人在家好好管理八國，不准吵架！」

「是……女王陛下……」

我傲然站起，仰頭而笑。我那瀾，再次成為樓蘭女王！

為了帶男人們來到我的世界，我事先做了很多準備。

首先，我用小魔掙來的錢買了豪宅，美其名說是給他買的，他是明星了，不可能住在我的窩。

小魔對豪宅非常滿意，巨大的豪宅偏僻安靜，更有無數間房間。裝潢時，我請設計師做了風格迥異的八扇門，當然，他不能理解這些門的用處，尤其這八扇門是在一個獨立的玻璃房內圍成一個圈，地面上是我按照聖光之門中心廣場的圓形圖騰繪成的畫。

八扇門直接通往八國宮殿的八個房間，讓我來去方便。

第一個帶上來的是靈川，他瞬間跟小魔較上了勁！

那樣一個沉靜的男子，在學會這個世界的知識後，卻想跟小魔的人氣爭個高下！

我忽然想起靈川據說是樓蘭第一美男子，所以他也想做這個世界的第一美男子嗎？

我所憂慮的事情果然還是發生了！

但那是靈川決定的事，沒人能改變。在他還沒跟小魔分出高下時，他是不會罷手的！

他獨特的氣度和那無與倫比的容貌很快讓他成為了明星，擁有了千萬粉絲。看到那些女人在留言裡喊著老公老公，我感覺自己快崩潰了。

於是，在帶其他人上來前，我先警告他們不准拋頭露面做明星！

可是，他們上來後，也各自有了嗜好！

安歌和安羽迷上了網路遊戲，還有了自己的隊伍，甚至到全世界去比賽！我後悔得只想剁手！我為什麼要把他們帶上來？

修一頭埋進了圖書館，沒日沒夜地看書！我知道他從小就喜歡看書，現在我更加無法阻止他去吸收他所熱愛的知識！

而我以為最單純的伊森肯定不會迷上網路遊戲和看書時，他居然愛上了跑車！他和這個世界的許多男人一樣，居然愛上了跑車，還買了好幾輛跑車！因為這裡的法律不能飆車，他居然回到樓蘭古城，在安都城外的荒地上造出了一個賽車場！害我把車庫門當做傳送門，好讓他把車都開回去！

他還和摩恩、伏色魔耶他們發展成了車友，幾個人沒事就在那裡賽車！

我後悔當初帶他開車兜風，在他那顆單純簡單的心裡埋下了愛車的種子！是我的錯，都是我的錯！

我懊悔地坐在涅梵皇宮的荷花池邊，身邊的男人全忙得沒空理我。現在，我成了樓蘭之主，幫他們看管四個國家！

幸好，我有能幹的涅梵。

荷花池裡蜻蜓輕輕點水，蕩起漣漪的水面上映出涅梵的身影，他遞來了冰啤酒。是的，雖然他們出不去，但我會把一些東西帶進來。

比方說玉音喜歡跳舞，我就帶了個平板電腦給他，裡面全是舞蹈資料；鄯善喜歡修佛，我給他帶了MP3，裡面全是佛教音樂。伏色魔耶那裡太熱，所以我送給他冰箱，以及一台手動發電機。

我還送凱西化妝品、送賽月性感內衣。啊，賽月要結婚了，但不是跟伏色魔耶，她總算從這份感情中解脫而出。

我又送給扎圖魯、巴赫林、菲爾塔和拉赫曼人手一台手機和太陽能充電器，供他們解悶。

涅梵坐在我身邊。我一邊吃著冰淇淋，一邊抱怨：「川要去米蘭時裝週，還準備接電影。你說如果他跟別的女人有感情戲，我怎麼受得了？他以前明明是我一個人的，任何女人都不能碰他，因為他是神聖的靈川！他怎麼可以……我快受不了了！」

「妳現在的樣子還真像亞夫。」涅梵笑著摸摸我的頭。

我鬱悶地吞了一大口冰淇淋，真是透心涼：「還有修，鑽進書堆不出來了。以前他總是女王大人長，女王大人短，像一塊膏藥般黏著我，不准我離開他半分。現在呢？現在呢？」

「修多讀書對這裡有好處。」涅梵笑著說，他現在可是開朗了許多：「他是個天才，吸取知識是為了造福這裡。」

我不由苦笑：「安歌和安羽呢？以前他們以我為中心，是多麼地霸道！還有伊森，這白痴整天跟人賽車！我真的好後悔，怎麼會把他們帶到我的世界去。現在他們的心裡沒有我，根本沒有我！」

「所以……妳是不是該換男人了？」

涅梵的話讓我大吃一驚。我看向他，他凝視著我的眼睛，然後緩緩俯落，一點一點舔去我唇邊的冰淇淋，貼到了我的耳邊：「那瀾，我愛妳。回應我，好嗎？」

我怔住了。他一點一點吻上我的頸項，吻上我連衣裙上裸露的肌膚，緩緩抱住了我的身體，撫上我的酥胸，我的氣息開始在他輕柔的吻中變得紊亂。他輕扣我下巴的同時，也深深地吻住了我的唇。

一切頓時脫離了正常軌道，他的吻變得相當激烈，讓我想起他因為我死去而酒醉的夜晚，讓我想起他再見我時的激動。他壓抑了許久的愛在那天徹底釋放，卻又因為我的迴避而壓抑。

他的吻越來越深，舌尖探入我的唇內，開始攪動裡面的一切，火熱的手掌順著我的頸項撫落，輕鬆地滑入連衣裙寬鬆的衣領，擦過內衣下的蓓蕊，瞬間火焰竄起，蓓蕊因為他的撚動而徹底綻放。

「那瀾……」

他的吻變得激烈而凶猛。他大口大口吻上我的頸項，倏然扯落那寬鬆的衣領，一口含住了我雪乳上的粉蕊，用力吮吸。

「嗯……」

輕吟不由自主地從我口中而出，他抱緊我的身體，緊貼上了他的胸膛。當他把我抱上他的大腿時，我的下身也被堅硬的熱鐵抵住。他大口大口吮吻我的雪乳，另一隻手不停地揉捏。

倏然，他扯開了自己的衣服，焦躁地脫落，再次吻上我的唇：「我再也不想忍了。那瀾，我愛妳，我什麼都不要了，只想跟妳在一起。」

青光頓時在他赤裸的身上綻放，淹沒了我們火熱喘息的世界。

這一次，我絕對不會再帶男人上去了！

今天是個好天氣，適合旅遊。

面前是富豪一家四口，他們坐在自己家裡現代感十足的沙發上，有點緊張，又非常期待地看著我和我的助手——巴赫林。

巴赫林把合約放到他們面前，指向末尾：「請在這裡簽上你們一家四口的名字。」

富翁和他的妻子拿起筆，緊張地看著，他們的孩子們卻異常期待。

「爸爸！快簽啊，簽了我們就能穿越了！」

「是啊是啊，爸爸媽媽，快簽吧，我們好想去啊。」

富翁和他的妻子猶豫地看著我：「不會騙我們吧？我們可是要付一千五百萬的啊。」

富翁的憂慮我當然能理解。

我微笑說道：「你們的憂慮我理解，畢竟這是一件匪夷所思的事情。而這個價格是我參考眼下各條旅遊路線訂定的價格，畢竟是穿越之旅，成人一人五百萬，兒童半價，這個價格我覺得是合理的。」

富翁的妻子面露憂慮：「不會是唬弄我們，把我們運到什麼荒島吧？」

我依然保持微笑：「現在只有我和我的助手兩個人，你們可以簽個名字看看，會有奇蹟發生的。要是沒有，你們可以馬上報警。」

富翁女人看看富翁，富翁點點頭，認真看我：「我們是真的很期待有奇蹟發生。」

說罷，他毫不猶豫地在樓蘭古城穿越之旅的合約上簽下了名字，登時一抹金光閃現，從筆尖迅速爬上了他的手背，烙下了我那瀾的紋印。

富翁和他的妻子頓時驚呆。

「這是什麼？姊姊？」

孩子們好奇地看著自己父親手背上的紋印，富翁和他的妻子也驚異地看著。

我笑了，神祕地眨眨眼：「這就是我們樓蘭古城的契約紋印。在你們簽下這份合約後，這個紋印會永遠留在你們的手背上，別人不會看見。」

「這個有什麼用？」富翁有些害怕了，像是怕會害死他。

我笑道：「一是留個紀念，二是如果你們違反了保密合約，這個紋印會立刻生效，讓你們忘記穿越之旅的一切。」

富翁和富翁的妻子在我的微笑中開始緊張了。

當他們簽完名字，巴赫林收起了合約，禮貌微笑地看他們：「現在可以動身了。」

「現在？」富翁和富翁的妻子驚訝起來，而孩子們已經歡呼雀躍：「太棒了！我們要穿越了！」

巴赫林含笑：「不錯，現在就可以。請。」

富翁和他的妻子將信將疑地跟在巴赫林身後。我走向了他們的大門，孩子們背起背包追隨我而來，拉住了我的手：「姊姊，是坐飛機去嗎？」

「不，出門就是。」

說罷，我打開了他們的大門，光芒立刻從大門中射出，驚呆了富翁一家人。

「哇！」

我微笑地看著孩子們：

「歡迎你們來到我的樓蘭，屬於你們的穿越旅程，開始了——」

定價
NT$220
HK$68

角川華文輕小說大賞
Girl's Side 銅賞作品！

偽偵探·偽女僕·真詐欺師

阿七◎著　水梨◎插畫

成為偵探的第一步，竟然先從詐欺開始？
娛樂感十足的輕推理傑作！

查柏與路比是一對行騙各地的詐欺少年，不料來到倫敦卻被名偵探貝克先生人贓俱獲！若不還清靠詐騙得來的五千英鎊，就等著吃牢飯。這時巧遇前來貝克偵探社求助的訪客，他們決定假冒「見習偵探＆女僕」！於是狡黠少年與天然呆偽娘，開始了他們的辦案初體驗!?

Kadokawa Fantastic Novels DX
台灣角川華文新視野

定價
NT$250
HK$75

繼《黯鄉魂》《孤月行》
華文暢銷天后張廉
帶來一場美男子的饕餮盛宴

星際美男聯萌 1~6（完）

張廉◎著　Ai×Kira◎插畫

張廉最青春無悔的勇氣愛情，精采完結篇！
茫茫星海中，你是我最終的歸宿——

為了冰凍人跟妖星人的未來，我——蘇星雨，決定參選第一星國女王！大選在即，男人的問題還是少不了，傲嬌難搞的夜，還有死纏爛打的龍……光家務事就處理不完，戰事竟再度蔓延，並且傳來思思念念的東方白的消息！我們之間總是不斷錯過，這一次，不再放開你的手！

Kadokawa Fantastic Novels DX
台灣角川華文新視野

國家圖書館出版品預行編目資料

十王一妃 / 張廉作. -- 初版. -- 臺北市 : 臺灣角川
, 2014.04-
冊 ; 公分
ISBN 978-986-325-901-5(第1冊 : 平裝). --
ISBN 978-986-366-073-6(第2冊 : 平裝). --
ISBN 978-986-366-133-7(第3冊 : 平裝). --
ISBN 978-986-366-186-3(第4冊 : 平裝). --
ISBN 978-986-366-296-9(第5冊 : 平裝). --
ISBN 978-986-366-424-6(第6冊 : 平裝)

857.7 103003492

Kadokawa Fantastic Novels DX

十王一妃6（完）

2015年4月22日 初版第1刷發行
2017年1月3日 初版第2刷發行

作　者：張廉
插　畫：Chiya

發行人：成田聖
總編輯：蔡佩芬
副主編：林秀儒
責任編輯：邱璨萱
資深設計指導：黃珮君
美術設計：宋芳茹
印　務：李明修（主任）、張加恩、黎宇凡、潘尚琪

發行所：台灣角川股份有限公司
地　址：105台北市光復北路11巷44號5樓
電　話：（02）2747-2433
傳　真：（02）2747-2558
網　址：http://www.kadokawa.com.tw
劃撥帳戶：台灣角川股份有限公司
劃撥帳號：19487412
法律顧問：寰瀛法律事務所
製　版：尚騰印刷事業有限公司
ISBN：978-986-366-424-6

香港代理：香港角川有限公司
地　址：香港新界葵涌興芳路223號新都會廣場第2座17樓 1701-02A室
電　話：（852）3653-2888